U0588493

生物文化
文学批评论集

余石屹
（丹）**马提亚斯·克拉森**　编著

A Collection of Articles in
Bio-Cultural Literary Criticism

清华大学出版社

北京

内 容 简 介

生物文化批评是当今世界最具前沿性的一股文学批评理论思潮，在 21 世纪刚刚起步的二十年内已经发展壮大为文学研究领域一支不可忽视的理论力量，其理论和批评实践已经被欧美各大权威的文学理论文集收录，其所持的进化论视角以及知识统合理论正在改变文学理论研究的格局。本书精选、精译十位生物文化批评前沿学者的文章，旨在为读者提供切入生物文化批评理论及其文学批评实践的最简线路图。这些学者各自从生物文化理论出发，或阐发生物文化批评的理论依据和旨趣，深入浅出地勾画生物文化批评的理论框架，或依生物文化理论之圭表，出入于西方文学之奥府，解读我们熟悉的西方文学作品以为示范。短短十篇论文，可谓精彩纷呈、新论迭出，希望有助于我们了解国外学者最新研究成果，扩大我们的批评视野。

版权所有，侵权必究。举报：010-62782989，beiqinquan@tup.tsinghua.edu.cn。

图书在版编目（CIP）数据

生物文化文学批评论集 / 余石屹，（丹）马提亚斯·克拉森编著 . —北京：清华大学出版社，2021.7

ISBN 978-7-302-58444-5

Ⅰ. ①生…　Ⅱ. ①余…　②马…　Ⅲ. ①文学评论–西方国家–文集　Ⅳ. ①I106-53

中国版本图书馆 CIP 数据核字（2021）第 137175 号

责任编辑：杨文娟　曹诗悦
封面设计：子　一
责任校对：王凤芝
责任印制：丛怀宇

出版发行：清华大学出版社
　　　　网　　址：http://www.tup.com.cn, http://www.wqbook.com
　　　　地　　址：北京清华大学学研大厦A座　　　邮　编：100084
　　　　社 总 机：010-62770175　　　　　　　　邮　购：010-62786544
　　　　投稿与读者服务：010-62776969, c-service@tup.tsinghua.edu.cn
　　　　质量反馈：010-62772015, zhiliang@tup.tsinghua.edu.cn
印 装 者：三河市东方印刷有限公司
经　　销：全国新华书店
开　　本：155mm×230mm　　印　张：16　　　字　数：234 千字
版　　次：2021 年 7 月第 1 版　　　　　　　印　次：2021 年 7 月第 1 次印刷
定　　价：88.00 元

产品编号：089908-01

序

本书编选、翻译了十篇最近二十来年出版的有代表性的生物文化文学批评论文，推送给国内有兴趣的读者。"理论篇"的两篇文章讨论生物文化文学批评理论及其方法，"批评篇"的数篇文章都是从生物文化文学批评理论出发针对西方文学经典作品的解读。这些文章的作者大多是当今活跃于西方文学研究领域、用心于生物文化批评理论探索的专家教授，他们的文章为我们展示了生物文化文学批评在当今西方文学研究中的实际效力，其成败得失无疑都将对我国外国文学研究有所助益。

生物文化批评或曰生物与文化批评，是英文 bio-cultural criticism 的汉语对等译文，其中"生物"与"文化"两词表明生物文化批评主张从生物与文化两个角度以及二者之间的复杂关系来理解文学、解读文学作品。生物文化批评最鲜明的特征，可以说就是在 20 世纪人文学科语言转向把人掏空之后，呼吁文学研究应当重新回到文学是人学这条基本的传统线路上。在生物文化批评家看来，即便是在所谓的后人类时代，文学的作者主要还是人，读者还是人，所写内容主要还是人类经验，所以没有理由将文学视为一堆词语集合，认为其意义和价值完全是语言的随机产物，与人无关。

那么，既然文学是人学，如何理解人就成为解读文学的关键。20 世纪的文学研究受 19 世纪至 20 世纪上半叶的社会科学思想及方法影响较大，普遍接受人的思想行为、内外品质都是后天由各种社会环境条件决定的，不太重视甚至否认人的先天本性。在某些时候，这种倾向甚至上升到政治正确的高度，成为不可违背的、统领一切话语的基调。在讨论人的问题上，生物文化批评似乎并不甘心接受这样的成见。他们不否认文化的作用，即外部环境对人的薰习作用，但坚持认为不能把受薰习的主体及其作用视为无物忽略掉。他们大多服膺达尔文进化论及其在 20 世纪后半叶的发展，特别看重为生命科学细化的各种生物条件对人先天的塑造作用及其结果。人性是他们常用的一个关键词。他们广泛汲取 20 世纪下半叶进化论社会科学和自然科学的研究成果，结合西方文学传统提供的丰富例证，刻意更新人们在文学研究中对人性的认识。总体而言，他们认为人不可否认有先天得来的品质，而这些品质是人类祖先经历了漫长的自然选择所形成的。我们通过遗传得到这些品质，它们在我们各自的生活中与环境发生互动，塑造了我们的生活、文化以及我们自身。在文学批评实践中，这种科学的人性知识作为解读文学意义的切入口理应为我们所重视。

在生物文化批评家的理论实践中，我们看到达尔文进化论的强势回归。其实，无论达尔文进化论在科学上获得多大认可，正如认知科学家史蒂芬·平克（Steven Pinker）最近坦承，过去几十年来，讨论达尔文进化论，在西方社会一直是一件十分危险的思想勾当。[1] 在 20 世纪上半叶弥漫西方世界的社会达尔文主义、纳粹主义以及顽若痼疾的种族歧视、性别歧视之后，人们不得不小心翼翼地来谈论生物进化论。文学达尔文主义创始人约瑟夫·卡罗（Joseph Carroll），20 世纪 80 年代在美国加州大学伯克利分校攻读博士学位，亲身经历了当时生物学界有关社会生物学的论战。[2] 他在社会生物学的论争中看到进化论在当今世界发展的前景以及重新进入文学研究视野、激发新的理论认知的契机。后来，他接受并积极响应 E. O. 威尔逊（E. O. Wilson）提出的知识整合概念，在 20 世纪 90 年代写出文学达尔文主义的开山之作《进化与文学理论》，第一次尝试将达尔文学说引入文学批评领域，创建出一种不同于后结构主义认知方式的文学理论。早期文学达尔文主义的理论阐述带有明显的传统的文学批评理论痕迹。这一点让早期的批评者对之颇有微辞，以为不过是 19 世纪文学

1　参见史蒂芬·平克，2016: 17，319。
2　关于这场论战，参见史蒂芬·平克，2016: 6，126–144。

理论尤其是泰纳（H. A. Taine）的文学发生说的翻版。但这些批评者显然大大低估了文学达尔文主义的探索精神。以卡罗为代表的进化论文学批评家，他们敢于逆"理论"的潮流而动，公开宣布他们探索的一个重要方向是现代的科学的人性理论。的确，他们从一开始就接受达尔文的进化理论，把它作为人乃至整个有机世界形成与发展的基本原则；他们赞同达尔文的观点，认为人类祖先在进化成现代人之前经历了一个漫长的自然选择过程，在这个自然选择过程中人类祖先获得了一系列适应，即一定的生理构造、心理机制和偏好等，这些适应通过基因传递给我们，构成我们思想行为的深层原因。但是，20世纪90年代，文学达尔文主义还没有比较系统的科学的人性理论可以借鉴，它寄予厚望的进化论社会科学对人的研究也刚刚起步不久，对人性的研究还没有形成比较统一系统的理论认识。卡罗在《进化与文学理论》出版之后，花费数年时间亲自重新编订达尔文《物种起源》一书，以期更深入地了解科学的进化论思想。迟至21世纪初期，正如卡罗在《文学达尔文主义》一书中所言："我们目前对人性还没有一个完整的恰当的理论认知。"卡罗等人一边在等待进化心理学的成熟，期待进化论社会科学尤其是进化心理学在人性研究上取得突破，提出一套当代的科学的人性理论。另一方面，他们也在积极探索文学与进化论人性理论的关系。他们认为，从进化论文学理论视角来看，所谓的文学传统是几乎与人类一样悠久的文学传统，从来没有离开人性这个中心主题，它本身就是人性的宝库。在他们看来，进化论文学研究的焦点应当集中在人类的想象及其产品上，从富有想象的文化产品中去探究人类创造力的源泉，揭示人性的奥秘。这种努力，在生物文化批评家看来，无疑是对进化生物学和进化心理学研究的一个有益的补充。的确，在过去二十余年来，进化心理学的成熟和发展，以及它对人性的科学研究给文学达尔文主义以极大鼓舞。他们相信，相对于过去文学研究所依赖的心理学知识，进化心理学提供了更精确更真实的人类意识的图景。在21世纪伊始，文学达尔文主义同时又以生物文化批评的面貌出现，明确表示在进化论文学研究中要以进化心理学研究成果为其人性理论的基础。那么，进化心理学是怎样的一门学问，它对人性的研究如何影响了生物文化批评？

进化心理学的基础是英国博物学家查尔斯·达尔文（Charles Darwin）有关有机体演化进程的奠基性研究。达尔文在《物种起源》这部巨著中写道，这个星球上所有有机物通过"遗传—变异"的过程进化。他们的出现不存在超自然的造物者的设计。有机体通过一个漫长的他称之为"自然选择"的过程，慢慢地适应他们的环境。其基本的逻辑是，有机体有不同的生存与繁殖能力，那些带有更有效的生存和繁殖特征的有机体会留下更多后代。这些有机体的后代通过遗传得到这些有利的（适应）特征，因为更有利于生存和繁殖，他们的数量逐渐在物种内部占据多数。这种有利的特征也在物种内部扩展开来。比如，以长颈鹿的长颈为例，在进化过程中，一些长颈鹿生下来颈子比其他鹿长一些，原因是基因变异，因为它们在性繁殖过程中复制了错误的信息。这些颈子更长的鹿更能适应环境，吃到更高处更富营养的树叶，而颈子短一点的鹿吃不到。于是，通过自然选择，有机体内部的这类机制就进化出来，比如长颈鹿的长颈、老虎的利爪尖齿、北极熊的毛色、人类的双色视力。

达尔文在《物种起源》中没有涉及人类的进化，因为他知道这在当时会引起很大争论。他同时代的大多数人都相信人是根据上帝的形象创造出来的，不是从猿猴进化而来。但在后来的著作，比如《人类的由来及性选择》以及《人和动物的感情表达》中，达尔文开始转而讨论人类进化过程，不止于人的解剖学上的进化，比如拇指、站立行走，而且还涉及心智功能的进化。正因为如此，达尔文才可以称为第一位进化心理学家。他的众多发现遭到当时许多人的反对。他们认为达尔文在抹黑作为万物之灵长的人类，把人降低到跟猴子一样的水平。但是后来的科学发现给达尔文的理论以不断的支持。迄至今日，进化论已经成为生物科学的正统理论。这在科学史上本身就是一个奇妙现象。纵观近代科学的发展，许多震撼一时的科学理论最终都被后来的发现所推翻或改写。但是，就达尔文进化论而言，近两个世纪以来的科学研究只是进一步证明并发展了达尔文所发现的"遗传—变异"理论。

虽然达尔文的发现如此之重要，但他的理论洞见在 20 世纪大多数时间之内却被西方的社会科学家所忽视。就人性而言，许多社会科学家只相信大脑白板理论，好像人生来大脑只是个空皮囊，后来才由文化把它填满。这些文化主义者坚信在人的身份建构中生物学作用不大，或者甚至根本不存在。[1]文化主义立场在 20 世纪影响甚大，而且，在人性问题上采取先天还是后天的态度，在西方社会一直还是个极度敏感的政治问题。[2]虽然如此，文化主义立场还是不断遭到来自科学界的挑战。比如，动物学家德斯蒙德·莫里斯（Desmond Morris），他于 1967 年出版的专著《裸猿》就是从动物学视角对"人类动物"的研究。同样，生物学家 E. O. 威尔逊从进化论视角研究人的行为，他的名著《社会生物学》，用生物学棱镜研究从蚂蚁到人类这些社会性动物的行为。威尔逊在该书最后一章对人类的概述曾引起巨大争论，但威尔逊的基本论点已经成为社会生物学，以及后来的进化心理学的奠基石。美国人类学家唐纳德·西蒙斯（Donald Symons）于 1979 年出版的开拓性研究《人类性的进化》，借用社会生物学视角来研究人类的性欲。威尔逊在《社会生物学》之后，继续扩展其研究至生物学与文化的互动关系上，并于 1998 年出版《论契合：知识的统合》。他在该书中认为，进化生物学可以为英国物理学家兼作家 C. P. 斯诺（C. P. Snow）所谓的"两种文化"架设沟通的桥梁，把人文科学与自然科学整合起来，共同推进人类对世界、宇宙、社会和自身的认识。威尔逊将人类审美行为放在社会生物学棱镜之下做了有趣的讨论，他的著作为生物文化批评家提供了灵感。

进化心理学受到社会生物学的启发，但研究的目标主要集中

---

1 Pinker, 2002; Fromm, 2003a, 2003b.
2 参见史蒂芬·平克，2016。

在人类。进化心理学还从认知心理学获得灵感，试图将人的大脑意识理解为一种进化而来的信息处理机制。进化心理学的奠基文本是 1992 年出版的《适应的大脑：进化心理学与文化的产生》。进化心理学的基本假设是人类的大脑生来不是一块白板，它甚至在接触文化之前已经自有丰富的结构。人类个体在成熟过程中，他们所处的文化环境跟他们的基因素质产生互动。以语言为例，史蒂芬·平克在《语言本能》中认为，所有正常发展的人，生来都有一种人类进化而来的语言习得能力，这种能力可以说在我们出生之时已经存在于我们的基因之中，也就是说在生物学意义上我们预先就拥有我们称之为先天禀赋的语言习得和使用能力，但这并不是说我们在实际成长过程中习得的语言不受文化环境的影响。根据进化心理学的观点，人的特征是在自然与文化、先天遗传与后天条件的互动中出现的。换句话说，进化心理学把人类看成是一个生物文化协同互动的物种，这本身就是一条生物文化的研究路径。

进化心理学研究的主要课题包括如何发现和解释心理适应机制，即我们人类在长期的进化过程中形成的为解决特定的适应问题的心理机制，譬如普遍的味觉偏好。我们大多数人都倾向于喜爱甜食以及带脂肪的食物，但这个在多数人生活中存在的食物偏好并不是偶然的个人的决定。根据进化心理学的解释，它是我们人类祖先在他们特殊的生存环境下为了生存而形成的适应机制，它引导我们的祖先食用成熟的果实和新鲜肉类，保证丰富的营养供给。（在当下后工业社会，吃快餐、订盒饭已成日常所需，而且得之不费吹灰之力，这个进化而来的偏好，似乎鲜有旧石器时代发挥作用的余地了。）再譬如，我们讲故事，不只是或者甚至不是主要地用来吸引异性配偶，展示我们有好的基因，可以为对方提供生产健康的后代之所需等。我们讲故事同时也是为了传递经验、传播价值、规范行为、联动社区等。

生物文化批评家，甚至包括那些在进化论美学领域工作的学者，从进化心理学的研究汲取理论见识，并把它们应用于文学艺术研究之中。这些研究逐年扩展，除文学作品的研究之外，还涉及音乐、舞蹈、电影、文学、视觉艺术、平面艺术等，不一而足。他们尤其看重想象在文化生产中的作用，试图用进化心理学去解释人类为什么都普遍参与艺术行为、喜爱虚构故事等，回答艺术的起源与不断延续这类长期困扰人类、似乎永无终极答案的问题。生物文化批评家对人性的关注可以说与进化心理学联袂而至、相得益彰。在文学批评实践中，生物文化批评家特别着眼于文学长久不衰的主题。其原因，正如卡罗所言，文学的中心主题是人性，反映的是根植于基本的人类关怀之中最深刻的人类情感。卡罗认为这些主题包括个人生活中由里及外的各个方面，比如，生存、成长、爱与性、家庭生活、社会生活、社会群组之间的关系以及内心意识等。进化论批评家重点讨论的这些主题也是世界各国文学中最常见的主题。究其原因，生物文化批评家认为，是由于这些主题具有适应价值。人类及其祖先数百万年来不得不面对严酷的自然环境，不得不在极其复杂的社会关系中生活，在不可避免的社会等级中苦苦寻找自己的位置。无论交友结社、与人相处，我们大都秉持害人之心不可有、防人之心不可无的古训。生活当然有其美好的一面，但不可否认也是危机四伏，无处不有倒悬之急。我们在本书中会看到，这些深刻的文学主题跟我们的人生世相密切相关，也是西方文学千百年来所抒写的重要关怀，我们一旦跨越了语言文化障碍，这些主题也会引起我们极大的兴趣。

当然，生物文化批评家们不会满足于仅仅在文学作品中去找出这些文学主题，他们的兴致更在于为生物文化批评建构一种综合实用的解释范式，一种既可瞄准文学意义又不忽视文化语境以及作者个性和世界观的方法。在自生物文化批评出现以来短短的二十余年里，学者们一直在思考文学的适应功能这个问题：文学，其生产和消费，对生物适应有无贡献？虽然有不少不同意见，但大多数生物文化批评家认为讲故事本身是一种有利于适应的行为，具有无可否认的适应功能。在下面的文章中，布莱恩·博伊德（Brain Boyd）和卡罗等作者会进一步阐发这个问题。在此，我们可以预先借用丹尼斯·达顿（Denis Dutton）的话来做个引子。他认为虚构作品有三种适应功能可以追溯：第一，提供模拟经验；第二，传递重要信息；第三，培养社会认知。

可以说，生物文化批评既有理论又有方法，尤其是它以开放的心态、严谨的职业精神，吸纳进化论科学研究成果，对文学的终极功能和深刻的祖先谱系提出了独具一格的见解，有助于我们从一个新的角度来认识文学，重新探讨其产生的根源和价值所在。生物文化批评打开了文理渗透的新理路，其发展前景十分广阔。诚然，新来者可能会发现这个领域学科交叉频繁，担心能否胜任，不知如何下手才是。我们翻译出版本书的目的之一就是希望读者通过阅读各篇文章，逐渐消除这种担忧。其实，作者们坦诚、亲和的写作风格，在一定程度表明众多同道也是在摸索中前行的。筚路蓝缕，不其劳欤。他们为打破两种文化对立的僵局，甘愿作铺路石的精神，是值得我们学习的。

本书收录的文章，既包括理论探索和反思，也有涵盖了西方文学从古至今的文学作品的批评实践，基本反映了进化论文学批评的成长历程和广泛的实用性。我们可以看到作为其先声的文学达尔文主义，如何在批判后结构主义的方法中建立自己的理论立场，力图在文学研究中恢复常识和记忆，坚信人及其生存的世界是真实可知的，意义是可以追寻的。在进入 21 世纪之后，进化心理学的成熟更加增强了进化论文学批评家的理论自信，他们广泛借鉴进化心理学知识，在力图揭示文学文本中表现的深层的人性原则的同时，更重视文学作品中基因遗传与文化之间的互动、择偶或代际冲突的深层根源，或者伴随社会生活而起的种种情绪纷扰。在研究方法上，他们并不完全赞同进化论科学预设的单一的实证方法，强调在突出实证方法的同时不放弃思辨、推论方法，主张将历史与现实、实证与思辨相结合的综合进路。

本书第一部分是"理论篇"，收录了当今世界生物文化批评领域两位主要批评家的两篇文章。第一篇是布莱恩·博伊德的

《文学与进化：生物文化研究方法略论》，发表于 2005 年。博伊德是新西兰奥克兰大学英文系杰出教授，最早以纳博科夫研究闻名于世，后来致力于生物文化批评，成为其早期开拓者之一。在生物文化批评领域有多部专著出版，包括哈佛大学出版社于 2009 年出版的《论故事的起源：进化、认知与小说》，以及于 2012 年出版的《为什么抒情诗延绵不绝：进化、认知与莎士比亚十四行诗》等。在本书所选的这篇文章中，博伊德深入浅出地为生物文化文学批评理论作了有力的辩护。他认为生物文化批评理论能够让我们在后学之后再次回到文学文本，回到文学研究的正轨，在新的历史条件下拓展新批评开创的文学研究传统。生物文化批评的新颖之处是它广泛汲取了最新的科学的人性观点，这种人性知识既优于大众知识，也比后现代理论的认识深刻，同时又不忽视文学的表现形式，将当代的科学精神无缝融入文学研究之中。博伊德还从生物文化角度将艺术定义为引起关注的行为，对进化论艺术观做了总结，并用进化心理学成本效益分析方法分析了《哈姆雷特》以为示范，说明该剧成功之所在。

第二篇是约瑟夫·卡罗的《虚构叙事中的意识和意义：进化论角度》，发表于 2018 年。卡罗是美国密苏里大学英文系杰出教授，自 20 世纪 90 年代最早提出文学达尔文主义以来，一直是文学达尔文主义或曰生物文化批评的主要理论家，出版著作多部，目前担任文学达尔文主义学术期刊《想象文化的进化论研究》的主编。在这篇文章中，卡罗简要阐述了生物文化批评的几个重要立场，比如，意义与意识的关系，文化、个体身份与人性的关系，虚构小说与人类行为和经验的关系，想象网络与小说阅读，文学的适应论起源与功能等。作者广泛融合进化生物学、神经科学和进化论社会科学理论，为读者勾画出一个如何进入文学这个想象世界并给以合理阐释的生物文化理论框架。

本书第二部分收录八篇批评文章，解读对象包括西方文学史从荷马至今的经典作品。第一篇是乔纳森·戈特沙尔（Jonathan Gottschall）的《荷马笔下的人类动物：论〈伊利亚特〉中的仪式性战斗》，发表于 2001 年。戈特沙尔是美国宾州华盛顿和杰弗逊学院英文系杰出研究人员，20 世纪后期游学于进化生物学家戴维·斯隆·威尔逊（David Sloan Wilson）门下并获得博士学位迄今，已经出版多部颇具影响的生物文化批评专著。在这篇文章中，戈特沙尔把荷马笔下的特洛伊战争解释成一群男人为了争夺稀缺资源与另一群男人发生的战争。他认为这种动机根植于我们为人的本性之中。《荷马史诗》的伟大之处在于诗人荷马对此有深刻的直观认识。《荷马史诗》的这些成就说明远在进化心理学之前流传千古的文学艺术已经生动地记录了我们这个物种本性中存在的内在矛盾。

第二篇是南希·伊斯特林（Nancy Easterlin）的《安徒生笔下的〈海的女儿〉》，发表于 2001 年。伊斯特林是美国新奥尔良大学英文系研究教授，她是最早开始关注生物文化批评和认知文学理论的学者之一，于 2012 年出版《生物文化文学理论与阐释方法》一书。在这篇文章中，伊斯特林肯定新起的进化论文学研究理论为文学研究带来一股新鲜空气，文学研究的从业人员不应该对其采取拒之门外的态度。但是她同时强调我们在采用生物文化批评理论作实际批评的过程中，要汲取 20 世纪初以来文学批评借用科学理论的经验教训，不能重蹈简单化的覆辙，不能在文学意义与生物适应之间直接画上等号。作者强调，环境条件，诸如社会历史背景、文化文学传统以及作者个人生活习性和经历等，都直接影响到故事的意义走向，也是构成安徒生童话的创新性不可忽视的源泉。她用《海的女儿》这个案例，提醒我们不要轻易断定文学作品体现的特定的适应功能去断定文学作品的意义，重要的是将思辨方法与实证研究相结合，全面考察环境因素怎样通过我们的适应心理在文化上建构象征、影响作品意义。

第三篇文章是约瑟夫·卡罗的《杜鹃的历史：论〈呼啸山庄〉中的人性》，发表于 2008 年。在这篇文章中，卡罗简要说明建立在当代生命科学研究成果基础上的适应论人性理论与传统的人文主义和后现代主义对人性的认识有根本的不同。他特别指出，这种人性理论跟大众对人性的认识有渊源关系，生物文化理论所做的只是将大众知识系统化，形成了一个统一的进化论人性理论，并应用到文学研究之中。接下来，卡罗将进化论人性观与传统的小说叙事理论结合起来，深入剖析了《呼啸山庄》中表现的冲突因素与形式，认为小说的震撼之处在于作者以非凡的艺术创造力唤醒了我们日常生活中习以为常的适应功能系统中无法解决的矛盾冲突。

第四篇文章是约瑟夫·卡罗的《莎士比亚戏剧〈李尔王〉的进化论解读》，发表于 2012 年。在这篇文章中，作者不满于传统的文学批评将该剧解释为一种以扬善惩恶为主的道德说教，也不满精神分析和新历史主义的解读，认为进化论文学批评能为我们提供新的解读，让我们理解该剧长久不衰的艺术感染力来自于莎士比亚对人性的深刻洞见。在文中，卡罗还简要回顾了生物文化批评的三个主要理论优势：第一，把大众心理学关于人性的知识总结起来纳入进化论理论系统之中给以重新定位；第二，生物文化批评致力于恢复人们对文学的认知常识和记忆，认为作品的意义是可以理解的，作者与读者也是可以沟通的，文学描写的世界就是我们身边真实存在的世界；第三，文学有伦理教诲功能，但其实现方式为文学所特有。

第五篇文章是朱迪丝·桑德斯（Judith Saunders）的《诗的正义与伊迪丝·沃顿的〈辛古〉：一种进化心理学读法》，发表于 2017 年。桑德斯是美国纽约州马里斯特学院英文系教授，英美文学专家，于 2009 年出版《达尔文棱镜下的伊迪丝·沃顿：论沃顿小说中的进化生物学主题》，于 2018 年出版《美国经典：进化论视角》。在这篇文章中，桑德斯试图回答这样一个问题，即沃顿的短篇小说《辛古》中诗的正义明显被延宕的原因何在。她认为，沃顿借用这个故事深入探索了普遍人性中比较灰暗的一面，即我们本性中存在的自欺欺人的心理倾向，这种人类由进化得来的心理机制正是妨碍小说中诗的正义得以实现的原因。人们有时为了自己的利益，会不惜一切挑战道德和科学的底线，其结果往往是造成社会伤害。桑德斯引用进化心理学家，特别是罗伯特·特里弗斯（Robert Trivers）在这方面的研究成果，对这篇小说做了精彩的解读。

第六篇文章是马提亚斯·克拉森（Mathias Clasen）的《人性的隐忧：斯蒂芬·金〈闪灵〉的进化论解读》，发表于 2017 年。克拉森是丹麦奥胡斯大学英文系副教授，国际知名的生物文化批评学者，曾于 2016 年和 2018 年两次到清华大学访学交流，于 2017 年在牛津大学出版社出版专著《恐怖的魅力何在？》。在这篇文章中，克拉森认为小说中出现的闪灵以及各种恶鬼邪神是人物的心理能量的外射，小说家精心设计了这些虚幻但实际存在的力量，用形象化手段表达了人物面对生存问题的内心矛盾和冲突。从本质上而言，小说通过对这些冲突的细致入微的刻画，触及人性的基石，把人类在如何平衡进化而来的人性中的种种动机时所面临的艰难选择及其可能的后果摆在读者面前，引起读者深思。

第七篇文章是朱迪丝·桑德斯的《本杰明·富兰克林〈自传〉：一个成功的社会动物的故事》，发表于 2018 年。富兰克林《自传》是美国文学最基本的经典之一，历代有无数批评家从不同角度对之做过不同的绎解。在这篇文章中，桑德斯首次从进化论文学批评角度入手，深入剖析富兰克林成功的人生奋斗故事背后的深层次原因。她认为富兰克林在生活中跟我们所有人一样面临急迫的适应难题，但是他的抱负、理想和行动策略，包括他的精密算计，都体现出他对普遍人性和社会有比较正确的认识。正是这些正确的认识帮助他顺应时代要求，积极回应社会的期待，将个人利益与集体利益紧密联系起来，最终实现了自己的梦想。

第八篇文章是艾米莉·扬森（Emelie Jonsson）的《进化论对人类自我叙事的影响：以托马斯·赫胥黎和柯南·道尔为例》，发表于 2018 年。扬森是挪威特罗姆瑟大学语言文化系助理教授，专攻英国维多利亚时期文学与进化论文学批评，现任 *ESIC* 杂志副主编，专著《文学与人性》即将由牛津大学出版社出版。扬森在这篇文章开首提出一个有趣的问题：达尔文进化论的发表改变了人类对自我的定义，但即便是接受进化论的科学家和文学家，为什么他们在讲述人类自我的故事时并没有完全照搬进化论的描述？扬森用两本书来分别说明无论是接受进化论的科学家还是文学家，他们一方面刻意按照进化论科学发现来讲述人类的故事，但另一方面都离不开发挥想象来创造性地讲述人类的过去和未来，尤其是在面对人类未知的未来时，他们必须迎合人类进化而来的心理偏好。这种颇为尴尬的处境也决定了他们所讲故事的调性，总体上反映了后达尔文主义时代人类自我叙事的特色。

余石屹和马提亚斯·克拉森负责该文集的编选工作。选文确定之后，汉语翻译工作持续了近两年时间，主要由余石屹负责完成。另外我们还邀请余石屹的两位博士生张怿陶和杨冬青参加了部分翻译工作。在全书翻译过程中，我们得到了卡罗、布莱恩、克拉森教授的帮助，他们除有问必答之外，还提供了大量相关资料，在此我们表示感谢。文章的观点属作者一家之见，对原文我们基本采取直译方法，尽量恪守赵元任"字字准译"的翻译原则，但为了便于理解，在行文中也不避词句上的增减，尽量将作者的意图无所遗漏地传递给读者。另外我们还要感谢这些文章的版权所有方，他们有求必应，为这些文章在国内的翻译出版提供了便利。该书的出版还得到清华大学文科基金和外文系出版基金的资助；清华大学出版社外语分社社长郝建华，以及本书的责任编辑杨文娟为本书的顺利出版提供了帮助，在此也一并表示感谢。

余石屹

马提亚斯·克拉森

2020 年 8 月 18 日

参考文献

达尔文. 1996a. 人和动物的感情表达（第二版）. 曹骥译. 北京：科学出版社.

达尔文. 1996b. 物种起源. 周建人，叶笃庄，方宗熙译. 北京：科学出版社.

达尔文. 2017. 人类的由来. 潘光旦，胡寿文译. 北京：商务印书馆.

戴维·巴斯. 2015. 进化心理学：心理的新科学（第四版）. 熊哲宏，张勇，晏倩译. 北京：商务印书馆.

戴维·巴斯. 2020. 欲望的演化：人类的择偶策略（最新修订版）. 王叶，谭黎译. 北京：中国人民大学出版社.

戈特沙尔. 2014. 故事如何改变你的大脑？：透过阅读小说、观看电影，大脑模拟未知情境的生存本能. 许雅淑，李宗義译. 新北：木马文化事业股份有限公司.

理查德·道金斯. 2018. 自私的基因. 卢允中，张岱飞，陈复加，罗小舟译. 北京：中信出版集团.

罗伯特·特里弗斯. 2016. 愚昧者的愚昧：自欺与欺骗背后的逻辑. 孟盈珂译. 北京：机械工业出版社.

史蒂芬·平克. 2016. 白板：科学和常识所揭示的人性奥秘. 袁冬华译. 杭州：浙江人民出版社.

余石屹. 2013. 达尔文进化论与 21 世纪的文学批评. 清华大学学报（哲学社会科学版）（13），47–54.

约瑟夫·卡罗. 2012. 文学研究的进化论范式. 余石屹译. 文学理论前沿（9），240–250.

Barkow, J. H., Tooby, J., & Cosmides, L. (eds.) 1992. *The Adapted Mind: Evolutionary Psychology and the Generation of Culture*. New York: Oxford University Press.

Barrett, D. 2010. *Supernormal Stimuli: How Primal Urges Overran Their Evolutionary Purpose*. New York: W. W. Norton & Company.

Bedaux, J. B., & Cooke, B. (eds.) 1999. *Sociobiology and the Arts*. Amsterdam: Rodopi.

Boyd, B. 1998. Jane, Meet Charles: Literature, Evolution, and Human Nature. *Philosophy and Literature, 22*(1), 1–30.

Boyd, B. 2001. The Origin of Stories: Horton Hears a Who. *Philosophy and Literature, 25*(2), 197–214.

Boyd, B. 2005. Literature and Evolution: A Bio-Cultural Approach. *Philosophy and Literature, 29*(1), 1–23.

Boyd, B. 2009. *On the Origin of Stories: Evolution, Cognition, and Fiction*. Cambridge: Belknap Press of Harvard University Press.

Boyd, B., Carroll, J., & Gottschall, J. (eds.) 2010. *Evolution, Literature, and Film: A Reader*. New York: Columbia University Press.

Buss, D. M. 1989. Sex Differences in Human Mate Preferences: Evolutionary Hypotheses Tested in 37 Cultures. *Behavioral and Brain Sciences, 12*(1), 1–14.

Buss, D. M. 2009. The Great Struggles of Life: Darwin and the Emergence of Evolutionary Psychology. *American Psychologist, 64*(2), 140–148.

Buss, D. M. 2012. *Evolutionary Psychology: The New Science of the Mind* (4th ed.). Boston: Pearson Allyn & Bacon.

Carroll, J. 1995. *Evolution and Literary Theory*. Columbia: University of Missouri Press.

Carroll, J. 2004. *Literary Darwinism: Evolution, Human Nature, and Literature*. New York: Routledge.

Carroll, J. 2006. The Human Revolution and the Adaptive Function of Literature. *Philosophy and Literature, 30*(1), 33–49.

Carroll, J. 2008. An Evolutionary Paradigm for Literary Study. *Style, 42*(2–3), 103–134.

Carroll, J. 2010. Three Scenarios for Literary Darwinism. *New Literary History*, *41*(1), 53–67.

Carroll, J. 2011. *Reading Human Nature: Literary Darwinism in Theory and Practice*. Albany: SUNY Press.

Carroll, J. 2012a. The Adaptive Function of the Arts: Alternative Evolutionary Hypotheses. In C. Gansel, & D. Vanderbeke. (eds.) *Telling Stories: Literature and Evolution*. Berlin: De Gruyter, 50–63.

Carroll, J. 2012b. The Truth About Fiction: Biological Reality and Imaginary Lives. *Style*, *46*(2), 129–160.

Carroll, J. 2018. Evolutionary Literary Theory. In D. Richter. (ed.) *Blackwell Companion to Literary Theory*. Malden: Blackwell, 423–438.

Carroll, J., Clasen, M., & Jonsson, E. (eds.) 2020. *Evolutionary Perspectives on Imaginative Culture*. New York: Springer.

Carroll, J., Gottschall, J., Johnson, J. A., & Kruger, D. J. 2012. *Graphing Jane Austen: The Evolutionary Basis of Literary Meaning, Cognitive Studies in Literature and Performance*. London: Palgrave Macmillan.

Carroll, J., Johnson, J. A., Salmon, C., Kjeldgaard-Christiansen, J., Clasen, M., & Jonsson, E. 2017. A Cross-Disciplinary Survey of Beliefs About Human Nature, Culture, and Science. *Evolutionary Studies in Imaginative Culture*, *1*(1), 1–32.

Carroll, J., McAdams, D. P., & Wilson, E. O. (eds.) 2016. *Darwin's Bridge: Uniting the Humanities and Sciences*. New York: Oxford University Press.

Clasen, M. 2010. Vampire Apocalypse: A Biocultural Critique of Richard Matheson's *I Am Legend*. *Philosophy and Literature*, *34*(2), 313–328.

Clasen, M. 2012a. Attention, Predation, Counterintuition: Why Dracula Won't Die. *Style*, *46*(3), 378–398.

Clasen, M. 2012b. Monsters Evolve: A Biocultural Approach to Horror Stories. *Review of General Psychology*, *16*(2), 222–229.

Clasen, M. 2016. Terrifying Monsters, Malevolent Ghosts, and Evolved Danger-Management Architecture: A Consilient Approach to Horror Fiction. In J. Carroll, D. P. McAdams, & E. O. Wilson. (eds.) *Darwin's Bridge: Uniting the Humanities and Sciences.* New York: Oxford University Press, 183–193.

Clasen, M. 2017. *Why Horror Seduces.* New York: Oxford University Press.

Clasen, M. 2018. Evolutionary Study of Horror Literature. In K. Corstorphine, & L. Kremmel. (eds.) *The Palgrave Handbook to Horror Literature.* London: Palgrave Macmillan, 355–363.

Clasen, M., Kjeldgaard-Christiansen, J., & Johnson, J. A. 2018. Horror, Personality, and Threat Simulation: A Survey on the Psychology of Scary Media. *Evolutionary Behavioral Sciences, 14*(3), 213–230.

Cooke, B. 2002. *Human Nature in Utopia: Zamyatin's We.* Evanston: Northwestern University Press.

Cooke, B., & Turner, F. (eds.) 1999. *Biopoetics: Evolutionary Explorations in the Arts.* Lexington: International Conference on the Unity of the Sciences.

Darwin, C. 1871/1981. *The Descent of Man, and Selection in Relation to Sex.* Princeton: Princeton University Press.

Darwin, C. 1872/1998. *The Expression of the Emotions in Man and Animals.* Oxford: Oxford University Press.

Darwin, C. 2003. *On the Origin of Species by Means of Natural Selection.* Peterborough: Broadview Press.

Dutton, D. 2009. *The Art Instinct: Beauty, Pleasure & Human Evolution.* New York: Bloomsbury Press.

Easterlin, N. 1999. Making Knowledge: Bioepistemology and the Foundations of Literary Theory. *Mosaic: An Interdisciplinary Critical Journal, 31*(1), 131–147.

Easterlin, N. 2001. Hans Christian Andersen's *Fish out of Water. Philosophy and Literature, 25*(2), 251–277.

Easterlin, N. 2012. *A Biocultural Approach to Literary Theory and Interpretation*. Baltimore: Johns Hopkins University Press.

Eibl, K. 2004. *Animal Poeta: Bausteine der Biologischen Kulturund Literaturtheorie*. Paderborn: Mentis Verlag.

Fishelov, D. 2017. Evolution and Literary Studies: Time to Evolve. *Philosophy and Literature*, 41(2), 272–289.

Fisher, M., & Cox, A. 2010. Man Change Thyself: Hero Versus Heroine Development in Harlequin Romance Novels. *Journal of Social, Evolutionary, and Cultural Psychology*, 4(4), 305–316.

Fromm, H. 2003a. The New Darwinism in the Humanities, Part I: From Plato to Pinker. *The Hudson Review*, 56(1), 89–99.

Fromm, H. 2003b. The New Darwinism in the Humanities, Part II: Back to Nature, Again. *The Hudson Review*, 56(2), 315–327.

Gansel, C., & Vanderbeke, D. (eds.) 2012. *Telling Stories: Literature and Evolution*. Berlin: De Gruyter.

Gottschall, J. 2001. Homer's Human Animal: Ritual Combat in the *Iliad*. *Philosophy and Literature*, 25(2), 278–294.

Gottschall, J. 2003. The Tree of Knowledge and Darwinian Literary Study. *Philosophy and Literature*, 27(2), 255–268.

Gottschall, J. 2004. Literary Studies, Universals, and the Sciences of the Mind. *Philosophy and Literature*, 28(1), 202–217.

Gottschall, J. 2008a. *Literature, Science, and a New Humanities*. New York: Palgrave Macmillan.

Gottschall, J. 2008b. *The Rape of Troy: Evolution, Violence, and the World of Homer*. New York: Cambridge University Press.

Gottschall, J. 2012. *The Storytelling Animal: How Stories Make Us Human*. Boston: Houghton Mifflin Harcourt.

Gottschall, J., & Nordlund, M. 2006. Romantic Love: A Literary Universal?. *Philosophy and Literature, 30*(2), 450–470.

Gottschall, J., & Wilson, D. S. 2005. *The Literary Animal: Evolution and the Nature of Narrative.* Evanston: Northwestern University Press.

Høgh-Olesen, H. 2018. *The Aesthetic Animal.* New York: Oxford University Press.

Jonsson, E. 2012. "Man is the Measure": Forster's Evolutionary Conundrum. *Style, 46*(2), 161–176.

Jonsson, E. 2013. The Human Species and the Good Gripping Dreams of H. G. Wells. *Style, 47*(3), 296–315.

Jonsson, E. 2018. T. H. Huxley, Arthur Conan Doyle, and the Impact of Evolution on the Human Self-Narrative. *Evolutionary Studies in Imaginative Culture, 2*(1), 59.

Kramnick, J. 2011. Against Literary Darwinism. *Critical Inquiry, 37*(2), 315–347.

Kruger, D. J., Fisher, M. L., & Jobling, I. 2003. Proper and Dark Heroes as Dads and Cads. *Human Nature, 14*(3), 305–317.

Kruger, D. J., Fisher, M. L., Strout, S. L., Clark, S., Lewis, S., & Wehbe, M. 2014. *Pride and Prejudice* or Family and Flirtation?: Jane Austen's Depiction of Women's Mating Strategies. *Philosophy and Literature, 38*(1A), A114–A128.

Kruger, D. J., & Jonsson, E. 2019. The Viking and the Farmer: Alternative Male Life Histories Portrayed in the Romantic Poetry of Erik Gustaf Geijer. *Evolutionary Studies in Imaginative Culture, 3*(2), 17–38.

Marks, I. M., & Nesse, R. M. 1994. Fear and Fitness: An Evolutionary Analysis of Anxiety Disorders. *Ethology and Sociobiology, 15*(5–6), 247–261.

Mellmann, K. 2012. Is Storytelling a Biological Adaptation? Preliminary Thoughts on How to Pose That Question. In C. Gansel, & D. Vanderbeke. (eds.) *Telling Stories: Literature and Evolution.* Berlin: De Gruyter, 30–49.

Miller, G. 2000. *The Mating Mind: How Sexual Choice Shaped the Evolution of Human Nature*. New York: Anchor Books.

Morin, O., Acerbi, A., & Sobchuk, O. 2019. Why People Die in Novels: Testing the Ordeal Simulation Hypothesis. *Palgrave Communications, 5*(1), 62.

Morris, D. 1967. *The Naked Ape: A Zoologist's Study of the Human Animal*. New York: McGraw-Hill.

Nordlund, M. 2002. Consilient Literary Interpretation. *Philosophy and Literature, 26*(2), 312–333.

Nordlund, M. 2007. *Shakespeare and the Nature of Love: Literature, Culture, Evolution*. Evanston: Northwestern University Press.

Pinker, S. 1994. *The Language Instinct: How the Mind Creates Language*. New York: William Morrow.

Pinker, S. 1997. *How the Mind Works*. New York: W. W. Norton & Company.

Pinker, S. 2002. *The Blank Slate: The Modern Denial of Human Nature*. New York: Viking Press.

Pinker, S. 2007. Toward a Consilient Study of Literature. *Philosophy and Literature, 31*(1), 162–178.

Salmon, C. 2012. The Pop Culture of Sex: An Evolutionary Window on the Worlds of Pornography and Romance. *Review of General Psychology, 16*(2), 152–160.

Salmon, C. 2018. Evolutionary Perspectives on Popular Culture: State of the Art. *Evolutionary Studies in Imaginative Culture, 2*(2), 47–66.

Salmon, C., & Symons, D. 2003. *Warrior Lovers: Erotic Fiction, Evolution and Female Sexuality, Darwinism Today*. New Haven: Yale University Press.

Saunders, J. P. 2009. *Reading Edith Wharton Through a Darwinian Lens: Evolutionary Biological Issues in Her Fiction*. Jefferson: McFarland & Company.

Saunders, J. P. 2018. *American Classics: Evolutionary Perspectives, Evolution, Cognition, and the Arts*. Boston: Academic Studies Press.

Scalise Sugiyama, M. 1996. On the Origins of Narrative: Storyteller Bias as a Fitness-Enhancing Strategy. *Human Nature, 7*(4), 403–425.

Scalise Sugiyama, M. 2001a. Food, Foragers, and Folklore: The Role of Narrative in Human Subsistence. *Evolution and Human Behavior, 22*(4), 221–240.

Scalise Sugiyama, M. 2001b. Narrative Theory and Function: Why Evolution Matters. *Philosophy and Literature, 25*(2), 233–250.

Segerstråle, U. 2000. *Defenders of the Truth: The Battle for Science in the Sociobiology Debate and Beyond*. New York: Oxford University Press.

Snow, C. P. 1959/1993. *The Two Cultures*. Cambridge: Cambridge University Press.

Storey, R. 1996. *Mimesis and the Human Animal: On the Biogenetic Foundations of Literary Representation*. Evanston: Northwestern University Press.

Symons, D. 1979. *The Evolution of Human Sexuality*. New York: Oxford University Press.

Tooby, J., & Cosmides, L. 2001. Does Beauty Build Adapted Minds? Toward an Evolutionary Theory of Aesthetics, Fiction, and the Arts. *SubStance, 30*(1–2), 6–27.

Vanderbeke, D., & Cooke, B. (eds.) 2019. *Evolution and Popular Narrative*. Leiden: Brill Rodopi.

Wilson, E. O. 1975. *Sociobiology: The New Synthesis*. Cambridge: Harvard University Press.

Wilson, E. O. 1998. *Consilience: The Unity of Knowledge*. New York: Knopf.

目　录

理　论　篇

批　评　篇

理论篇

文学与进化：生物文化研究方法略论

布莱恩·博伊德

现在许多人都感到过去三十多年独霸大学文学批评讲台的所谓的"理论"气数已尽，认为是应该回到文学文本的时候了。[1]文学研究圈之外的更多的人，比如在人类学、经济学、法律、心理学和宗教学这些不同的领域，他们在最近几年也认识到打造了我们这个物种的遥远的过去能够帮助我们解释我们的过去和现在。因为从生物文化角度来理解人，远比单一的只从文化角度出发的理解更加丰富，它既不会暗地里兜售基因决定论也不会把眼光囿于当前。[2]我想在下面就研究文学的这一生物文化方法，或者说叫进化论方法作一陈述。首先从整体上加以概述，然后通过例举《哈姆雷特》这部悲剧的几个特征进一步细说。我想说明，这种研究方法既可以为我们当下提供一个更全面的文学研究理论，同时又可以让我们能够更深入细致地阅读和分析文学文本。

一

传统的文学观倾向于将文学看成是自然之性的反映，特别是人性的反映。从柏拉图对摹仿的批评和亚里士多德对摹仿的推赞，到莎士比亚或司汤达将艺术比作自然的一面镜子，都是如此。从常识出发的传统的文艺观，已经蜕变成超验的说教，而且随着宗教信仰的扩散而流传于世。造成这种情况的另一个原因，是艺术家和他们的赞助人从利益出发，刻意散布艺术神造说，让艺术蒙上一层神秘的面纱，以便引起观众对艺术的崇敬膜拜之情。

从 20 世纪开始，首先是在社会学、人类学，甚至心理学领域，其后是 20 世纪 60 年代左右，这些学科与索绪尔语言学合流，产生出结构主义

---

1 参见 *Critical Inquiry*，2004 年第 30 卷有关该主题的文章。

2 对这类偏见的批评参见 Singer, 1999; Richards, 2000; Campbell, 2002。讨论进化论与文学关系的论著参见 Carroll, 1995; Storey, 1996; Gottschall, 2003b; Carroll, 2004; Gottschall & Wilson (eds.), 2005；以及 *Philosophy and Literature*，2001 年第 25 卷第 2 期，有关 Evolution and Literature 的一系列文章。

及其后续学派，并扩散至文学领域，有些人拒不承认人性是人先天所得，固执地认为人性仅仅是文化和传统的产物。"理论"或者按《诺顿理论与批评文集》的称法叫文化批评，对传统的常识性和超验性的艺术观作了正确的批判，指出艺术或文学所要反映的自然、人性，或超自然，只是从某一本地文化视角出发来假设的东西，[1] 使用了像罗兰·巴特（Roland Barthes）所批评的那种"将小资产阶级文化转化为普世性文化的神话手法"。[2] 现代理论，比如像弗雷德里克·詹明信（Frederic Jameson）《作者之死》步巴特的后尘宣布主体之死一样，也拒绝把个人具体地理解为一个小资产阶级者或资本家或一种西方观念。[3] 20 世纪 60 年代以来的批评"在理论上，拒不承认单个作者有历史内涵，可以从历史上界定，他作为个人有其相关性"。[4]

但是，许多人最近已经认识到，否认人性和否认个人会引起值得注意的伦理后果。在这些否认之后，我们还可以从什么基础出发为全人类争取平等权利？还可以在什么基础之上绑定行动的责任？[5] 如果没有"历史上可以界定的单个作者"存在，那么，这是不是说，发表了宣扬种族主义长篇大论的人可以逍遥法外？

的确需要对西方不曾被质疑的人性理论展开批判，但是 20 世纪 60 年代以来的批判出发点还不够高，看得还不够远。当结构主义及其多少具有点反叛精神的后学理论还在继续使用 20 世纪早期以来的社会科学理论的时候，自然科学正在朝相反的方向疾驰，正试图从多学科提供的整体知识上将人性放置于进化和人类、动物、人工智能和行为背景中去加以理解。

最近在人文学科领域，弥漫着一种对科学的广泛的不信任。一些后现代主义者炫耀他们"对证据的无用性以及对一切所谓的知识都有相对性抱有假戏真做的欣赏态度"。但正如丹尼尔·丹尼特（Daniel Dennett）所说，

1　Leitch et al. (eds.), 2001: xxxiii.

2　Barthes, 1970/1972: 9.

3　Jameson, 1991: 15.

4　A. R. Braunmuller 在 Thompson, Berger, Braunmuller & Edwards, 1992: 78，发表相关观点。

5　参见 Brown, 1991; Hogan, 2003。

"他们的这种言论，根本谈不上高妙，充其量是高超地掩盖了他们的幼稚无知。之所以如此，是因为他们对科学上被证明了的寻找真理的方法及其实际效力视而不见"。[1] 科学不仅仅提供真答案：其中包含的思想当然可能受到个人、文化或物种兴趣或局限性的限制。但是因为科学找到了比其他任何探究方式更加有效的方式去筛除假答案，所以在科学的行程中，它会比其他任何形式的人类知识更少地受到这些因素的制约。

另外，在许多还没有真正研读过进化论研究文献的人当中，还弥漫着一种担忧，他们怀疑进化论研究在暗示生物决定论。对这一疑问的答案是否定的。基因不给人任何限制，它们给人打气。它们不下这样的命令："干这个不准停"。[2] 即使在没有意识的有机体中，在单细胞有机体中，它们把一套对环境敏感的"如果/就"规则嵌入其中。如果是 A 条件，就以 A' 回应，或者如果是 A 和 B，那么就是（A+B）'，等等。既然在只有简单意识的动物中便是如此，智人就更不消说了。没有基因，行为、文化、知识的灵活性都会荡然无存。通过认知什么条件产生什么结果，我们就可以去寻找方法以便创造最可能的条件，以达成我们选择的结果。[3]

"理论"对知识的批判的目标，实际上如果通过生物文化方法去做，即使用可以用科学的途径来检验和推进的方法，这种方法综合利用了人类创造的主要知识，那么，这一目标就更容易实现。[就像洛兰·丹森（Lorraine Danson）所说，"打破人文学科的分封格局，在今天比任何时候都显得更有必要"。][4] 进化论的思想是革命性的，它拒绝接受关于人性的自以为是的浅薄的理论假设，它有一种更宏大、更全面的视野，它通过一种相互关联、前后连贯、长年积累、极具自我批判精神的知识，使学科交叉不至于落空，变成那种业余的左一把混沌理论右一撮量子物理或者拉康一派伪心理学的大杂烩，使之成为摸得着看得见又合情合理的现实。它尊重历史语境，为读者提供一种真正的历史眼光，既讲眼下的前因后果，也不回避将来的因果走向。

---

1 Dennett, 1998.

2 见 Ridley, 2003。

3 参见 Singer, 1999; Richards, 2000。

4 Danson, 2004: 361–364.

生物文化观对人性有更丰富的理解。这种观点得到了多方面的印证——从狩猎者和采集人时代到现代工业化社会的跨文化印证，从灵长类到哺乳类动物，甚至两者之外的物种的对比印证，同时也得到了真正具有历史深度，即考察了几百万年来塑造了人类大脑、人类文化之间相同性的时间上的印证，而且还不止于历史表面的印证，也得到了神经生理学意义上的印证，其结果已经通过脑成像技术为我们所熟知。

我们可以先拿视力来做一个例子，说明那种基于常识的人性观为什么站不住脚，但同时还要说明，为什么从文化建构主义角度对这种观点的批判也流产了。在日常经验中，大脑中的意识似乎清澈透明，好像只要我们把眼光转向内心就可以一览无余似的，好像它是个没有缝隙的板块，把我们跟现实做了无缝连接。但实际上它内部有很多我们目前还不清楚的子系统，它们自动地把运算结果传递给我们，速度如此之快，我们懵然无觉。比如拿视力来说，我们睁眼看出去，所见之物自然是空间、物品以及我们在空间中所处的位置。我们的眼睛好像给我们提供了通达世界的无障碍匝道。

但是建构主义者批评说，"我们所见即是我们通过文化经验学会去看的东西"。[1] 由于一些人只有两个词来形容颜色，相当于说明暗，或者黑白，由于多数文化都没有能够发展出阿尔伯蒂（Leon Battista Alberti）所谓的线透视或者列奥纳多（Leonardo da Venci）所谓的综合透视，所以颜色和透视被看成是因人而定和约定俗成的。[2] 在20世纪中期，从来没有接触过西方文化的部落，被普遍认为看不懂照片，原因是他们所在的文化传统没有这号东西存在。这是一种典型的因否认人性而产生的侮辱人的偏见。[3] 实际上连鸽子也能够看照片，能够在短时间内分辨出照片中的个人。

无论使用哪种语言，人实际上看的方式相同，色彩分辨力相近，等等。[4] 但是眼睛不会毫无阻碍地立刻把外部的空间、形状表面和色彩传递到大脑中，人类的视力也不是像通常自夸的那样比其他动物的要精细高明。

长期以来我们相信唯独我们拥有颜色分辨力。其实我们看不见蜜蜂看得见的紫外线，蝮蛇看得见的红外线，飞蛾在夜晚看得见的颜色，很多飞鸟、虫子，甚至植物看得见的双色。我们的视力能够分辨三色，强于很多物种的双色视力，但是鸽子能够分辨四种颜色。虽然人的视力会漏过很多可能的视觉信息，但它完成的工作远比我们知道的多，它在我们不知不觉的情况下调动了五十多个大脑区域，以产生视觉摄入的复杂的真实感。有特殊的细胞负责探测边界，或者运动速度，或者运动方向，或者将有生命物的运动和无生命物的分开，甚至还有细胞所负责的不只是人脸，而且还有不同角度的面部，或者特殊的面部，并且通过大脑的杏仁核发出自动的情绪反应。我们有不同的白昼和夜晚视觉系统，不同的地点和事物的视觉系统，不同的无意识预警视觉系统和有意识视觉系统。

就像我们大脑和人性中的许多其他特征一样，比如我们的社会认知和社会情绪，如果我们以为我们通过内省法或通过本地文化的调节功能，就能知道我们所见所想为何，或者我们是谁，这其实是大错特错的。自然在我们的视力和大脑中所铺设的东西太多，没有科学的帮助，我们不会知道多少。这一点对所有不同种族或文化中正常的人类大脑来说，没有什么不同。

二

人类最早从单细胞有机体开始，后来又从人类与黑猩猩共有的祖先猿人最终演化而来这一观点是可以接受的。但试着想想看，这个演化过程现在和我们还有什么关系？我们是从什么时候开始被文化改变的？20世纪以来，许多人认为是文化把人类从其生物性剥离开了。但是，过去二十多年来，在许多动物物种中都发现了文化的存在，即非基因遗传的行为的存在，它受制于学习，受制于本地不同的传统，受制于发明创造，甚至受制于时尚。这些物种的生物性毫无例外地使它们的文化成为可能。[1]但许多人问，就算我们把进化作为远端的背景来接受，那它怎么能影响到我们现在讨论的问题呢？它怎样影响我们对具体作品的阅读、解释和评价呢？且听

1　见 Bonner, 1980; de Waal, 2001。

我慢慢道来。

首先，这不是文学研究唯一应当涉及的东西。文学研究还应当包括从总体上理解文学，把文学放在与其他艺术和人类行为的关系中加以理解，还要理解它的起源。进化论方法可以提供一套理论性高但又不乏实证研究旨趣的文学理论，它还对目前我们所知的人类行为和其他动物的行为提出新的猜想，并加以验证。

第二，生物文化方法可以提供一套全面的解释理论，不会唯近代西方高雅文学是从，以其标准去判断文学价值的高低。相反，它关注所有文化、所有时代和所有阶级对故事、意象和语言结构的感动。

第三，研究文学的生物文化理论有丰富的内涵：

（1）它以普遍性开始，穿越所有物种，将人放在其他物种的背景之中。

（2）跟所有的生物学一样，它不会忽视本地的、特殊的生态条件。就人而言，指特定时间和地点的物质和文化条件，以及历史语境。[将普遍性，包括跨物种比较，与本地文化合起来研究显示出巨大的阐释能量，最近一个突出的例子是乔恩·戈特沙尔（Jon Gottschall）的文章《从进化角度看荷马笔下的隐身女儿》。][1]

（3）它也不会忽视个人，像"理论"从宣布作者已死以来所为。他们用修辞策略去淡化作者的存在，最终以文本或者社会能量的流动或者文化生产体系取而代之。[2]事实上，即使他们在名义上不承认可以从历史语境中界定单个作者的存在，但事实上大多数批评家都一直在他们的文章中言及可以从历史上加以界定的以个体形式存在的作者。如果我们不说他们的这些文章有单个在历史上可以界定的作者存在，那他们自己也会愤然不平。我们发现我们自己身上、他人身上、作者身上的个性如此之重要，没有个性，何论生存。我们不是黏菌，也不是白蚁。个性也不是近代西方的发明，而是一种生物事实。没有个性差异，进化绝不可能开始。简·古多尔（Jane Goodall）曾经提到，一位科学界的同事告诉她，即使她在黑猩猩中发现

1　Gottschall, 2003a.

2　批评文字见 Levin, 1990: 491–504; Burke, 1998。

了个性差异，她最好把这个发现扫到地毯下面藏起来。[1]为什么呢？这当然不是因为她的西方理论背景促使她把个性强加到黑猩猩身上。事实上，日本灵长类动物学家，是他们首次把黑猩猩作为个体来研究。作者的个性差异，就和猿猴的个性一样，都不是西方的、启蒙运动的、资产阶级的产物，没有理由对此缄口不言。

（4）在个体之上，还有另外一个更精密的解释层级。生物学在物种层次上，在本地生态范围之内，从个体差异出发来研究行为，但它也认为动物能够对特殊环境做出有策略的灵活的反应。我们也可以这样来看待作者或艺术家：当他们开始创作一部艺术作品的时候，他们就将自己置身于复杂的情境之中，他们能够采取策略，对此情景做出灵活的反应。

　　第四，进化论方法可以在更深的层次上解释文学所再现的人类行为，往往比作者本人的认识更深刻，比大众对人性的认识或者本地的文化解释系统所提供的解释更深刻。通过理论、观察和实验，通过对自然状态下观察到的或由实验控制的行为或者抽象的电脑模拟作发展的、多文化的、跨物种的比较，通过临床和认知神经心理学的研究，进化论已经以不同方式解释了在人类和所有个性化社会生活之中合作与竞争之间的紧张关系，对人类重要的关怀，比如择偶或代际冲突，或者伴随社会生活而起的情绪，比如感恩、羞耻和愤怒，给出了解释。[2]生物文化方法可以保证解释不会窜层，比如在解释某一特定时间和地点人们对待种族或性的态度时，不会只从本地文化出发（也不是说本地文化完全被排斥于解释之外），而且还会考虑见于异地他乡的、体现在人或其他动物身上以及在相同的行为或生态条件之中的共同因素。[3]

　　第五，文学研究的生物文化方法，可以为分析文本结构和读者反应提供研究工具。进化生物学使用精密的成本效益分析方法解释观察到的行为。我们可以把作者看作是具有特殊能力和喜好的问题解决者，他们创造机会去迎合观众的认知偏好和期待，包括在物种层面和本地层面上的偏好和期待，平衡生产作者创作以及引起读者理解和回应这两种效益所产生的

1　Goodall, 1990.

2　参见 Axelrod, 1990; Trivers, 2002a; Trivers, 2002b; Frank, 1988。

3　Cronk, 1999.

成本，以便在特定的情境中做出具有策略意义的选择。

第六，进化论研究方法还可以解释为什么诠释是一个开放的但不是没有止境的过程，以及为什么意义还可以再具体化一些，但大体上是可以被理解的。因为我们不但在物种层面上享有共同的背景，即在不同的认知情景下我们会做出类似的推测，同时又在不同的本地层面上享有共同的背景。[1]

第七，生物文化方法还可以用我们所拥有的更多的认知偏好与期待，包括物种层面、本地层面、带有个人差异的偏好与期待，用一种偏好的认知成本效益与另一种偏好相权衡，用作者在瞄准不同的关注与回应以及因此而来的不同的观众时不得不做出的策略性选择所带来的后果，解释文学与艺术评价的同与异。

虽然我不能在这样一篇短文中把进化论文学批评方法的全部优点作一深入细致的介绍，恕我只选择其中几点加以解释。进化论分析方法允许我们询问为什么生命的一些特征会如此。比如说，为什么我们都读文学，欣赏其他艺术？为什么我们与生俱来的大脑能够生产艺术，关注艺术，理解艺术，被艺术感动？这样的大脑是怎样构造的？高雅文学是怎样与通俗文学、民间文学、没有书写文字之前的口头文学，以及日常交谈相关联的？

三

我把艺术定义为：一种努力引起关注的行为，它通过转化外在对象和/或行动以迎合物种的认知偏好，引发回应。这种对认知偏好和回应的诉求越纯粹，它把自己越严格地限制在这种诉求的传统之中（其结果是把物种的偏好和回应更加细化），引起关注和引发回应的努力越成功，那么它就越属于艺术。

为了解释艺术，我们不得不用到关注二字。没有关注，艺术就会死亡。共享的关注在婴儿期以降的人类生命历程中扮演了一个特殊的角色。所有的有机体都会尽其脑力和感受力去应对关乎其生死存亡的机遇和危害。但有一个非常特别的事件发生在人类的注意力上了。[2]

1　Sperber & Wilson, 1988; Fauconnier & Turner, 2002; Boyer, 2001.
2　Brian Boyd 在即将出版的 "Evolutionary Theories of Art" 一文中有更充分的讨论。

在黑猩猩和倭黑猩猩中，它们眼睛巩膜与虹膜之间的色彩对比度比其他猿与猴更大，比人类的对比度甚至更大，这表明调控他人的注意方向的能力，对人类而言，比我们的近亲更加重要。刚出生的小猴缺乏刺激工具去罩住母猴的注意力。母黑猩猩很少凝视它们的婴儿，或者跟它们交流，虽然当小黑猩猩用嘴咬来逗它们玩时它们也会做出反应，会挠痒和发出笑声。但是，人类母婴之间从一开始就关注对方。新生儿的眼睛可以看到8英寸远，相当于从其母亲的乳房到眼睛的距离。跟其他物种的婴孩不同，新生儿吃奶时会保持跟其母亲的眼睛的接触。新生儿喜欢注视面部。在实验室中表明，他们在刚出生一小时以内就能够摹仿别人，但不能摹仿动画模型。

接下来，婴儿出生后的六个月，他们爱上了人脸、人的声音和抚摸。大约在八个月时，母婴之间的"原交谈"为人的社会性和艺术定下基调：他们将是使用眼睛和面部、手和足、声音和运动的多媒体表演，这些部件之间有节奏地协调地相互配合相互摹仿，包括精心设计、夸张、重复和惊奇，相互之间能够提前预料对方的反应，以便协调情绪，使之前后有序，等等。这种表演经过了一系列独一无二的发展过程。

婴孩期之后，人的注意力显现出很多独一无二的特征。它发展到语言，发展出集中注意的能力，甚至能够把别人指引到某些不在场的，可能是不真实、不可能或者没有先例的东西上去。从人类注意力的早期特点上，特别是共享注意的能力上，我们发展出一套完整的意识理论，即一种能力，它能够让满五岁时的儿童欣赏别人对他们的推测，之后这种能力开花结果，发展成为一种理解多层次意向的能力，可以构想出甲怎样想乙怎样想丙怎样想丁的思想，从而有了对社会情景多方面的把握，生产和把握故事的复杂能力。[1]

所有智性动物都能够关注当前的事物，期待最近的将来，可能也会回忆他们自己的过往经历。但是只有我们，因为我们拥有分享和提高注意的能力，能够将我们的意识集中在我们自己或他人——不论是活着的还是已经过世的人、经历过或者目睹的特定的过往事件上，集中在可能或不可能

1　参见 Baron-Cohen, 2000: 3–20; Dennett, 1993。

的事件上，集中在假设的、反事实的和虚构的事件上。大多数动物不敢不对它们身处的周遭环境充满戒心，不敢轻易地想入非非。但是人类拥有敢于超越他自身所在的能力，这种能力赋予我们力量去检验思想，将我们的想法试验于无尽的可能性之中。

进化不可能在即使是一个智性动物之中植入生产真理的器官，从而让他可以轻而易举地从事实基础上吸取科学经由艰苦的探索挖掘所获得的东西，也不可能给我们一个实用的设计器官，从而可以研制出不断改进的技术。进化没有前瞻力，它能做的只是从当前的差异之基础上选择，只能使用从每一个物种当前所处的环境中得来的信息建构认知。但是，通过缓慢地扩展人类分享注意的能力，通过将超越此时此地的探索变成一次快乐之旅，进化已经逐渐将我们带入了发现和寻找真理及设计的更加宽广的胜景之中。

总结言之，在人类而言，社会注意力在灵长类动物的演化中已经变得很重要了，特别是在猿中，而且还会继续变得越来越重要：出现的更早，更强烈，有更多的互动，更灵活，更准确，更有力。因为共享注意已经变得非常重要，特别是因为婴儿出生时需要更多的成长时间，会度过更长的儿童期，通过借助共同的认知偏好提升分享和引导他人注意的能力，艺术出现了。也就是说，艺术自然而然地引发了这样一种行为，即不关注此时此地的即刻需求，只是为了引导注意，激发情感，甚至是将人的注意力引向遥远的现实和新的可能。

因此，艺术有一种立竿见影的特殊功能，因为保持注意对我们至关重要（威胁切断注意的惩罚是人的一个共性，冒险孤立于社会将带来极端后果），而且能掌控注意是一大优势（这跟地位紧密相关）。艺术还有一种社会功能，它能够提升社会协调能力和社会凝聚力。它还有一种特殊的社会功能，它能激发创造力，创造辉煌的部落艺术等等。

以上对进化论艺术观的总结只是一个粗略的描述。如果我们想把它落实到文学上，还需要增加海量的细节，特别是关于我们理解事件、原表现、比拟、对固定模式的欣赏的认知系统，以及关于贯穿整个理解过程的情感的自动参与和克服期待以集中注意的细节。[1]

四

以上是我提出的生物文化方法的第一个角色，即它能够为文学艺术的通盘理论提供坚实的基础。现在让我们跳到第五个角色，讲进化论方法对文学中所表现的人性具有强大的阐释力。

让我们先来考虑人性的一个方面，即种族。在现代文学研究中，种族一次又一次地被追溯到特定的历史起点，批评家们无一例外地朝那一时间节点投去毋庸置疑的目光。这一点不足为怪。但是进化论研究所提供的解释没有停留于表面。有很多人研究多层次选择，即自然选择发生在种或细胞或器官的层次上，或者在单个有机体、家庭、群体、物种、物种及其衍生体、整个生态系统层次上。[2]在一个层次上的合作可能成功，因为它允许那些合作顺利的参与者（无论是细胞、器官还是个体）把那些不愿合作或合作欠佳者剔除出去，它们优越的合作能力让它们能够在竞争中最终打败那些合作欠佳者。换句话说，即在群内的合作通过与群外的竞争得到进化，群内的和睦是以群外的敌意为代价的。[3]在许多社会性物种之中，比如从蚂蚁到鬣狗、海豚、黑猩猩，是通过眼睛、气味和声音来分辨群外以及同一物种但属于其他群体的他者，一旦确认，会产生激烈对抗和冲突。在人类而言，比如，用不同语言、方言和方音可以清楚地划分出群体界限。

虽然如此，约翰·图比（John Tooby）和雷妲·科斯米蒂斯（Leda Cosmides）这两个进化心理学的缔造人，他们还是纳闷为什么人类会如此关注种族，因为在他们看来，毕竟人类心理在非洲开始演化的初期，分辨种族并没有什么特别的意义，因为终其一生原始人类多数不会碰见另一种族的人。"但关注人的性别和年龄，却别有意义：性别和年龄是行为的可靠的提示。所以进化压力很可能在人脑中演化出一种认出性别和年龄而不是种族的本能"，这种本能当然也是得到了本地文化的矫正。但为什么种

1　参见 Sperber, Premack & Premack, 1995; Perner, 1991; Turner, 1996; Gerrig, 1993。

2　Sober & Wilson, 1998.

3　Richard Alexander 在 Ness & Williams, 1997: 138 发表过相关意见。

族又一直是个自然的分类标识呢?

可能的原因是，图比和科斯米蒂斯推论道，"种族可能只是其他东西的替代物"。在旧石器时代，"了解一个人的关键是要知道'他站的是哪边?'人类社会与猿人社会一样，由很多小集团组成，包括不同部落、群组，以及暂时的朋友联盟。种族很可能是属于这种联盟的标识"。"在一些国家人们非常关注种族，那是因为他们本能地把其他种族的人当成其他部落或联盟的成员。"

图比和科斯米蒂斯做了一个实验。先给参与实验的人看一组照片，每一张照片都附带有假定是由照片中的人所说的一句话。在实验结束前，他们看见全部的八张照片和八句话，被要求把八句话对上正确的照片。与正确的答案相比，这里所犯的错误更重要，因为它们表明参与实验的人在大脑中是怎样将人群分类的。正如所期待的一样，年龄、性别和种族是最明显的线索：参与实验的人会错误地把一句由一个年长者说的话归于另一个年长者，或者把一句由一个黑人说的话归于另外一个黑人。接着，实验中又引入另外一个可能的分类因子，即联盟成员资格。这一点完全是由照片中人所说的话来确定的，因为他们持相反的观点。紧接着参与实验的人就开始出错了，他们把同一边的两个成员弄混了，这比把不同边的两个成员弄混的概率还要大一些。颇具启发意义的是，这种倾向在很大程度上取代了因种族而犯错的倾向，但它不会影响因性别而犯错这种倾向。马特·里德利（Matt Ridley）在报告这个发现时评论说："在四分钟内，进化心理学家完成了社会科学花费了几十年时间都未能完成的任务，即让人忽视种族。这样做的办法就是给他们另外一个更强烈的关于联盟成员的提示。球迷们更清楚这个现象：白人球迷为他们球队的黑人球员欢呼，当他把对方球队一个白人队员打败。"里德利接着说："这个研究对制定社会政策将有很大影响。他提示到，按种族将个人分成类别的办法不是不可避免的；如果多用联盟的线索取代种族的线索，那么打败种族主义就易如反掌；种族主义态度的根源也就没有什么地方可以躲藏。他还提示到，当不同种族中有更多人把自己当成或者被看成一个敌对联盟的成员，他们就冒有引发更多的种族主义本能的危险。"他在结束时说："我们对我们的基因和本能了解得越多，种族主义本能就越难藏身。"[1]

进化论视角因此提供了一个对种族主义的更深刻的解释。它比较全面地考虑到社会生活中合作与竞争之间不断升级的紧张关系，以及人类社会生活中和谐流畅的联盟，把种族看成只是一个简明易辨、粗略可见的标识，可以帮助我们快速地区分联盟界限，并从所属的联盟推断一个人的情感和动机。所以，进化论视角能够解释出现在任何历史条件下的种族主义，而且不会把目光局限于某一时期的文化之内。对性别、阶级、权力等等而言，也是如此。如果不考虑其他文化甚至其他物种中的相同模式，把这类现象的解释只局限于一个特定的文化之内，这样的解释注定会落空的。

五

至此我还很少从进化论角度讲到一种新鲜的文学艺术理论，以及作为文学基本素材的人性。显然，这些在上面都有提到。现在我想进一步说明生物文化理论研究具体作品时经常采用的一些方法，比如在研究《哈姆雷特》时所用的一些方法。研究可以在许多层次上展开，比如把悲剧作为一个文类来研究。[2] 对进化思想而言，生存是其关键的关怀之一，所以将主人公置于大大短于其自然生命历程的剧烈的生存危机之中，使之理所当然地成为文学的主要素材，以引起我们极大的关注，这样做一点也不奇怪。

人脑的情感系统更偏向于负面情绪。在普遍见于人类不同文化的七种基本情绪中，有五种（害怕，愤怒，厌恶，蔑视与悲伤）是负面情绪，只有一种正面情绪（喜悦）和一种短暂的中性情绪（吃惊）。对我们而言，比起去追求正面情绪或保持正面状态，更为急迫的是如何转移愤怒，避开负面情绪。[3] 因此，悲剧长时间以来一直被看成是戏剧中最为强烈的一种，这就再自然不过了。

复仇悲剧作为所有悲剧中的一个分支（复仇或报复仍然是当今好莱坞故事情节的主要推手），其成功，可以用社会性动物中报复情绪的必然性

1　Ridley, 2003: 265–266.

2　见 Storey, 1996。

3　参见 Ekman, 1996; Damasio, 2003: 60。

和强度来解释。人类社会合作要发展，必须及时找出欺骗者并加以惩罚。[1]
在国家出现之前的社会中，对僭越合作规则的行为的惩罚只能针对个人而
行，因此对欺骗的警示以及报复的本能，就在人的心理架构中逐渐落地。[2]
进化心理学迄今为止做了许多研究，去揭示驱动复仇情绪的必然性和机
制，解释复仇的跨文化存在特性，复仇在文化上的不同门槛，复仇冲动与
文化对复仇的限制之间的紧张关系，特别是在国家形成之后的社会中它们
之间的紧张关系。[3]复仇本能，毕竟能够让人们陷于报复的循环之中难于自
拔，就像在一些部落，甚至在某些现代国家中一样，这种循环顽固之极，
非通过非报复原则和服从非个人化的法律条例不能击破。

复仇悲剧在英国伊丽莎白时代流行一时，因为个人复仇的旧习与刚刚
开始建立的超越了统治者个人意志的国家正义体系之间的紧张起了作用。
（复仇悲剧也提供一种自然的戏剧张力与结尾，从戏剧得以开始的冒犯行
为，经过个人复仇欲望的驱动，到复仇的最后实现，既满足了复仇本能，
又承认了复仇的社会成本无论是施暴的一方还是反暴力的一方都没有赢
家。）但是《哈姆雷特》一剧中，个人复仇的强烈愿望，克劳迪斯可能躲
过的报应，与认可社会需要一种更非个人化的正义之间的紧张关系，是一
种深深根植在我们所有人社会情绪之中的情绪，它有助于解释这部戏剧对
普世观众所具有的那种强烈的感染力和超凡的魅力。

进化论文学研究方法没有必要忽视文学作品的细节。[4]生物学方法不但
可以及时回应物种的状况，而且也对本地状况、个体差异，以及具体的策
略决策十分敏感。我已经提到过引起我们同类的关注并保持这样的关注对
我们这种社会化程度极高的物种而言特别重要，其结果将是推进艺术与文
学的发展。在一个有具体劳动分工的多层次社会里，这就意味着有职业艺
术家、作家努力创作去吸引他人的注意，同时又有其他人愿意为此付钱。
生物文化方法可以研究在这样一个文化生态体系中的艺术家个人如何创作
艺术作品，去赢得关注，增加回应的强度。

1　Axelrod, 1990.

2　Cosmides & Tooby, 1992: 163–228; Frank, 1988.

3　参见 Daly & Wilson, 1988: 225–256; Pinker, 2002: 327–329。

4　Brian Boyd 另有即将出版的一文专论，见 "Reduction or Expansion? Evolution Meets Literature"。

进化生物学要求细致的成本效益分析。如果说莎士比亚作为一个职业作家，他的目的是引起关注，那么他是如何做到的呢？当然他肯定不会一切都从零开始。他创作的背景是戏剧故事讲述传统所提供的已经成功建立起来的引起关注的传统，他甚至还受到某些成功的小传统的影响。他所面对的是这样一个来自观众的期待背景，其中有剧场的期待，文类（悲剧）的期待，次一级文类（复仇悲剧）的期待，这个故事的期待（他所使用的哈姆雷特故事的版本十年前就在伦敦的戏剧舞台上演）。通过服从于文类的期待传统，同时每个演出季保持从喜剧到悲剧不断调换节奏，莎士比亚尽量减少出新的成本，同时向观众保证有值得期待的新意。

他通过故事的借用节省了创作时间和精力。就《哈姆雷特》而言，就是借用了如今已经失传了的最早的《哈》剧文本，以及该剧见于弗朗吕斯·贝尔福莱斯特（Francois de Belleforest）或萨克索·格拉玛缇库斯（Saxo Grammaticus）或者两者书中的原始故事情节。[1] 生物学中标准的做法是根据效益计算行为的成本，比如要寻找食物或配偶的成本。像《哈》剧这样一部剧作的许多创新之处，涉及在故事的已有情节与原创之间的权衡。因为有现成的情节，准备阶段几乎花不了多少时间，而原创部分将会引起读者的关注，为全剧带来增效，但原创部分将会在想象上花去更多时间。

虽然莎士比亚使用了一个鬼魂，就像基德（Kyd）的《西班牙悲剧》和失传的《哈》剧原本一样，但他的做法完全不同，至少跟基德的完全不同。现在看来，鬼魂是作者使用的一个策略，它以违反我们习以为常的形而上的期待来抓住我们的注意力。有一组从进化论角度研究宗教的文献表明，一个故事越是严格遵循我们形而上的分类，我们对故事就记得越牢。但如果一点都不出格，那样的话故事就会流于平凡；如果出格太多，那样的话就太逆直觉而行，会让人难以理解。[2] 跨越正常的形而上界限，犀利但不深奥，就会抓住最多观众的注意力，保证最大的记忆可能性，这就解释了从上古神话到电影《超人》或者电视剧《吸血鬼猎人巴菲》中各种各样的超自然人物存在的原因。

1　参见 Bullough, 1973。

2　Atran, 2002.

基德的悲剧以鬼魂安德烈娅冗长的叙事解释开场，而莎士比亚的开场则与之不同，他安排了一个特殊的场景，制造出一种特殊的气氛，不是通过马上把信息全部透露给观众，而是让他们自己慢慢去设想此情此景，带着被激发起的情绪去回应不确定和不安的气氛。他还先通过鬼魂不详的沉默不语，然后通过我们跟哈姆雷特的情感交集，逐渐增加紧张感和悬疑，最后当鬼魂说出他的遭遇时我们也自然被他的故事深深打动。

因为语言的使用，我们虽然不曾亲身经历很多人事，但通过大脑我们也能够了解几分。但是由于我们的大脑在进化的最初阶段，有机体就被构造成如此，习惯于直接从所处的环境中获取信息，而不用间接的方式从别处获取信息，而且还会带着情绪回应我们读出的内容。[1]莎士比亚用一句"谁在那儿？"以及半夜哨兵换岗的场景，让大脑做好充分准备，去回应一个特殊情景，从不完整的信息中提取证据（并因此获取快乐），在提取信息过程之中以情感回应。就算是莎士比亚有大手笔，他也花了不少时间去构想出一种与我们大脑结构相协调的戏剧方法，但他的付出是值得的，因为这部戏剧从头到尾都让观众瞠目屏息以待。

我们可以就这样滔滔不绝地谈论莎士比亚为了赢得关注在修改素材和戏剧传统所花去的成本和赢得的效益，或者谈论他的故事中描写的人性因素。如果我们注意到他在戏剧中写了人性，那么我们就会在下一幕中发现，比如说，哈姆雷特与宫廷中的其他人在穿着和行为上自备一格。这反映出一个进化特点，即把自己物种内的一个成员与另一个相比较的能力已经被证明与行为密切相关，这种情况见于动物中，比如像孔雀鱼这种神经结构原始的物种，以及黑猩猩与其同类互动的更高级一点的方式中。[2]人类也把一个人与另一个做比较，对他们而言这几乎不费吹灰之力，像鸡毛蒜皮之事，经常为之。所以，人物之间的对比可以在叙事中用来集中注意力，引导回应。人物之间的对比，莎士比亚用得最多、最节俭，比如哈姆雷特的黑色装束和他噼里啪啦的冷嘲热讽，与宫廷里人们节日的盛装和彬彬有礼形成鲜明对比。

1　见 Tooby & Cosmides, 2001: 6–27, 24。

2　Dugatkin & Alfieri, 1991: 243–246.

或者，让我们看看莎士比亚对原始故事的修改。比如我们注意到宫廷中每一个人都想读懂哈姆雷特的心思，哈姆雷特冒着生死危险把自己的真实想法隐藏在疯癫的面具之下。最为广泛接受的对高级智力的进化论解释是社会智力假说。这解释了在鲸目动物（海豚和鲸鱼）和哺乳动物中，有企图读出他者动机和掩盖自己的动机这种认知上的军备竞赛。竞赛的结果是引向更精致的掩藏和欺骗方式，形成更精致的机制去穿透他者的掩藏和欺骗。[1]传统的哈姆雷特的故事，就是如此一个成功案例，因为它把如此紧张的社会控制和反欺骗过程变成了一个生死攸关的问题。

但莎士比亚把这个故事提升到一个新的高度，他不仅让哈姆雷特对故事中的其他人是个谜，而且对他自己和我们一样也是一个谜。他不再只是一个聪明绝顶的骗子而且还是个神秘人物。部分原因就像生物学家注意到的，有三种基本方法去避免自己的动机被一个充满敌意的能测人心思者识破：藏而不露，散布烟雾弹，以及让人猜不透（生物学家把最后这一招叫着善变策略）。[2]在哈姆雷特而言，让人猜不透似乎是不由自主的，是他大脑当时的选择，但至少有部分是有意的，比如他精心地与普隆涅斯、罗森克兰滋、基腾史登三人周旋的时候。

与传统故事中的哈姆雷特不同，莎士比亚笔下的哈姆雷特是个神秘人物，其他人物虽然紧盯着他的大脑和动机，虽然他自己也没有先例地紧盯着自己。与此同时，哈姆雷特此时需要弄清楚他周围的其他人的动机何在，特别是克劳迪斯，当然还有葛特露，莪菲丽霞，罗森克兰滋，基腾史登，但哈姆雷特原本则没有这样做。有大量的心理学文献，研究社会智力假说，研究意识理论，即我们推测他人心思并根据我们的想法行动的能力，这些研究都直接与这部剧有关，与我们所知这部剧在再现主人公的智力上上升到了一个新的高度有关。

意识理论的一个发现是理解他人意识的过程与理解自己意识的过程竟然同步同调。[3]自我认识与对他人的认识携手并进，协同发展。难怪莎士比亚笔下的哈姆雷特，一方面不懈地拷问自己内心所急，另一方面在机智地

1　White & Byrne, 1997.

2　Ibid.: 313.

3　Parker et al. (eds.), 1994.

回避他人对他内心窥探的同时，又对克劳迪斯紧追不舍，多方试探，这一切都加深了我们对人类智力的认识。其中一个跟自我反省所带来的可靠的效益紧密相连、无法分开的高昂代价，是我们要去思考自己死后不在这个世界上的情景，这个能力代价不菲，是生物学家和人类学家经常掂量的问题。[1]因此，难怪哈姆雷特具有所有文学人物中最为丰富的自我意识和对死亡最为不安的迟疑。

文学研究的生物文化方法的一大优势是，它会大大降低我们在解释上走偏的可能性。《哈姆雷特》打动了全世界的观众，虽然有人说莎士比亚的名声来自于他充当了英帝国主义霸权的工具这一事实，但这个说法很难去解释为什么他在德国、俄国或者日本也大受欢迎。但是如果说这部剧深入探讨了进化而来的人性，触及了人性的中心事实，那么这样的解释必然更有说服力。因为最近批评界不接受人性存在的事实，因为批评界坚持有不同的知识范式，因为批评界刻意坚持狭隘的历史意识，对《哈姆雷特》的解读往往被置于福柯（Michel Foucault）的监视理论和全景式监狱观点之下，将该剧看成是伊丽莎白时代国家监视机制的反映。[2]这种解读，从本地历史来看是不着边际的，因为深入哈姆雷特的内心去了解这个人物角色的努力在 12 世纪的故事原本中就出现了，而且也是故事原本的魅力所在。从剧本本身的细节来看，这样的解读也是有失偏颇的，因为莎士比亚塑造的普隆涅斯形象，尽管自私自利，滑稽可笑，自吹自擂，矫揉造作，令人反感，自作聪明地在他女儿面前去分析解释王子的古怪行为，但要把他当作证据去证明国家监视系统的邪恶存在，就不无附会之嫌。最重要的是这种解读错失了这个故事的普世魅力之所在，而进化论方法能够独一无二地将这种魅力的原委一一揭示出来。

研究大脑的新科学的另一个发现是，在情感与我们传统上称为认知的理性特点之间存在着错综复杂的关系。安东尼奥·达马西奥（Antonio Damasio）在总结神经科学研究情感的最新成果时说：

> "大脑进化到了允许造物有能力采取灵活的行为，在过去经验和
> 设想的未来可能的行动方案的基础上决定行动路线的程度了。决策依

1　Boyer, 2001.

2　Neill, 1992: 311–312.

赖于依附在我们回忆和投射上的情感强度，这些情感强度在选择相互竞争的倾向时以权重、砝码产生作用。[1] 对大脑受损病人的临床研究发现，离开情感的决策根本不可能发生。根本没有所谓的纯理性决策，理性与情感不是独立存在的功能，它们无法摆脱地相互依靠，大脑意识不是它自己想象的那样透明。"[2]

哈姆雷特因其父亲之死而情绪激动，他怀疑其中有不仁之举，对母亲仓促的再婚心怀怨恨，他复仇之心已定，但对复仇计划的实施却心存顾虑，他反感、怀疑、恶心，他一次又一次改变计划，冲动任性，优柔寡断。他的所作所为预示了这些最新的发现。他的情绪让他不断为行动寻找理由和制定计划，直到其他情绪将这些理由和计划推翻。他带着恐怖想象到他父亲"像害着癫病似"的死，或他母亲"生活在汗臭垢腻的眠床上"的生活，想象像匹野马拖着他朝一个方向飞驰，直到另外一种恐怖的景象把他拉回。在此之前，我们从来没有见到过一个文学人物有如此之多的理性和情感纠缠在一起。

针对《哈》剧，进化论方法还有很多话可以说。当然有很多都跟基于常识的读法重复，但是如果只是毫无新意地驳斥让这部戏剧从开演以来就红得发紫的原因，那么这就很难体现出进化论方法的优势。采用进化论方法，的确可以对这部戏剧的生产和接受作多层次、多焦点的阐释。在接受一边，很多人会想到劳拉·博安南（Laura Bohannan）于 1966 年写的文章《丛林中的莎士比亚》。博安南去尼日利亚的蒂夫部落作田野调查，她在读《哈姆雷特》时有蒂夫族人问她为什么成天盯着一张纸看，她告诉他们她在看一个故事，他们想知道是什么，她就给他们讲了这个故事。但他们的反应出乎她的意料。蒂夫族人不相信有鬼魂存在，因此他们认为哈姆雷特父亲的鬼魂肯定是哪个巫师念的咒符。在他们看来，克劳迪斯和哈姆雷特母亲结婚是做了一件正确的事，保护了他的嫂子，等等。博安南自己以前认为该故事本身就有产生普世影响力的因素存在，但自从得知蒂夫族人完全不同的出人意料的反应，她改变了以前的想法，认为其实不同文化的人群之间存在着更深刻的差异。

1　Damasio, 1994: 174.

2　Boyd, 1999: 313–333; 327.

但因此就下结论说，不同文化的人群因为他们对同一故事的反应如此之不同就必然是相互的他者，显然不妥。蒂夫族人听懂故事不难，即使在他们有跟我们不同的反应时仍然能够被故事吸引。与原初的观众或者现代西方观众一样，蒂夫族人没有任何困难去设想超自然之物的存在，也有回应的紧迫感，或者去相信嫂子再婚后作为侄子哈姆雷特应该有很得体的行为。[1]但是因为他们接受的是不同的价值观，所以他们直接得出了不同的结论。事实上，假如他们被教以不同的价值观，而且得出了与自有其价值观的西方观众相同的结论，那么，他们的认知机制就一定会很不同。博安南的结论说明了这样一个事实，即就像丹·斯珀伯（Dan Sperber）提示的一样，"人类学家经常所做的研究，之所以可行是因为在他们与他们所研究的人群之间没有多大差别，但是因为大家喜欢听'他们'跟'我们'不同的说辞，人类学家就只谈差异"。[2]

我努力想说明，虽然我只做了简短的解释，但文学研究的生物文化方法可以催生出首个真正具有全面性和批判性的文学理论，它同时也允许对文学作品做多层次、多焦点的细致分析，从人类意识和行为的总体特征出发，去解释文学的普世影响力，以及特别是成功的作品与作家的特殊的深度与力度。

研究文学的教师和学生会再一次希望走近文本，但是他们也希望对人性有更多了解。肯定而言，达成这样的任务，他们既不希望忽视作家，也不愿把他们的研究局限在作家所展现的人性上；既不愿意忽视科学使之成为可能的知识的发展，也不愿削减艺术独具的魅力。

（余石屹译）

* 译者注：本文译自 Brian Boyd, "Literature and Evolution: A Bio-Cultural Approach," *Philosophy and Literature*, Vol. 29, No. 1, April 2005, pp. 1–23。注释部分略有调整。

1　Storey, 1996; Sugiyama, 2003: 383–396.
2　转引自 Brown, 1991: 5。

参考文献

Atran, S. 2002. *In Gods We Trust: The Evolutionary Landscape of Religion*. New York: Oxford University Press.

Axelrod, R. 1990. *The Evolution of Cooperation*. London: Penguin.

Baron-Cohen, S. 2000. Theory of Mind and Autism: A Fifteen-year Review. In S. Baron-Cohen, H. Tager-Flusberg, & D. Cohen. (eds.) *Understanding Other Minds: Perspectives from Developmental Cognitive Neuroscience*. Oxford: Oxford University Press, 3–20.

Barthes, R. 1970/1972. *Mythologies* (2nd ed.). (Annette Lavers, trans.). New York: Hill and Wang.

Bonner, J. T. 1980. *The Evolution of Culture in Animals*. Princeton: Princeton University Press.

Bordwell, D. 1985. *Narration in the Fiction Film*. Madison: University of Wisconsin Press.

Boyd, B. 1999. Literature and Discovery. *Philosophy and Literature, 23*, 313–333.

Boyer, P. 2001. *Religion Explained: The Evolutionary Origins of Religious Thought*. New York: Basic Books.

Brown, D. E. 1991. *Human Universals*. Philadelphia: Temple University Press.

Bullough, G. 1973. *Narrative and Dramatic Sources of Shakespeare* (vol. 7): *The Major Tragedies*. New York: Columbia University Press.

Burke, S. 1998. *The Death and Return of the Author: Criticism and Subjectivity in Barthes, Foucault, and Derrida*. Edinburgh: Edinburgh University Press.

Campbell, A. 2002. *A Mind of Her Own: The Evolutionary Psychology of Women*. Oxford: Oxford University Press.

Carroll, J. 1995. *Evolution and Literary Theory*. Columbia: University of Missouri Press.

Carroll, J. 2004. *Literary Darwinism: Evolution, Human Nature and Literature*. New York: Routledge.

Cosmides, L., & Tooby, J. 1992. Cognitive Adaptations for Social Exchange. In J. H. Barkow, L. Cosmides, & J. Tooby. (eds.) *The Adapted Mind: Evolutionary Psychology and the Generation of Culture*. New York: Oxford University Press, 163–228.

Cronk, L. 1999. *That Complex Whole: Culture and the Evolution of Human Behavior*. Boulder: Westview.

Daly, M., & Wilson, M. 1988. *Homicide*. New York: Aldine De Gruyter.

Damasio, A. R. 1994. *Descartes's Error: Emotion, Reason and the Human Brain*. New York: Putnam.

Damasio, A. R. 2003. *Looking for Spinoza: Joy, Sorrow, and the Feeling Brain*. Orlando: Harcourt.

Danson, L. 2004. Whither Critical Inquiry?. *Critical Inquiry, 30*, 361–364.

de Waal, F. 2001. *The Ape and the Sushi Master: Cultural Reflections of a Primatologist*. New York: Basic Books.

Dennett, D. 1993. *Consciousness Explained*. London: Penguin.

Dennett, D. 1998. Postmodernism and Truth. *World Congress of Philosophy Conference*.

Dugatkin, L., & Alfieri, M. 1991. Guppies and the Tit-for-Tat Strategy: Preference Based on Past Interaction. *Behavioral Ecology and Sociobiology, 28*, 243–246.

Ekman, P. 1996. Afterword. In C. Darwin. (ed.) *The Expression of the Emotions in Man and Animals*. London: Harper Collins, 236.

Fauconnier, G., & Turner, M. 2002. *The Way We Think: Conceptual Blending and the Mind's Hidden Complexities*. New York: Basic Books.

Frank, R. 1988. *Passions Within Reason: The Strategic Role of the Emotions*. New York: W. W. Norton & Company.

Gerrig, R. 1993. *Experiencing Narrative Worlds: On the Psychological Activities of Reading*. New Haven: Yale University Press.

Gombrich, E. 1982. *The Image and the Eye*. London: Phaidon.

Goodall, J. 1990. *Through a Window*. Boston: Houghton Mifflin Harcourt.

Gottschall, J. 2003a. An Evolutionary Perspective on Homer's *Invisible Daughters*. *Interdisciplinary Literary Studies*, 4(2), 36–55.

Gottschall, J. 2003b. The Tree of Knowledge and Darwinian Literary Study. *Philosophy and Literature, 27*, 255–268.

Gottschall, J., & Wilson, D. S. (eds.) 2005. *The Literary Animal*. Evanston: Northwestern University Press.

Hogan, P. C. 2003. *The Mind and Its Stories: Narrative Universals and Human Emotion*. Cambridge: Cambridge University Press.

Hollingham, R. 2004. In the Realm of Your Senses. *New Scientist,* 40–43.

Jameson, F. 1991. *Postmodernism, or, the Cultural Logic of Late Capitalism*. London: Verso.

Keesing, R. M. 1981. *Cultural Anthropology: A Contemporary Perspective*. New York: Holt, Rinehart and Wilson.

Leitch, V. B., Cain, W. E., Finke, L. A., Johnson, B. E., McGowan, J., Sharpley-Whiting, T. D., & Williams, J. J. (eds.) 2001. *Norton Anthology of Theory and Criticism*. New York: W. W. Norton & Company.

Levin, R. 1990. The Poetics and Politics of Bardicide. *PMLA, 105*, 491–504.

Neill, M. 1992. Hamlet: A Modern Perspective. In B. A. Mowat, & P. Werstine. (eds.) *The Tragedy of Hamlet, Prince of Denmark*. New York: Washington Square Press, 311–312.

Nesse, R. M., & Williams, A. C. (eds.) 1997. *Evolution and Healing: The New Science of Darwinian Medicine*. London: Phoenix.

Parker, S. T., Mitchell, R. W., & Boccia, M. (eds.) 1994. *Self-Awareness in Animals and Humans*. Cambridge: Cambridge University Press.

Perner, J. 1991. *Understanding the Representational Mind*. Cambridge: MIT Press.

Pinker, S. 2002. *The Blank Slate: The Modern Denial of Human Nature*. New York: Viking Press.

Richards, J. R. 2000. *Human Nature After Darwin: A Philosophical Introduction*. London: Routledge.

Ridley, M. 2003. *Nature via Nurture: Genes, Experience, and What Makes Us Human*. New York: Harper Collins.

Singer, P. 1999. *A Darwinian Left: Politics, Evolution and Cooperation*. London: Weidenfeld and Nicolson.

Sober, E., & Wilson, D. S. 1998. *Unto Others: The Evolution and Psychology of Unselfish Behavior*. Cambridge: Harvard University Press.

Sperber, D., Premack, D., & Premack, A. J. (eds.) 1995. *Events: Causal Cognition: A Multidisciplinary Debate*. Oxford: Clarendon.

Sperber, D., & Wilson, D. 1988. *Relevance: Communication and Cognition*. Oxford: Basil Blackwell.

Storey, R. 1996. *Mimesis and the Human Animal: On the Biogenetic Foundations of Literary Representation*. Evanston: Northwestern University Press.

Sugiyama, M. 2003. Cultural Relativism in the Bush: Towards a Theory of Narrative Universals. *Human Nature*, *14*, 383–396.

Thompson, A., Berger, T. L., Braunmuller, A. R. & Edwards, P. 1992. *Which Shakespeare? A User's Guide to Editions*. Milton Keynes: Open University Press.

Tooby, J., & Cosmides, L. 2001. Does Beauty Build Adapted Minds? Toward an Evolutionary Theory of Aesthetics, Fiction and the Arts. *Substance*, 6–27.

Trivers, R. 2002a. Parental Investment and Sexual Selection. In R. Trivers. *Natural Selection and Social Theory*. Oxford: Oxford University Press, 56–110.

Trivers, R. 2002b. Parent-Offspring Conflict. In R. Trivers. *Natural Selection and Social Theory*. Oxford: Oxford University Press, 123–153.

Turner, M. 1996. *The Literary Mind*. Oxford: Oxford University Press.

White, A., & Byrne, R. 1997. *Machiavellian Intelligence II: Extensions and Evaluations*. Cambridge: Cambridge University Press.

虚构叙事中的意识和意义：进化论角度

约瑟夫·卡罗

虚构叙事的意义为何？谁是生产者？它是在虚构叙事人物的意识中发生的吗？抑或是在作者的意识中？或者读者的意识中？有没有只属专业研究者才可以发现的客观可见的意义结构？或者说意义随单个读者不同的阅读体验会有无穷的变化？就算我们可以回答这些问题，但另外一个问题又冒出来了：意义有那么重要吗？虚构的故事是编造出来的故事，是摹仿产品，是人为建构的。小说中有人被砍了头——很多小说都写到过，比如狄更斯（Charles Dickens）的《双城记》等，其实环顾四周，没有人流血，没有人掉脑袋。没有杀气腾腾的刽子手站在绞刑架下面，手提铮铮发亮的铡刀，寒气逼人；也没有熙熙攘攘的观众，挤满城市中心广场，为刽子手喝彩；也没有垂头丧气的犯人家属默默把尸体抬走。那么，对生产如此故事的作者来说，什么最重要呢？对着迷于故事的读者来说，他们又在关注什么？为什么他们各自都如此倾心？投入这场只属于人类的奇怪的游戏，他们到底期望得到什么回报？

本文下面一节将通过回答这些问题来描述本论题的范围，界定它的几个主要概念，即故事、作者、人物、读者、意识以及意义，也会旁及该论题对心理学研究的意义。虚构小说的世界是充满想象的世界，但它是一个纳入了全部人类行为和经验的广阔世界。本文的主体将深入那个想象的世界，探索其根源所在，勾画其之所以产生的来龙去脉及其结构。结论部分将会把探寻到的结果总结起来，提出虚构的叙事作品实现了适应心理功能这个论点。

一、虚构叙事作品中的意识：作者、人物和读者

无论在现实还是小说中，意义都是由个人意识中的经验所组成，有感受、情绪、感觉和思想。小说的写作和阅读关涉三组意识，即作者的意识、读者的意识和人物的意识。作者和读者是直接的参与者，他们清楚自己和他人的分界，拥有自己的信念和价值观，有欲望和自设的人生目标，

他们提出问题并设计解决方案，经历情感冲动，根据周围发生的事件选择对策，用概念建构自己对周围世界的想象。小说人物则是想象出来的人，被赋予了这些同样的种种特征。作为作者意识的产物，小说人物为我们提供了关于作者意识的丰富的信息，同时就像信号是设计来引发读者意识的反应一样，人物也会诱导出关于读者意识的丰富的信息。[1]

一部小说或一个短篇小说就是一个交际行为，但它只有当作者的描写在读者意识中产生经验的时候才能够实现。这些经验受制于作者预先写入故事的意义，而作者则受制于任何一门给定的语言中词语可能产生的全部意义范围。合格的、负责任的读者准确地把握作者预设的意义，但有自由根据自己独立的视角去解读预设的意义。这样作者和读者就像处于对话中的两个人：一方说，另一方听。听者试图去理解说话人想要说的东西，但听者也能够判断说话人的意图，带着批判眼光去辨别说话人的意思，分辨轻重曲直，把说话人的话放进自己的信念体系，以说话人不可预见和不可控制的方式给以回应。作者和读者意识中构成意义的全部要素，即构成作者生产和读者反应的全部要素，这些都是研究虚构叙事作品的合法议题。

在建构人物、唤醒他们的意识的过程中，作者禁不住要从他或她自己的内部世界去揣量他们。那个世界包含有关于人类行为、动机和情感的直觉知识。的确，没有一种特出的心理洞见不可能一无所获，这种洞见在小说家而言则是他们所能炫耀的最重要的天分之一。作者的内心世界还包含有属于他或她的文化的思想或想象形式，例如，宗教信仰、社会政治制度、神话传说、哲学和文学传统。最后，作者的内心世界还包含有他自己的个人身份带来的观点，这种身份是由一种特殊的基因体和一套特殊的环境条件以及个人经历相互激荡而形成的。作者的世界观，与别人的一样，包括宇宙观、奇想、意识形态、同情、反感。与其他人一样，作者的意识要生存下去，必须要通过一套支撑一个圆融的身份和可行的社会姿态的认知机制来管理自己。所有这些要素都被作者融入了他对自己虚构的人物的态度中，因为作者必然以某种态度来创作每一个人物。即使在创作中保持着类似医患之间的距离，那也是一种态度。任何一种态度都是组成人物的

---

1   参见 Alderson-Day, Bernini & Fernyhough, 2017; Carroll, 2012c; Oatley, 2011。

意义的一个关键部分。它左右了读者在阅读中对人物的体验。所以，由于推论这种思维方式可以唤起作者整个的想象世界，它一直是文学阐释和批评的主要思维方式。[1] 而且，根据推论寻找出作者的态度，然后扩展至他的内心世界，也是理所当然的途径。即使是在那些明确宣称不考虑作者意图或生平的文学批评中，推论也是不可避免的方法。[2]

读者的阅读经验随人物的特征、作者的态度、读者个性化的个人身份而有所变化，比如年龄、性别、教育程度、性格特征，以及政治立场和宗教信仰，都会影响读者的阅读体验。研究人员将读者反应、人物塑造的不同方式和读者身份的独特性设定为一种三角关系，这是一种实用的分析框架，他们用以确定虚构作品的意义。[3]

常见的是，作者通过塑造人物来唤起读者的情感反应，期待读者对这些人物产生或爱或恨的情绪，或祈盼他们成功或失败。[4] 正面人物是小说中的主要人物，作者期待读者对他们的动机和目标产生发自内心的共鸣。反面人物也是小说的主要人物，作者期待读者对他们的动机和目标产生发自内心的反感。[5]"对立结构"，指的是将小说中的人物安排为正面人物、反面人物，以及次要人物的结构。这是虚构叙事作品的一个普遍特征，它本身带有一种呼之欲出的潜在的价值结构，以及作者期待读者能与之分享的情感和道德立场。在读者群引起共鸣的小说，其人物身上的特质表明世界上存在着共享的道德和情感，它们把作者与读者连接起来，组成一个虚拟的共同体。共享的价值观可以说是一种证据，说明虚拟作品预设的效果以及它们应当发挥的心理和社会功能的确存在。这种三角鼎立的分析框架对一特定文化中无论是单部作品还是多部作品合集，都切实可用。[6]

大多数人都暗自给自己搭建出一个不断演进的人生故事。[7] 每个人意识

1　参见 Bradley, 1904/1991; Brooks, 1947; Hazlitt, 1817/1955; Johnson, 1789–1791/2010; Ghent, 1953/1961; Woolf, 1925, 1932。

2　参见 Abrams, 1997; Cain, 1984; Carroll, 1995。

3　参见 Carroll, Gottschall, Johnson & Kruger, 2012; Mar, Oatley, Djikic & Mullin, 2011; Oatley, Mar & Djikic, 2012。

4　参见 Mar & Oatley, 2008; Oatley, 2012。

5　参见 Johnson et al., 2011; Kjeldgaard-Christiansen, 2016; Kjeldgaard-Christiansen, in press。

6　参见 Carroll et al., 2012。

7　参见 McAdams, 2015, 2016。

中这些时时翻转演进的人生故事，是作者的自传。他是正面人物，也是故事的中心人物，他的观点占据主导地位。正面人物既有目标，也有赖以调节行为、做出价值判断的价值和信仰体系。通常人们需要根据自己的价值和信仰体系去解释自己的行为，证明自己的行为是否正确，并为之辩护。这些需求极大地影响了自我叙事的建构。

任何人或虚构作品中的人物都可以根据他们的目标和观点这两种角度来把他们区分为正面人物或反面人物。一个有明确目标的正面人物，因为被赋予了我们共同的生物和社会动机，比如怕死、崇富，或者求婚，从而变得活泛起来。一个有自己观点的正面人物，在他极力证明和捍卫自己的信仰和价值的努力中获得生命力。就他的观点而论，虚构小说中的人物对他周围发生的事件都有自己的解释，而且经常想把自己的解释凌驾于其他人物的观点之上。从正面人物的角度来看，反面人物不只是一个突出的壁障，而且还敌视自己或者抱有损害己方的价值观。

跟虚构的人物一样，作者和读者也需要为自己的价值和信仰体系辩护。为了要理解任何一部虚构作品的整个意义结构，研究人员必须对人物如何看待自己和其他人物、作者如何看待每一个人物，以及读者如何对人物和作者的可能解释做出反应，做出评价。[1]

二、需要一个描述人类动机的普适理论

虚构故事所描写的人物往往受欲望或恐惧的激发，他们努力想达成某个目标，避免某种危险，或要解决某个难题。故事人物在意识中经历了某种被激发的具体行动，因而产生了意义，比如，他在为生存而奋斗，或者用心去赢得情人的欢心或找到爱人，或者保护小孩，或者打败敌人，或者在职场上打拼，或者努力获得社会认可。在作者和读者意识中，意义则是从他们对这些经验的体验中产生的。

就被激发的行动而言，即人物做了什么，为什么他要如此做，在同一故事的人物之间有差别，在故事的作者和故事的人物之间有差别，在同一故事的读者之间有差别，在不同作者之间也有差别。为了理解小说中的意

1　参见 Baumeister, 1997: 41–43, 72–75, 90; Carroll et al., 2012; Pinker, 2011: 488–497。

识和意义，研究人员需要一套独立于任何特定作者、人物或读者的信仰和价值范畴。这套用于分析的范畴，由于有一定的普遍性、客观性和经验上的合理性，会让研究人员能够评价和比较任何一个具体的故事中、同一作者的不同的故事中，以及不同作者不同的故事中，对被激发的行动的不同看法。

有没有可能建立这样一个理论来分析人类动机，它包括一套兼具普遍性、客观性和经验上合理性的详尽有加的范畴？直到最近以前，可以说答案都是否定的。人文学界充斥着各种各样不同的且相互矛盾的解释人类行为根源的理论。大多数都建立在没有实证的基础上，甚至在实验上已经被证伪的或遭到淘汰的心理学、社会学或哲学体系上。最近以来最为活跃的这些理论包括弗洛伊德心理学、女性主义性别理论、解构主义语言哲学，以及福柯一派的政治理论。[1] 直到 20 世纪最后二十五年前，大多数社会科学分支，虽然专注于以实验为依据的研究，但是过分偏重从文化上解释因果关系，拒绝承认从具有物种普遍性的源自基因传递的个性特征来解释动机的理论。[2] 然而在刚刚过去的二三十年里，一套全面的解释人类动机的理论已经把进化论社会科学各个分支汇聚在一起。这些理论建立在一个受到广泛认可的科学范式之下，即以自然选择为途径的进化理论。将人类纳入这个范式，需要以一系列相互关联的科学猜想为基础，比如人类像其他物种一样，表现出一套专属这一物种的复杂的功能结构，包括解剖学上的、生理学上的，以及神经学上的结构，这些结构产生出一套专属于人类的行为。[3] 本文所阐述的用于分析意识和意义的理论框架，预先假定这些猜想是科学合理的。

三、人性、文化以及个体身份

如果说意义是由特定作者、人物和读者意识中的经验所组成，理解故事的意义则要求研究人员拥有分析个体身份的理论范畴。个人生活在文化之中，并从那种文化所持有的主流价值和信仰中取得部分身份。多数人本

1　参见 Adams & Searle, 1986; Carroll, 1995, 2004, 2011b; Leitch, 2010; Richter, in press。

2　参见 Degler, 1991; Pinker, 2002。

3　参见 Brown, 1991; Buss, 2016; Muehlenbein, 2015; Tooby & Cosmides, 1992; Wilson, 1978, 2012。

主义者和社会科学家相信，文化本身就是所有个体身份的终极源泉。[1]社会科学和人文科学领域的进化论者相信，文化与个体身份其实就是由组成人性的成分所组成，这些成分即那些通过自然选择进化而来的专属于人类的物种特征。

每一种文化用不同的方式将人性的基本要素组织起来，这些不同的方式影响了个人经验的整体性质。如果有人提到伯里克利时代的雅典、罗马帝国、大清帝国、文艺复兴时期的意大利、维多利亚时代的英国，或者美国的爵士乐时代，每一个名称都唤起一系列不同的印象，每一组印象都带有它们自身在审美、情感、思想、道德上的特点。这些特点就像生活在那种文化中的所有个人所呼吸的空气一样无处不在。虽然如此，当我们把注意力放在那一文化中某个特定的人身上时，我们几乎自动地开始写下他的年龄、性别、社会地位、家庭角色、体质、面部特征、性格、教育背景、智力水平、技能、职业这些显著特征。正是这些特征的差异造成行为与经验的不同。

下一节我将描述分析人类动机的一套范畴，它们本质上就是进化论社会学家使用的关于人性的模型。其后两节我将解释如何使用这一模型中的组成要素去比较分析文化和个体身份之间的差异。这两节主要介绍这些作为变量的要素，它们如何用在对作者、人物和读者的心理学实证研究中，但与此同时，它们还可以作为分析术语用于阐释性文学批评。本文的一个目的就是要为促成实证心理学研究与阐释性文学批评之间的更紧密、更有效的互动提供一张理论上的路线图。[2]

四、人类动机大全

要画出一张人类动机全图，需要借助下面四个进化论社会科学分支的研究，即人类生命历程理论、进化论社会理论、研究情感的跨文化理论和神经学理论，以及生物文化理论。由于四个领域都还处于发展之中，所以没有必要做出这些概念都是终极结论的样子。我们说它们有认知意义

1　参见 Carroll et al., in press。
2　参见心理学一方写的类似的文章，McCrae, Gaines & Wellington, 2012。

上的合理性，那只是在说：（1）它们跟普遍认可的进化生物学原则相协调；（2）它们是由从事实证研究的研究人员提出的；（3）它们经过理性检验，已经在进化论社会科学领域被广泛接受；（4）它们在整体性的因果解释网络中相辅相成。

这些范畴将会作为分析虚构小说中的意义的一套工作思路。就像括号中的简注指明的那样，有些范畴早已经被用在有时候被称之为"小说心理学"的领域。[1] 这些范畴，一旦被纳入可以对所有的人类行为做因果解释的网络中，并用作理论框架，就会获得认知价值。进化论社会科学和进化论文学理论就提供了这样一个理论框架。

就像其他所有物种的生命历程一样，人类的生命历程也表现为一个繁殖的循环过程。人类生命历程理论分析人类形态学意义上的适应关系、生命阶段、获取生活资料的方式、合作性与竞争性的社会活动，以及繁殖。在这里，繁殖包括为后代的生存和基因的永存不失所做出的全部努力，包括求偶、抚养后代、维护亲缘网络、资源的隔代传递。[2] 人的生命周期，处于生物学所理解的人性的中心，它明确无误地将人与其他动物联系起来，它是激发人类行为、情感与动机的内核，它的存在提醒人们勿对人的社会性与文化做无理的非分之想。仅就数量和质量上言之，以占据人类生命中心的繁殖为主题的文学作品，远远超过写其他主题的作品，这一主题包括童年时代及成长的烦恼，性冲动、爱情及矛盾，家庭成员之间的关系，特别是在兄弟姊妹、父母与下一代之间的矛盾冲突。但人是社会动物，所有这些核心的生命主题都无可避免地因为社会性主题比如野心、社会地位的差别、忠孝不能全的矛盾的介入而变得复杂不堪。

最近几年，进化论社会理论家逐渐把目光放在除了亲缘关系之外的下面九个主要概念上，他们认为这九个概念是分析人类社会组织的最基本的概念。（1）互惠；（2）支配权；（3）平均主义或者反向支配，即通过集体力量消解个人的支配行为；（4）领导力；（5）内在化的规范；（6）规范的相互性或者规范交由第三方执行；（7）法律机构；（8）权力的合法性；

1   Oatley, 2011.
2   Carroll, 2012d; Kaplan, Gurven & Winking, 2009; Muehlenbein & Flinn, 2011.

（9）群体选择。[1]

互惠，即等价交换服务或物品，是社会关系中"公平"与"公正"的基本原则，也是预设社会权力对等的媒介。[2] 支配权和反向支配是社会权力不平等运作的不同方式，在这种情况下，社会权力或者被主权者个人掌握，或者被压制个人支配行为的集团掌握。支配权是黑猩猩群落社会组织的主要原则。[3] 在人类狩猎人和采集人群落这种我们最接近人类进化条件的时期，这些群落几乎无一不行反向支配。[4] 主权者个人，把潜在于社会群组中的权力组织起来，加以引导。相向而行在把分散的个人努力组织起来方面十分必要。因此我们见到在复杂的后农业社会中普遍实行了层级化领导。内在化的规范指影响个人行为的共享的价值。内化群体价值的能力是人成功地将群体身份转化为自己归属于这一群体的个人身份之一部分的主要途径。[5] 规范交由第三方执行指人们强迫他人按照群体规范而行需要产生花费。这种行为花费昂贵，表明第三方执行人已经将社会群体的身份融入了他们自己的个人身份之中。法律机构给群体派出比如警察、司法部门等这类第三方执行人。公平地执法是实现大规模社会合作的前提条件，这种合作显得必要是因为有复杂的社会制度和具体化的多重职业和社会政治角色存在。[6] 在法制社会，如果没有公平可言，内在化的规范就没有约束力，人们会返回到更原始的基于亲缘关系和互惠原则的联系形式。[7] 领袖和法律机构按照社会群体的共享价值去行使权力，从而获得合法性。[8] 合法性将以

1　有关互惠的研究参见 Boehm, 2012; Nowak, 2006。有关支配权的研究参见 Boehm, 1999; Wrangham & Peterson, 1996。关于平均主义或者反向支配参见 Boehm, 1999, 2012, 2016; Gintis & van Schaik, 2013; Haidt, 2012。关于领导力参见 van Vugt & Ronay, 2014。关于内在化的规范参见 Henrich, 2016。关于规范的相互性或者规范交由第三方执行参见 Buckholtz et al., 2008。关于法律机构参见 Fukuyama, 2011, 2014。关于权力的合法性参见 Fukuyama, 2011, 2014; Haidt, 2012。关于群体选择参见 Boehm, 2012; Nowak, 2006。进化论社会理论针对以上全部或大部分概念的整体概述参见 Allchin, 2015; Carroll, 2015a, 2015b; Gintis & van Schaik, 2013。

2　Haidt, 2012.

3　Boehm, 1999; Wrangham & Peterson, 1996.

4　Boehm, 1999.

5　Carroll, 2015b; Gintis & van Schaik, 2013; Henrich, 2016; McAdams, 2015.

6　Buckholtz & Marois, 2012; Fukuyama, 2011, 2014.

7　Fukuyama, 2011.

8　见 Ibid.: 42; Haidt, 2012: 143。

自愿合作为特征的社会权力结构与以纯粹用强迫手段（比如主人与奴隶之间的那种）为特征的权力结构区分开。将个人身份融入社会群体的身份之中，将群体变成既合作又独立存在的个人，在他们身上，就像在单个有机体上一样，"选择"能够以相同方式产生作用。[1]

上述九个概念中的八个既适用于狩猎人和采集人文化，也适用于复杂的后农业社会。执行规范的机构，即延伸第三方执行力的机构，是复杂的高度层级化社会的特征。[2]所有的九个概念都能用来分析文学作品中的社会性主题。[3]比如对公平的向往，便存在于个人行为之中，可能在看他人对待自己的行为上显得更强烈，它是人的社会关系比如婚姻中从未干涸的一股暗流。支配欲和抵制支配的欲望，即宣示个人自主权的欲望，作为强大的动机推动着人与人之间关系的运行，其意识形态和政治意义涉及面广。[4]把规范内在化，将良心变成推动人类行为的一股动力，它还激发人们去严惩违反规范的行为。惩罚违反规范的行为，这种欲望塑造了按诗学正义原则发展的虚构故事。[5]把规范内在化，激发人们去为他们的群体献身，就像战士或者恐怖分子为其国家或者宗教牺牲自己的生命那样。人们迫切地感到有必要付出加入群体的努力，或感到对领袖人物的敬仰之情，这些反映出从群体身份中显露出来的动机。渴望成为群体的一员，跟其他人共命运的感觉，这些本身就是一种性质分明且强大的动机。[6]与领导力相关的动机既包括渴望当上领导的欲望，以及自愿服从领导的欲望。

动机让他们自己的存在通过情绪表达被他人感受到。这些情绪能够通过跨文化和神经生物学研究加以清楚地说明。情绪无论在生活中还是文学中都是意义的主要组成部件。[7]没有情绪，理性就没有做出价值选择的基础。[8]在所讲的故事中对人物和事件采取一种态度，作者试图通过这种方式去管控读者的反应，以便引导他们或笑，或哭，或吃惊，或焦虑，或沮

1　Boehm, 2012; Gintis & van Schaik, 2013; Nowak, 2006; Wilson, 2012.
2　Buckholtz & Marois, 2012; Fukuyama, 2011, 2014.
3　Carroll, 2015b.
4　Carroll et al., 2012.
5　Flesch, 2007.
6　Fiske, Schubert & Seibt, in press; Wilson, 2012.
7　Hogan, 2011a, 2011b; Johnson-Laird & Oatley, 2016; Oatley, 2012.
8　Damasio, 2005.

丧，或怜悯，或生气，或愤怒，或释然，或欢喜。这些都是由作者暗中引导的对人物行为的反应，其实就是理论家在把小说阅读解释为一种社会经验的摹仿时的心中所念。[1] 在对文学意义所做的实证研究中，衡量读者的情绪反应，即通过问卷、神经成像、检测诸如脉搏和皮肤传导率这些生理变量，让我们能够开始用推论的方式分析作者意识中预设的意义结构，而人物所经历的情绪波动则为实证研究创造了接通读者意识和作者意识的途径。

生物文化理论是一种以研究生物适应与文化建构之间因果互动为宗旨的跨学科研究理论。[2] 生物文化理论将前三个研究领域加以整合，即人类生命历程、进化而来的社会性，以及情绪，并且在这三个领域之外额外看重人类接受文化知识的种种认知能力的进化。[3] 从生物文化角度来看，文化进程植根于人类生命周期所必需的生物过程中，包括人类出生、成长、生存、求偶、抚养下一代，以及社会性的特定形式上。反过来言之，人类生命历程是由文化所限制、组织和发展的，这包括技术、文化上特定的社会经济和政治结构、宗教、意识形态和文艺。

从生物文化角度观之，人类与生俱来的创造想象性文化的禀赋，比如宗教、意识形态和文艺这些想象性文化，以动机的形式与专属他们自己个人的情绪特征呼应配合，比如好奇心、求知欲、参与认知游戏的欲望、解释世界的需要，以及讲故事、玩语言游戏、创造图像、创作音乐作品、编造宇宙理论的各种喜好。[4]

想象的需求属于人类这一物种典型的动机之一，这一思想已经得到来自研究意识中"被默认的运行网络"的研究成果的支持。这一成果认为在运行中的意识并不指向任何外在的事物。处于这一状态中的意识并没有闲着。能量向内发射，用在回忆个人的过去、瞻望未来、想象他人的视角上面。被默认的运行网络创造出一种与现实事件半脱离的属于想象的虚拟世

1　Alderson-Day, Bernni & Fernyhough, 2017; Carroll et al., 2012; Dunbar et al., 2016; Hogan, 2013a; Mar & Oatley, 2008; Oatley, 2011.

2　Carroll et al., 2017.

3　Henrich, 2016.

4　Boyd, 2009; Carroll, 2012d; Dissanayake, 2000, 2011; Gottschall, 2012; Tooby & Cosmides, 2001.

界，它的运行，"是因为有不同形式的任务，它们要求意识摹仿不同的视角或想象的场景"。[1] 这种行动好像涉及一种适应功能。被默认的运行网络让"个人能够为即将发生的事件做好准备，把握自我身份，形成连续感，在现实世界中生活"。[2] 这一被默认的运行网络显然就是丹·迈克亚当（Dan McAdams）所描述的自我叙事的神经簇，它是人格发展的最高阶段。[3] 自我叙事帮助人们组织价值和信仰，确定目标，做出决定，对他们的行动完成了满足个人需求的同时又对社会有所贡献的具体目标有所感受。

为了强调这一运行网络的创造性特征，考夫曼（Kaufman）和葛瑞格尔（Gregoire）将它重新命名为"想象网络"，并对其功能做出了新的解释。想象网络"让我们能够从我们的经验中建构个人意义、回忆过去、想象未来、设想别的视角和场景、理解故事、反思心理和情绪状态，包括我们自己的和他人的心理和情绪状态"。[4] 把"理解故事"包括进来，考夫曼和葛瑞格尔似乎在把意识中这种被默认的运行网络与小说心理学联系起来。其他研究人员更明确地指明了这一联系。阅读虚构小说启动了被默认的运行网络。[5]

创作自我叙事，创作或阅读虚构小说，两者都涉及摹仿、想象的场景、对社会人伦的认识，以及启用不同的视角。这两种叙事都牵涉到单个人物与其他人的互动，以及对生活中的欲望与挑战的回应；两者都把个人放置在特定的生活和社会背景中，都有安排好的系列行动，这些行动由带情绪的动机所引发，经历发生、发展、遭遇阻碍和收尾过程，最终在完成任务或行动失败两种结局中结束。所有那些在意识中行进的事件必然跟大脑中某一特定部位的行为相对应。最简约的适应过程不可能把这些相同的行为分散到大脑中完全分离的部位。可能的情况是担任创作自我叙事的部位被甄选出来生产虚构叙事。毫无疑问，虚构叙事影响了我们自己的自我叙事。[6]

虚构叙事经常描写想象性文化的各种动机。奥德修斯穿越古代世界，包括地下世界的航行，给我们提供了一个探险小说的突出的例子。成长小

1　Buckner, Andrews-Hanna & Schacter, 2008: 30.

2　Andrews-Hanna, Smallwood & Spreng, 2014.

3　McAdams, 2015, 2016.

4　Kaufman & Gregoire, 2015: xxviii.

5　Altmann et al., 2014; Jacobs & Willems, in press; Tamir et al., 2015.

6　Alderson-Day, Bernini & Fernyhough, 2017; Gottschall, 2012; Oatley, 2011.

说是一个被公认的小说类型，其中成长主题与教育主题即获取文化的经历交替演进。许多小说家写过受宗教信仰或政治立场鼓动的人物。描写科学家、哲学家、学者和艺术家的长篇小说或短篇故事，不胜枚举，在小说领域占有大片领地。但在更大的范围内，作为动机，也作为戏剧性行动的高潮时刻，想象被实现，这说明一个主题被编织进事实上包括了人类生命历程和社会性中全部主题的故事之中。发现的时刻曾经是亚里士多德以来悲剧理论的关键。"顿悟"或特别的领悟的时刻，被说成是现代派小说特别是在乔伊斯小说中的关键特征。但这种时刻事实上对各个时代和文化的小说来说只是一种反常。作为人物意识中意义的关键时刻，想象的实现为理解作者和读者意识中更大规模的意义结构提供了一个途径。

五、文化比较分析

人类生命历程理论，进化论社会理论，对情绪的跨文化和神经认知研究，以及生物文化理论，这四个研究领域提供了一系列开展文化比较研究的丰富的概念。这些概念可以用作变量来开展对作者、人物和读者的实证研究，还可以用作一套系统的术语来做描述性的阐释。

来自生命历程的变量包括性别差异和主要的生命阶段，如婴儿期、儿童期、少年时期、青年时期、成年期、绝经期和老年期。这些变量也包括社会性别和家庭角色，比如夫妻、父母、孩子、兄弟姊妹，以及亲属角色，比如祖父母、姑姨、伯叔和表亲。所有这些变量可以根据分析的深入进一步细分，并且可以借用进化论发展心理学、配偶心理学和家庭心理学的概念来提炼认识。[1] 不同文化以不同的方式来组织这些变量。

来自进化论社会理论的变量包括本研究采用的九个概念：互惠，支配权，平均主义，领导力，内在化的规范，规范的相互性，法律机构，合法性，群体身份。它们可以进一步简化为四个基本要素，即个人、群体、权力和价值。个人组成社会群体；权力控制个人在群体中的行动，指导群体的集体行为；价值决定目标，激发行动。在自愿基础上组合的群体有共同的价值观。把一个社会群体的身份内在化，即使之成为个人身份的一个有

1　Bjorklund, 2011; Flinn, 2015; Salmon & Shackelford, 2008; Schmitt, 2016.

机组成部分，要求个人不但要内化群体共同的价值，而且还要内化其权力结构。个人化程度或者说对群体的依附关系是社会心理学使用的一个基本尺度。[1]君主专制，资产阶级民主制，集权制国家，武士文化，农耕社会，它们在社会政治组织上的全部差异直接影响着个人生活的质量，也因此对作者、人物和读者意识中的意义产生影响。

来自情绪研究的变量包括自保罗·艾克曼（Paul Ekman）对跨文化语境中人脸面部表情的再认研究以来就受到广泛认可的七种基本情绪，即愤怒、害怕、蔑视、厌恶、喜悦、悲伤和吃惊。[2]从神经生物学出发，雅克·潘克塞普（Jaak Panksepp）发现了与这七种基本情绪部分重叠的七个情绪系统，即追寻、害怕、愤怒、欲望、母爱、伤心和游戏。[3]像他们两人发现的这些基本情绪和情绪系统，很复杂，延伸到诸如窘迫、骄傲、羞耻、内疚、悔恨、羡慕和嫉妒这些自我意识和社会情绪之中。[4]我们可以通过典型的情绪表达，从其音质色调上分辨出一个文化的和与乖、兴与衰，它们也反映出文化相互之间在生态和社会政治上的差异。[5]

来自生物文化理论的变量包括为社会学习服务的认知适应功能，比如"意识理论"，或者叫视角转换，共享注意力，过度摹仿，从众倾向，现状偏好。[6]生物文化理论内的各特定分支有更多的变量可用。比如，对立结构，最早出现在文学研究中，但后来用到了更多领域，比如电影研究、修辞学、社会心理学和政治学；还有"妈妈语"或儿语的研究发端于发展心理学与进化美学的交叉，现在可用于所有的艺术门类。[7]意识的生命，即其智力和想象，提供了很多可以用来区分文化之间不同的变量，比如世界主义或地方主义、识字程度以及教育在不同阶级之间的分布，或者艺术创作、学术或科学的种类与等级。

---

1   Haidt, 2012.

2   Ekman, 2007.

3   Panksepp & Biven, 2012.

4   Johnson-Laird & Oatley, 2016; Lewis, 2016; Tracy, Robins & Tangney, 2007.

5   Smail, 2008.

6   Baron-Cohen, 2005; Budelmann & Easterling, 2010; Chudek & Henrich, 2011; Tomasello et al., 2005; Zunshine, 2006.

7   Dissanayake, 2000.

对任何一种文化做大规模的生物文化分析，要顾及许多这类因素，以形成命题，去说明它们之间的互动何以产生出这一文化特定的品质。要研究这一文化中的作家和作品，就要对诸多文化差异与特定作者和读者群中的个人身份特质之间的互动做出评价。[1]

六、个人与人物的比较分析

组成人性的所有变量，都进入到具体的个人身份之中：（1）人类生命历程差异，比如性别，年龄，以及家庭角色；（2）社会特征，比如在支配等级中的相对地位，在合作网络中的处所，在内化社会规范上的差异；（3）情绪特征，比如兴奋或忧悒、暴怒或温情；（4）在智力或想象特征上的差异，比如有学问、机智、幽默、富于想象、有美感、健谈，在某一特定的艺术门类或科学上有特殊的智力、创新力、发现能力或先天才能。

在目前最被广泛接受的人格心理学中，在情绪和智力或想象特征上的差异被归纳为五组因素：外向型/内向型，友善型/凶横型，谨慎型/冲动型，神经过敏型/情绪稳定型，开放型/保守型。[2]这五组类型其根源在本来就是人性普遍共有的神经生理体系之中。那么，毫不奇怪，个人在这些因素上的得分和得自于生命历程、进化社会心理学，以及对情绪和文化想象的进化论研究的身份特征相重叠或者相对应，这些特征有性别、生命阶段、人伦关系、社会支配力、服从地位、合作隶属、个人主义、领导力、规范内在化和文化习得。[3]

个人身份是一个人基因内部天生的所有潜力与他全部生活所遇互动的产物。身份可能被生活经历彻底改变，比如童年时代失去父母、慢性疾病、伤残；带来心理创伤的环境和社会巨变，比如战争、饥荒、流行病、职业生涯受挫或成功、获得物质生活保障或失去保障、个人情感生活的成功或失败。

1　生物文化批评的运用参见 Boyd, 2001; Carroll, 2012b; Clasen, 2010; Cooke, 2002; Gottschall, 2008; Saunders, 2005。

2　John, Robins & Pervin, 2008; McAdams, 2016; McCrae, Gaines & Wellington, 2012; Nettle, 2007; Saucier, 2009.

3　Buss & Hawley, 2011; Costa, Terracciano & McCrae, 2001; Donnellan & Robins, 2009.

基因和环境的互动结果因人而异，即使在孪生子女之间也不完全相同。但是，每个人的基因都来自同一个基因库，适合人类居住的环境，无论是自然环境还是社会环境，差异不是很大。[1] 每个正常成长的人与生俱来的在解剖、生理和认知意义上的适应功能已经在与塑造了整个物种的自然和社会环境的互动中得到演化。每一个人出生时其身心已经被嵌入了对共同环境的期待，比如用于呼吸的肺、用于捕捉光亮的眼睛、用于认出自然界特征并与其他人意识互动的意识。[2] 了解了人是由动机所激发这种典型的物种特征，我们就会有一个评价个人身份特殊性的坚实的理论框架。

七、作者、人物和读者之间的视角交汇

视角交汇这个术语听起来很抽象，因此就与抓住读者注意力的动机行为离得很遥远。但是行为只有当它们在作者、人物和读者意识中产生经验的时候才在虚构小说中有意义。在作者而言，这些经验包括对待人物的态度，以及对读者反应的期待。在读者而言，它们包括对人物和作者的反应。下面我将列出在小说中产生意义的几种不同的视角交汇。

有些时候作者本人明确地不赞同人物的行为，但他会在潜意识中产生同情。[3] 这没有什么值得大惊小怪的。人类经常会根据被压抑的冲动和直觉去分辨意识、不明确的立场和明确的立场。作者是人，他也带有模棱两可的感情，不会一直清楚他自己心中埋藏最深的动机和爱与恨。但是，从逻辑上说，没有哪一个人物的意识会大于设计了他意识的作者的意识。作者的意识无论有意还是无意，都包含了故事中每一个人物的意识。

要研究作者的视角与他创作的人物的视角之间的关系，需要回答下面几个问题。如果叙事者用第一人称说话，他可不可信？在听得见的叙事者与隐在的作者之间有没有距离？作者是不是明确地站在一个或几个人物一边？是不是有些人物在故事中扮演了作者委托人的角色，从作者的视角去看故事中的事件？有没有可能把有些人物解释为作者或主人公借以说明故事中一套价值规范和意义的托辞？有些人物会不会是作者自己人格的某些

---

1   Brown, 1991.

2   Carroll, 2001; Henrich, 2016; Lorenz, 1977.

3   Blake, 1790/2008.

特征的投射?[1]（比如，王尔德说《道连·格雷的画像》中三个主要人物反映了他自己三个不同的方面。）[2]一组一组的人物是不是组成了不同意义和价值共同体，不论是正面人物的和正统的，还是反面人物的和被质疑的。回答了这些问题，我们就由此可以找出构成想象世界意义的思想、价值和态度。[3]

无论谁是故事表面上的叙述者，故事的意义总是有一个基本的来源之地，它生产了故事，读者也必须对之做出回应。文学学者把它称为"隐含的作者"。[4]比如，爱伦·坡（Allen Poe）的短篇小说《泄密的心》第一人称的叙述者是个杀人狂，他讲述的故事起自他偏执狂的妄想，最终以谋杀结束。他直接向读者讲述，坚称和读者可能的想法相反，但他并不疯。写这个故事的作者自己不是妄想症患者，他是通过间接的提示浮现出来的，作为隐含的作者，他要通过读者才清楚第一人称叙述者其实正处于妄想症发作之中。[5]

作者所期待的读者反应，暗示作者意识中孕育着一种读者形象。文学学者称之为"隐含的读者"。[6]他是作者意识中的一种形象，不与任何现实中的读者挂钩。现实中的读者对作者或故事的反应呈现出差异，但即使是最被动的读者和最具同情心的读者，他们的阅读反应都带有个人身份的印记，包括最个人化的因素，比如个性特征、情趣爱好、意义、价值体系。

用个例子来说明隐含的读者：在爱伦·坡的故事《泄密的心》中，虚构的叙述者明确地跟那个认为他是疯子的读者说话。隐含的作者即爱伦·坡，他知道叙述者事实上就是疯子，并且希望读者也明白这一点。不仅是虚构的第一人称叙述者而且隐含的作者（爱伦·坡）都觉得在跟一个他们认为正在阅读其故事的读者交流。对前者而言，读者明摆在那儿，以第二人称你出现在对话中。对隐含的作者爱伦·坡而言，他所想象的读者

1　Freud, 1959.

2　Carroll, 2005; Wilde, 1890/2007.

3　有关叙述者的不同种类及其与隐含作者可能的关系参见 Booth, 1983, 1996; Hogan, 2013b; Leaska, 1996。

4　Booth, 1983; Hogan, 2013b.

5　Carroll, 2012d: 138–140.

6　Booth, 1983; Iser, 1974.

则是通过暗示点出来的。

总结言之，一个虚构小说中视角交汇的幅度会包括人物之间相互的礼遇态度，作者怎样对待笔下的人物（如果有的话，还包括虚构的叙述者），作者在自己意识中设想的读者，现实中的读者如何看待人物（包括虚构的叙述者），以及他们如何看待作者。实证派研究人员或者说文学学者可以把这些不同的视角关系掰成可以操作的小块，但是这些细分出来的视角关系群应当具有一定的研究价值，其价值决定于它们跟任何一部小说中所涉及的整个视角互动的关系和意义。

因为现实中的读者几乎是不可限量的，所以小说的意义也绝不可以说有止境。在这种意义上，对小说意义的分析必然也是永无止境的。如果说有止境的话，只是相对于读者而言的，就是说他们的阅读已经得到了评价。[1]

八、作为统一的艺术建构的虚构叙事

我们通常可以将虚构叙事的意义结构分成三个标准的类别，即主题、语调、形式。[2]这也是一种常识意义上的分析结构，但如果我们把它置放于因动机而行动的人这种理解模型中，那么它就可以得到合理解释。

主题指的是取自人类生命历程、社会性和文化经验的题材。常见的主题诸如生存、成长、接受教育、掌握职业技能、结成夫妻、处理家庭纠纷、在社会上获取物质保障和社会地位，以及努力获取关于宇宙、人生、社会和自己个人在整个世界秩序中的位置有令人满意的预见。

虚构小说中的语调指的是故事中情绪效果的安排，往往与故事中行动和主题的节点相呼应。当然语调不必要都是一路高歌猛进。悲剧从定义上说并不以喜悦结尾。"结局"这个词指的是一个情绪过程的结束，并不特指悲剧结尾的悲伤或强烈的不公正感。

虚构小说中的形式具体指语言媒介的组织，比如语句和段落中的词汇

---

1 进化论的阐释方法对视角互动重要性的关注参见 Boyd, 2001, 2008; Carroll, 2011b, 2012b, 2012c, 2013; Clasen, 2010, 2011, in press; Cooke, 2010; Gottschall, 2008; Jonsson, 2013; Kjeldgaard-Christiansen, in press; Marshall, in press; Michelson, 2009; Saunders, 2005, 2009, 2012, in press。

2 Brooks & Warren, 1979; Charters, 2015.

组合、组成故事的话语片段。形式不仅仅是约定俗成的，语言本身就是我们进化而来的适应功能的一部分。意识有具体的方式来吸收不同的语言组合。[1]而且，作为对想象性生活的描述，叙事形式的运作跟意识中默认的运行网络建构的自我叙事和摹仿非常接近。因此，叙事形式，跟主题和语调一样，可以被吸收进人性的进化论模式之中。[2]

形式的因素在小说中至关重要，因为它们调节作者对待题材的态度，因此对作者如何管控读者意识中的反应有所贡献。[3]虚构叙事中小的形式成分包括选词、声音模式、句法、节奏、修辞格、比喻。（这些就是通常所说的风格的主要组成成分）。大的形式成分包括在场景和总结之间的转换、时间安排（回溯、前闪、变换节奏）、从现实主义到讽喻和象征性幻想的再现方式、叙事种类。[4]不同的叙事和视角重叠，包括这些概念，比如书信体叙事（事件是由书信来叙述的故事）、第三人称全知叙事、参与性第一人称叙事、意识流、对话、自由间接引语（作者以第三人称说话但他在转述一个人物的心理过程）。[5]

所有这些特征，从单个词，以及它们唤起的声音和引申联想、句子和段落的节奏，一直到时间的组织、再现方式、叙事方式这些大的特征，对读者的想象有明显的影响。它们就是把词语用作按照美学原则组成的媒介的方式，就像颜料、音色、雕塑中使用的材料。在虚构小说中，形式的美学效果与主题比如来自人类生命历程、社会性和文化经验的素材相混合。主题对读者而言有自己的情感效应。这些基本情感因为作者对待人物与事件的情感态度而变得复杂起来。[6]被描述的素材、情感强度、按美学原则组织的形式特征，它们的效果合起来生产出一个完整的艺术品。这个艺术品就是作者借以和有能力在美学上能够给予回应的读者交流的东西。像主题和语调一样，形式组织也以这种方式被纳入到虚构小说中意义之处所即视角的互动之中。

1　Pinker, 2014.

2　Carroll, 2011a.

3　Boyd, 2009; Carroll, 2012c.

4　Carroll, 1995, 2009.

5　Booth, 1983, 1996; Hogan, 2013b; Leaska, 1996.

6　Johnson-Laird & Oatley, 2016; Mar et al., 2011; Oatley, 2012.

自从 19 世纪之初浪漫主义肇始以来，一直到 20 世纪最后二十几年后结构主义文学理论的出现，前沿的文学理论家们都提出整体的艺术意义的理想。[1] 这些浪漫主义和后浪漫主义人文主义者典型地把这个理想描述为宇宙精神和谐统一的显现。按进化论进路对这个统一的艺术建构品的理解，将这个概念带进自然主义形而上学的范围，使之可以用心理学理论得到解释。

结论

人类花费了大量时间去创造想象世界，听人讲故事或阅读故事，观看戏剧或根据虚构叙事编拍的电影。[2] 任何对进化而来的适应的人性有基本完整的理解都必须先要说清楚为什么人类生产和消费虚构叙事产品。而且，理论家们思考任何一部艺术品的方式都部分地依赖于他们如何看待艺术的功能。因此，目前在进化论文学理论和进化论美学上完成的理论研究主要聚焦于艺术的适应功能这个问题上，即艺术有没有适应功能？如果有的话，那这个功能是什么？

关于虚构叙事的适应功能，进化论批评方法提出了如下假设：艺术是性展示的形式；艺术是离线的或假设的情景，读者借以演练应对他们可能在现实生活中遇到的问题；艺术是建立社会联系的媒介。[3] 一些理论家认为在虚构叙事能够完成所有这些功能的同时，这些叙事也对故事中那些想象出的人物有更内在的适应功能。这些理论家特别强调人类特有的创造想象世界的禀赋。他们认为创造出的这些想象世界，提升了人类已经高度发展的能力，使人类能够更加灵活自如地回应复杂多变的外部世界、制订长期计划、在复杂的社会群体内部协调地行动。通过这些想象世界，人们将现在与过去和未来共谋，将行为与抽象的规范合计，将事件放置于个人身份和群体身份的叙事之中，将眼前现实推展到充满人类意义的宇宙视

1　Arnold, 1960, 1882/1974; Blake, 1790/2008; Bradley, 1904/1991; Brooks, 1947; Coleridge, 1817/1983; Frye, 1957; Shelley, 1909.

2　Gottschall, 2012.

3　关于艺术作为性展示的形式参见 Dutton, 2009; Miller, 2000。有关艺术作为假设的情景参见 Clasen, 2016, in press; Pinker, 1997; Saunders, 2015; Sugiyama, 2005。有关艺术作为建立社会联系的媒介参见 Carroll et al., 2012; Dunbar et al., 2016。

野之下。[1]

虚构叙事是通达社会知识、文化知识的途径。它们扩展和提升了读者对人生的想象和理解，因此也帮助他们有效地组织自己的价值和信仰。小说提供的想象世界深入地探入个人身份，激发起曾经影响过世界历史进程的想象。[2]虚构故事为读者提供了远远超出他个人能够经历的虽模拟但不乏真实的人生经验。[3]阅读小说能够让人与突出的人物交流，认识具有非凡观察和反省能力的意识，体验上天入地、翻江倒海的想象。[4]对这些非凡的意识做出回应，无论是以共情的态度还是批判的角度，你都会受到教育，而教育本身就是一种根植于那种属于现代人适应功能之一部分的文化能力的动机。

从现象上看，人类的确具有独特的能力，通过整合素材、情绪效果和美学特点，完全依靠想象进入产生意义的虚构世界。这些独特的人类能力为心理学提供了一个富饶的研究领域。在过去几年，对人性和小说心理学的研究已经逐步完善了探索这一领域的概念装备。通过这种研究，我们现在能够获得通向那个属于我们现实的人类世界之一真实且重要的想象世界的途径。

（余石屹译）

* 译者注：本文译自 Joseph Carroll, "Minds and Meaning in Fictional Narratives: An Evolutionary Perspective," *Review of General Psychology*, Vol. 22, No. 2, 2018, pp. 135–146。注释部分略有调整。

1　Boyd, 2009; Carroll, 2012a; Dissanayake, 2000; Gottschall, 2012; Salmon & Symons, 2004; Tooby & Cosmides, 2001; Wilson, 1998.

2　Gottschall, 2012.

3　Oatley, 2011.

4　Carroll, 1998.

参考文献

Abrams, M. H. 1997. The Transformation of English Studies: 1930–1995. *Daedalus, 126,* 105–131.

Adams, H., & Searle, L. (eds.) 1986. *Critical Theory Since 1965.* Tallahassee: Florida State University Press.

Alderson-Day, B., Bernini, M., & Fernyhough, C. 2017. Uncharted Features and Dynamics of Reading: Voices, Characters, and Crossing of Experiences. *Consciousness and Cognition, 49,* 98–109.

Allchin, D. 2015. Evolution of Moral Systems. In M. P. Muehlenbein. (ed.) *Basics of Human Evolution.* Amsterdam: Elsevier, 505–513.

Altmann, U., Bohrn, I. C., Lubrich, O., Menninghaus, W., & Jacobs, A. M. 2014. Fact vs Fiction—How Paratextual Information Shapes Our Reading Processes. *Social Cognitive and Affective Neuroscience, 9,* 22–29.

Andrews-Hanna, J. R., Smallwood, J., & Spreng, R. N. 2014. The Default Network and Self-generated Thought: Component Processes, Dynamic Control, and Clinical Relevance. *Annals of the New York Academy of Sciences, 1316,* 29–52.

Arnold, M. 1960. *On the Classical Tradition* (vol. 1). Ann Arbor: University of Michigan Press.

Arnold, M. 1882/1974. Literature and Science. In R. H. Super. (ed.) *Philistinism in England and America* (vol. 10). Ann Arbor: University of Michigan Press, 53–73.

Baron-Cohen, S. 2005. The Empathizing System: A Revision of the 1994 Model of the Mind Reading System. In B. J. Ellis, & D. F. Bjorklund. (eds.) *Origins of the Social Mind: Evolutionary Psychology and Child Development.* New York: Guilford Press, 468–492.

Baumeister, R. F. 1997. *Evil: Inside Human Cruelty and Violence.* New York: Freeman.

Bjorklund, D. F. 2011. You've Come a Long Way, Baby: Evolutionary Developmental Psychology. *Evolutionary Review: Art, Science, Culture, 2*, 10–20.

Blake, W. 1790/2008. *Blake's Poetry and Designs: Illuminated Works, Other Writings, Criticism* (2nd ed.). New York: W. W. Norton & Company.

Boehm, C. 1999. *Hierarchy in the Forest: The Evolution of Egalitarian Behavior.* Cambridge: Harvard University Press.

Boehm, C. 2012. *Moral Origins: The Evolution of Virtue, Altruism, and Shame.* New York: Basic Books.

Boehm, C. 2016. Bullies: Redefining the Human Free-rider Problem. In J. Carroll, D. P. McAdams, & E. O. Wilson. (eds.) *Darwin's Bridge: Uniting the Humanities and Sciences.* New York: Oxford University Press, 11–27.

Booth, W. C. 1983. *The Rhetoric of Fiction* (2nd ed.). Chicago: University of Chicago Press.

Booth, W. C. 1996. Distance and Point of View: An Essay in Classification. In M. J. Hoffman, & P. D. Murphy. (eds.) *Essentials of the Theory of Fiction* (2nd ed.). Durham: Duke University Press, 116–133.

Boyd, B. 2001. The Origin of Stories: Horton Hears a Who. *Philosophy and Literature, 25*, 197–214.

Boyd, B. 2008. Art and Evolution: Spiegelman's *The Narrative Corpse. Philosophy and Literature, 32*, 31–57.

Boyd, B. 2009. *On the Origin of Stories: Evolution, Cognition, and Fiction.* Cambridge: Harvard University Press.

Bradley, A. C. 1904/1991. *Shakespearean Tragedy: Lectures on Hamlet, Othello, King Lear, and Macbeth.* London: Penguin.

Brooks, C. 1947. *The Well Wrought Urn: Studies in the Structure of Poetry.* New York: Harcourt, Brace, World.

Brooks, C., & Warren, R. P. 1979. *Understanding Fiction* (3rd ed.). Englewood Cliffs: Prentice Hall.

Brown, D. E. 1991. *Human Universals*. Philadelphia: Temple University Press.

Buckholtz, J. W., Asplund, C. L., Dux, P. E., Zald, D. H., Gore, J. C., Jones, O. D., & Marois, R. 2008. The Neural Correlates of Third-party Punishment. *Neuron, 60,* 930–940.

Buckholtz, J. W., & Marois, R. 2012. The Roots of Modern Justice: Cognitive and Neural Foundations of Social Norms and Their Enforcement. *Nature Neuroscience, 15,* 655–661.

Buckner, R. L., Andrews-Hanna, J. R., & Schacter, D. L. 2008. The Brain's Default Network: Anatomy, Function, and Relevance to Disease. *Annals of the New York Academy of Sciences, 1124,* 1–38.

Budelmann, F., & Easterling, P. 2010. Reading Minds in Greek Tragedy. *Greece and Rome, 57,* 289–303.

Buss, D. M. 2016. *The Handbook of Evolutionary Psychology* (2nd ed.). Hoboken: Wiley.

Buss, D. M., & Hawley, P. H. 2011. *The Evolution of Personality and Individual Differences*. New York: Oxford University Press.

Cain, W. E. 1984. *The Crisis in Criticism: Theory, Literature, and Reform in English Studies*. Baltimore: Johns Hopkins University Press.

Carroll, J. 1995. *Evolution and Literary Theory*. Columbia: University of Missouri Press.

Carroll, J. 1998. Steven Pinker's Cheesecake for the Mind. *Philosophy and Literature, 22,* 478–485.

Carroll, J. 2001. The Ecology of Victorian Fiction. *Philosophy and Literature, 25,* 295–313.

Carroll, J. 2004. *Literary Darwinism: Evolution, Human Nature, and Literature*. New York: Routledge.

Carroll, J. 2005. Aestheticism, Homoeroticism, and Christian Guilt in *The Picture of Dorian Gray*. *Philosophy and Literature, 29*, 286–304.

Carroll, J. 2009. Literature as a Human Universal. In F. Jannidis, G. Lauer, & S. Winko. (eds.) *Grenzen der Literatur: Zu Begriff und Phänomen des Literarischen* (Borders of Literature: On the Concept and Phenomenon of the Literary). Berlin: De Gruyter, 142–160.

Carroll, J. 2011a. Evolution and Verbal Art. In P. C. Hogan. (ed.) *The Cambridge Encyclopedia of Language Sciences*. New York: Cambridge University Press, 892–894.

Carroll, J. 2011b. *Reading Human Nature: Literary Darwinism in Theory and Practice*. Albany: SUNY Press.

Carroll, J. 2012a. The Adaptive Function of the Arts: Alternative Evolutionary Hypotheses. In C. Gansel, & D. Vanderbeke. (eds.) *Telling Stories: Literature and Evolution/Geschichten Erzählen: Literatur und Evolution*. Berlin: De Gruyter, 50–63.

Carroll, J. 2012b. An Evolutionary Approach to Shakespeare's *King Lear*. In J. Knapp. (ed.) *Critical Insights: Family*. Ipswitch: EBSCO, 83–103.

Carroll, J. 2012c. Meaning and Effect in Fiction: An Evolutionary Model of Interpretation Illustrated with a Reading of "Occurrence at Owl Creek Bridge". *Style, 26*, 297–316.

Carroll, J. 2012d. The Truth About Fiction: Biological Reality and Imaginary Lives. *Style, 46*, 129–160.

Carroll, J. 2013. Correcting for the Corrections: A Darwinian Critique of a Foucauldian Novel. *Style, 47*, 87–118.

Carroll, J. 2015a. Evolutionary Social Theory: The Current State of Knowledge. *Style, 49*, 512–541.

Carroll, J. 2015b. Evolved Human Sociality and Literature. In R. Machalek, J. Turner, & A. Maryanski. (eds.) *Handbook on Evolution and Society: Toward an Evolutionary Social Science.* Boulder: Paradigm, 572–608.

Carroll, J., Clasen, M., Jonsson, E., Kratschmer, A. R., McKerracher, L., Riede, F., Svenning, J. C., & Kjærgaard, P. C. 2017. Biocultural Theory: The Current State of Knowledge. *Evolutionary Behavioral Sciences, 11,* 1–15.

Carroll, J., Gottschall, J., Johnson, J. A., & Kruger, D. 2012. *Graphing Jane Austen: The Evolutionary Basis of Literary Meaning.* New York: Palgrave Macmillan.

Carroll, J., Johnson, J. A., Salmon, C., Kjeldgaard-Christiansen, J., Clasen, M., & Johnson, E. in press. A Cross-disciplinary Survey of Beliefs About Human Nature, Culture, and Science. *Evolutionary Studies in Imaginative Culture.*

Charters, A. 2015. *The Story and Its Writer: An Introduction to Short Fiction* (9th ed.). Boston: Bedford/St. Martin's Press.

Chudek, M., & Henrich, J. 2011. Culture-gene Coevolution, Normpsychology and the Emergence of Human Prosociality. *Trends in Cognitive Sciences, 15,* 218–226.

Clasen, M. 2010. Vampire Apocalypse: A Biocultural Critique of Richard Matheson's *I Am Legend. Philosophy and Literature, 34,* 313–328.

Clasen, M. 2011. Primal Fear: A Darwinian Perspective on Dan Simmons' *Song of Kali. Horror Studies, 2,* 89–104.

Clasen, M. 2016. Terrifying Monsters, Malevolent Ghosts, and Evolved Danger Management Architecture. In J. Carroll, D. P. McAdams, & E. O. Wilson. (eds.) *Darwin's Bridge: Uniting the Humanities and Sciences.* New York: Oxford University Press, 183–194.

Clasen, M. in press. *Why Horror Seduces.* New York: Oxford University Press.

Coleridge, S. T. 1817/1983. *Biographia Literaria.* Princeton: Princeton University Press.

Cooke, B. 2002. *Human Nature in Utopia: Zamyatin's We.* Evanston: Northwestern University Press.

Cooke, B. 2010. Human Nature, Utopia, and Dystopia: Zamyatin's *We*. In B. Boyd, J. Carroll, & J. Gottschall. (eds.) *Evolution, Literature, and Film: A Reader*. New York: Columbia University Press, 381–391.

Costa, P. J., Terracciano, A., & McCrae, R. R. 2001. Gender Differences in Personality Traits Across Cultures: Robust and Surprising Findings. *Journal of Personality and Social Psychology, 81*, 322–331.

Damasio, A. R. 2005. *Descartes' Error: Emotion, Reason, and the Human Brain*. London: Penguin.

Degler, C. N. 1991. *In Search of Human Nature: The Decline and Revival of Darwinism in American Social Thought*. New York: Oxford University Press.

Dissanayake, E. 2000. *Art and Intimacy: How the Arts Began*. Seattle: University of Washington Press.

Dissanayake, E. 2011. In the Beginning, Evolution Created Religion and the Arts. *The Evolutionary Review: Art, Science, Culture, 2*, 64–81.

Donnellan, M. B., & Robins, R. W. 2009. The Development of Personality Across the Lifespan. In P. J. Corr, & G. Matthews. (eds.) *The Cambridge Handbook of Personality Psychology*. New York: Cambridge University Press, 191–204.

Dunbar, R. I., Teasdale, B., Thompson, J., Budelmann, F., Duncan, S., van Emde Boas, E., & Maguire, L. 2016. Emotional Arousal When Watching Drama Increases Pain Threshold and Social Bonding. *Royal Society Open Science, 3*, 160–288.

Dutton, D. 2009. *The Art Instinct: Beauty, Pleasure, and Human Evolution*. New York: Bloomsbury.

Ekman, P. 2007. *Emotions Revealed: Recognizing Faces and Feelings to Improve Communication and Emotional Life* (2nd ed.). New York: Owl Books.

Fiske, A. P., Schubert, T. W., & Seibt, B. in press. The Best-loved Story of All Time: Overcoming All Obstacles to Be Reunited, Evoking Kama Muta. *Evolutionary Studies in Imaginative Culture*.

Flesch, W. 2007. *Comeuppance: Costly Signaling, Altruistic Punishment, and Other Biological Components of Fiction*. Cambridge: Harvard University Press.

Flinn, M. V. 2015. Aggression, Affiliation, and Parenting. In M. P. Muehlenbein. (ed.) *Basics in Human Evolution*. Amsterdam: Elsevier, 455–466.

Freud, S. 1959. Creative Writers and Daydreaming. In J. Strachey. (ed.) *Writings on Art and Literature* (vol. 9). (J. Strachey, trans.). London: Hogarth, 142–153.

Frye, N. 1957. *Anatomy of Criticism: Four Essays*. Princeton: Princeton University Press.

Fukuyama, F. 2011. *The Origins of Political Order: From Prehuman Times to the French Revolution*. New York: Farrar, Straus and Giroux.

Fukuyama, F. 2014. *Political Order and Political Decay: From the Industrial Revolution to the Globalization of Democracy*. New York: Farrar, Straus & Giroux.

Ghent, D. V. 1953/1961. *The English Novel: Form and Function*. New York: Harper.

Gintis, H., & van Schaik, C. 2013. Zoon Politicon: The Evolutionary Roots of Human Sociopolitical Systems. In P. J. Richerson, & M. H. Christiansen. (eds.) *Cultural Evolution*. Cambridge: MIT Press, 25–44.

Gottschall, J. 2008. *The Rape of Troy: Evolution, Violence, and the World of Homer*. New York: Cambridge University Press.

Gottschall, J. 2012. *The Storytelling Animal: How Stories Make Us Human*. Boston: Houghton Mifflin Harcourt.

Haidt, J. 2012. *The Righteous Mind: Why Good People Are Divided by Politics and Religion*. New York: Pantheon.

Hazlitt, W. 1817/1955. *Characters in Shakespeare's Plays*. New York: Oxford University Press.

Henrich, J. 2016. *The Secret of Our Success: How Culture Is Driving Human Evolution, Domesticating Our Species, and Making Us Smarter*. Princeton: Princeton University Press.

Hogan, P. C. 2011a. *Affective Narratology: The Emotional Structure of Stories.* Lincoln: University of Nebraska Press.

Hogan, P. C. 2011b. *What Literature Teaches Us About Emotion.* New York: Cambridge University Press.

Hogan, P. C. 2013a. *How Authors' Minds Make Stories.* New York: Cambridge University Press.

Hogan, P. C. 2013b. *Narrative Discourse: Authors and Narrators in Literature, Film, and Art.* Columbus: Ohio State University Press.

Iser, W. 1974. *The Implied Reader: Patterns of Communication in Prose Fiction from Bunyan to Beckett.* Baltimore: Johns Hopkins University Press.

Jacobs, A. M., & Willems, R. M. in press. The Fictive Brain: Neurocognitive Correlates of Engagement in Literature. *Review of General Psychology.*

John, O. P., Robins, R. W., & Pervin, L. A. 2008. *Handbook of Personality: Theory and Research* (3rd ed.). New York: Guilford Press.

Johnson, J. A., Carroll, J., Gottschall, J., & Kruger, D. 2011. Portrayal of Personality in Victorian Novels Reflects Modern Research Findings but Amplifies the Significance of Agreeableness. *Journal of Research in Personality, 45,* 50–58.

Johnson, S. 1789–1791/2010. *The Lives of the Poets.* New Haven: Yale University Press.

Johnson-Laird, P. N., & Oatley, K. 2016. Emotions in Music, Literature, and Film. In L. F. Barrett, M. Lewis, & J. M. Haviland-Jones. (eds.) *Handbook of Emotions* (4th ed.). New York: Guilford Press, 82–97.

Jonsson, E. 2013. The Human Species and the Good Gripping Dreams of H. G. Wells. *Style, 47,* 296–315.

Kaplan, H., Gurven, M., & Winking, J. 2009. An Evolutionary Theory of Human Life Span: Embodied Capital and the Human Adaptive Complex. In V. L. Bengston, D. Gans, N. M. Pulney, & M. Silverstein. (eds.) *Handbook of Theories of Aging* (2nd ed.). New York: Springer, 39–60.

Kaufman, S. B., & Gregoire, C. 2015. *Wired to Create: Unraveling the Mysteries of the Creative Mind.* New York: Penguin Random House.

Kjeldgaard-Christiansen, J. 2016. Evil Origins: A Darwinian Genealogy of the Popcultural Villain. *Evolutionary Behavioral Sciences, 10,* 109–122.

Kjeldgaard-Christiansen, J. in press. The Bad Breaks of Walter White: An Evolutionary Approach to the Fictional Antihero. *Evolutionary Studies in Imaginative Culture.*

Leaska, M. A. 1996. The Concept of Point of View. In M. J. Hoffman, & P. D. Murphy. (eds.) *Essentials of the Theory of Fiction* (2nd ed.). Durham: Duke University Press, 158–171.

Leitch, V. B. 2010. *The Norton Anthology of Theory and Criticism* (2nd ed.). New York: W. W. Norton & Company.

Lewis, M. 2016. Self-conscious Emotions: Embarrassment, Pride, Shame, Guilt, and Hubris. In L. F. Barrett, M. Lewis, & J. M. Haviland-Jones. (eds.), *Handbook of Emotions* (4th ed.). New York: Guilford Press, 792–814.

Lorenz, K. 1977. *Behind the Mirror: A Search for a Natural History of Human Knowledge* (R. Taylor, trans.). New York: Harcourt Brace Jovanovich.

Mar, R. A., & Oatley, K. 2008. The Function of Fiction Is the Abstraction and Simulation of Social Experience. *Perspectives on Psychological Science, 3,* 173–192.

Mar, R. A., Oatley, K., Djikic, M., & Mullin, J. 2011. Emotion and Narrative Fiction: Interactive Influences Before, During, and After Reading. *Cognition and Emotion, 25,* 818–833.

Marshall, I. in press. Kurt Vonnegut's "Homage to Santa Rosalia": The "Patroness of Evolutionary Studies" and *Galapagos. Evolutionary Studies in Imaginative Culture.*

McAdams, D. P. 2015. The Art and Science of Personality Development. New York: Guilford Press.

McAdams, D. P. 2016. From Actor to Agent to Author: Human Evolution and the Development of Personality. In J. Carroll, D. P. McAdams, & E. O. Wilson. (eds.) *Darwin's Bridge: Uniting the Humanities and Sciences*. New York: Oxford University Press, 145–164.

McCrae, R. R., Gaines, J. F., & Wellington, M. A. 2012. The Five Factor Model in Fact and Fiction. In I. B. Weiner. (ed.) *Handbook of Psychology* (vol. 5): *Personality and Social Psychology* (2nd ed.). Hoboken: Wiley, 65–91.

Michelson, D. 2009. Empathy and Conflicting Moral Norms: A Biocultural Affective Analysis of Babel. In J. Hoeg, & K. S. Larsen. (eds.) *Interdisciplinary Essays on Darwinism in Hispanic Literature and Film: The Intersection of Science and the Humanities*. Lewiston: Edwin Mellen, 233–260.

Miller, G. F. 2000. *The Mating Mind: How Sexual Choice Shaped the Evolution of Human Nature*. New York: Doubleday.

Muehlenbein, M. P. 2015. *Basics in Human Evolution*. London: Elsevier.

Muehlenbein, M. P., & Flinn, M. V. 2011. Patterns and Processes of Human Life History Evolution. In T. Flatt, & A. Heyland. (eds.), *Mechanisms of Life History Evolution: The Genetics and Physiology of Life History Traits and Trade-offs*. New York: Oxford University Press, 153–168.

Nettle, D. 2007. Individual Differences. In R. Dunbar, & L. Barrett. (eds.) *Oxford Handbook of Evolutionary Psychology*. New York: Oxford University Press, 479–490.

Nowak, M. A. 2006. Five Rules for the Evolution of Cooperation. *Science, 314,* 1560–1563.

Oatley, K. 2011. *Such Stuff as Dreams: The Psychology of Fiction*. Chichester: Wiley-Blackwell.

Oatley, K. 2012. *The Passionate Muse: Exploring Emotion in Stories*. New York: Oxford University Press.

Oatley, K., Mar, R. A., & Djikic, M. 2012. The Psychology of Fiction: Present and Future. In I. Jaén, & J. J. Simon. (eds.) *Cognitive Literary Studies: Current Themes and New Directions*. Auxtin: University of Texas Press, 235–249.

Panksepp, J., & Biven, L. 2012. *The Archaeology of Mind: Neuroevolutionary Origins of Human Emotions*. New York: W. W. Norton & Company.

Pinker, S. 1997. *How the Mind Works*. New York: W. W. Norton & Company.

Pinker, S. 2002. The Blank Slate: The Modern Denial of Human Nature. New York: Viking.

Pinker, S. 2011. *The Better Angels of Our Nature: Why Violence Has Declined*. New York: Viking Press.

Pinker, S. 2014. *The Sense of Style: The Thinking Person's Guide to Writing in the 21st Century!*. New York: Viking Press.

Richter, D. H. (ed.) in press. *A Companion to Literary Theory*. Hoboken: Blackwell.

Salmon, C., & Shackelford, T. K. (eds.) 2008. *Family Relationships: An Evolutionary Perspective*. New York: Oxford University Press.

Salmon, C., & Symons, D. 2004. Slash Fiction and Human Mating Psychology. *Journal of Sex Research, 41*, 94–100.

Saucier, G. 2009. What Are the Most Important Dimensions of Personality? Evidence from Studies of Descriptors in Diverse Languages. *Social and Personality Psychology Compass, 3*, 620–637.

Saunders, J. P. 2005. Evolutionary Biological Issues in Edith Wharton's *The Children. College Literature, 32*, 83–102.

Saunders, J. P. 2009. *Reading Edith Wharton Through a Darwinian Lens: Evolutionary Biological Issues in Her Fiction*. Jefferson: McFarland.

Saunders, J. P. 2012. Female Mate-guarding in Lawrence's "Wintry F. E. Peacock": An Evolutionary Perspective. *College Literature, 39*, 69–83.

Saunders, J. P. 2015. Darwinian Literary Analysis of Sexuality. In T. K. Shackelford, & R. D. Hansen. (eds.) *The Evolution of Sexuality*. New York: Springer, 29–55.

Saunders, J. P. in press. *American Literature and Evolutionary Theory: Darwinian Confrontations with Classic Texts*. Brighton: Academic Studies Press.

Schmitt, D. P. 2016. Fundamentals of Human Mating Strategies. In D. M. Buss. (ed.) *Handbook of Evolutionary Psychology* (vol. 1). Hoboken: Wiley, 294–316.

Shelley, P. B. 1909. *Shelley's Literary and Philosophical Criticism*. London: Henry Froude.

Smail, D. L. 2008. *On Deep History and the Brain*. Berkeley: University of California Press.

Sugiyama, S. M. 2005. Reverse-engineering Narrative: Evidence of Special Design. In J. Gottschall, & D. S. Wilson. (eds.) *The Literary Animal: Evolution and the Nature of Narrative*. Evanston: Northwestern University Press, 177–196.

Tamir, D. I., Bricker, A. B., Dodell-Feder, D., & Mitchell, J. P. 2015. Reading Fiction and Reading Minds: The Role of Simulation in the Default Network. *Social Cognitive and Affective Neuroscience, 11*(2), 215–224.

Tomasello, M., Carpenter, M., Call, J., Behne, T., & Moll, H. 2005. Understanding and Sharing Intentions: The Origins of Cultural Cognition. *Behavioral and Brain Sciences, 28*, 675–691.

Tooby, J., & Cosmides, L. 1992. The Psychological Foundations of Culture. In J. H. Barkow, L. Cosmides, & J. Tooby. (eds.) *The Adapted Mind: Evolutionary Psychology and the Generation of Culture*. New York: Oxford University Press, 19–136.

Tooby, J., & Cosmides, L. 2001. Does Beauty Build Adapted Minds? Toward an Evolutionary Theory of Aesthetics, Fiction, and the Arts. *SubStance, 30*, 6–27.

Tracy, J. L., Robins, R. W., & Tangney, J. P. 2007. *The Self-conscious Emotions: Theory and Research*. New York: Guilford Press.

van Vugt, M., & Ronay, R. 2014. The Evolutionary Psychology of Leadership: Theory, Review, and Roadmap. *Organizational Psychology Review, 4*, 74–95.

Wilde, O. 1890/2007. *The Picture of Dorian Gray: Authoritative Texts, Backgrounds, Reviews and Reactions, Criticism* (2nd ed.). New York: W. W. Norton & Company.

Wilson, E. O. 1978. *On Human Nature*. Cambridge: Harvard University Press.

Wilson, E. O. 1998. *Consilience: The Unity of Knowledge*. New York: Knopf.

Wilson, E. O. 2012. *The Social Conquest of Earth*. New York: Liveright.

Woolf, V. 1925. *The Common Reader*. New York: Harcourt.

Woolf, V. 1932. *The Common Reader* (Second Series). London: Hogarth Press.

Wrangham, R. W., & Peterson, D. 1996. *Demonic Males: Apes and the Origins of Human Violence*. Boston: Houghton Mifflin Harcourt.

Zunshine, L. 2006. *Why We Read Fiction: Theory of Mind and the Novel*. Columbus: Ohio State University Press.

批评篇

荷马笔下的人类动物：
论《伊利亚特》中的仪式性战斗 [1]

乔纳森·戈特沙尔

一

弗洛伊德认为达尔文所揭示的人类的动物特性给人类的自恋情结一记重拳，其打击程度实不亚于哥白尼所发现的"日心说"。达尔文在《物种起源》中暗示我们有野兽的一面，之后在其他出版物中他继续传达这样一个令人不安又令人难以置信的消息：我们的祖先是，就像他在未发表的笔记中戏称的一样，"猴人"。[2] 亚当和夏娃用泥塑造出来的形象不是我们想象的那样可爱；他们"从一只有毛、有尾巴的四足类或兽类动物传下来，而习性上可能是树居的，并且是旧大陆上一个居住者"。[3] 达尔文的消息在他同时代人中间引起了各种不同的反响，从大喊大叫地嘲笑奚落，到俨然不可侵犯地义愤填膺，再到勉强地接受。他的这个猜想自那时以来已经被基因科学家、灵长类动物学家、生物学家、考古学家、古人类学家以及其他人的发现所充分证实。现在当听到有人说起我们跟其他猿猴共享一个祖先时，我们不会感到太遗憾，因为这种进化学说已经不再是异端邪说了。

但是，因为这个发现可能我们加在达尔文身上的赞誉过多、光环太亮。毫无疑问达尔文配得上这许多荣誉，因为他解开了自然选择过程中进化机制之谜，揭示了我们跟其他灵长类动物之间的亲缘关系，为科学家的后续研究开了先河。在非专业领域他也应该得到社会的嘉奖，因为他给人类的自尊当心一拳，引发了现代人的存在主义危机。一方面达尔文是负责

---

1 译注：引文译文采自罗念生译《伊利亚特》（荷马，2007）；译者也参考了陈中梅译注《伊利亚特》（荷马，2012b）。文中所引《奥德赛》引文，中文译文采自王焕生译《奥德赛》（荷马，1997）；译者也参考了陈中梅译注《奥德赛》（荷马，2012a）；引自译本的具体出处见文中夹注。

2 Desmond & Moore, 1991.

3 Darwin, 1936: 911. 译注：译文采自潘光旦、胡寿文合译《人类的由来》（达尔文，1983：923）。

任的科学家，他从科学上证明了人类并非是高高凌驾于动物王国中其他动物之上的一个物种，但是另一方面，从历史上而言他根本不是发现这一事实的第一人。

各个时代的艺术家以及神话的建造者们，以无比惊人的统一认识，已经得到相同的结论。事实上，迄今世界上最早的绘画艺术早已传达了这个信息。法国的肖维洞穴中，装饰墙壁的几百幅绘画和蚀刻画，已经有三万多年的历史，包括了人与动物的合体画，其中一幅画的是半人半猛犸像。[1] 这个来自远古的有关人类与动物界交汇重叠的暗示，也常见于半人半动物的神话人物。如多萝西·迪纳斯坦（Dorothy Dinnerstein）所说，"半人动物的神话形象，比如美人鱼和牛头人，表达了一种远古的基本的共识，经历了很长时间才逐渐为人类所认识：我们这个物种的本性中存在内在矛盾；我们与地球上其他动物之间的连续性和相异之处，既神秘又深刻"。[2] 所以，不是达尔文发明了人类动物这个概念，而是他为这个古老的信仰搜集了证据，重新阐发为在科学上可信的理论认识。

古希腊人对人与动物的杂合形态特别感兴趣。他们的神话中有许多怪物，他们的文学中也一样。他们的第一位也是最伟大的诗人荷马，表现出希腊人对半人动物十分关注的这种特质。塞壬、半人半马怪兽、人身牛头怪兽、喀迈拉、斯库拉、牛眼睛天后赫拉、猫头鹰眼（目光炯炯）的雅典娜，都在他的诗歌中出现或被引用到。所有这些怪物象征性地暗示在每一个人的外表下面都隐藏有野兽的一面。

荷马用来暗示人类有动物一面的还远远不止这些怪物。他在《伊利亚特》这部史诗中进一步发展了这个主题。一方面，他笔下那些在战场上冲锋陷阵的英雄，都是身体健壮伟岸的男子，但另一方面荷马却暗示说，就性格和行为模式而言，他们却是不折不扣的野兽。对荷马来说，人类动物是所有混杂物种中最矛盾最不连贯的杂种：他稀奇古怪，自相矛盾，扞格不入，一半像神，一半像野兽。正是人的动物间性造成他的悲剧命运。他的灵魂向往最高天，但他的身体却把他牢牢地钉在动物野性的血污中。

1　Chauvet et al., 1996.

2　Dinnerstein, 1976: 2.

天父宙斯可能看见了这个情形，他说："在大地上呼吸和爬行的所有动物，/确实没有哪一种活得比人类更艰难。"[1]（17.446–447）

《伊利亚特》通过各种途径暗示人的动物特性。首先，我们都是非永生之生命。这部史诗中疯狂的、几近漫画的暴力流血，把人的动物性直接放到我们面前：挑在颤抖的长枪尖的脑袋，受伤垂死的年轻战士拼命用双手把内脏按回肚子里去，双眼从眼窝中打出来，滚落到尘土上。这部史诗简直就是一本记录凌辱身体的各种方式的目录，它用这种方式想提醒我们，人类如婴孩般脆弱不堪，根本无法与不死的天神相比。

希腊人以贪婪的战争为主的生活方式，在《伊利亚特》中造成了身份危机：人是什么？这个造物刚披上人道的伪装，随后就冲进乱军之中把他的长枪沾满鲜血，他到底是什么东西？《伊利亚特》暗示战争把人内心沉睡的兽性唤醒。赫克托尔，当他漫步走过特洛亚街道的时候，那是一幅多么美好的文明仁善的图画；当他和妻子站在城墙上，轻声细语，交头接耳，妻子怀里抱着他的胖小子，这时候，赫克托尔代表着至高无上的人道理想（6.390–502）。但是让我们试着把这个心地温顺、林塘花月的爱家男子赫克托尔，和后面写到的英雄赫克托尔比较一下：

> "普里阿摩斯之子……赫克托尔也充满热望。
>
> 赫克托尔勇猛攻击，如同持枪的阿瑞斯，
>
> 又如山间蔓延于密林深处的火焰。
>
> 他嘴里泛着白沫，两眼在低垂的眉下
>
> 威严地熠熠闪烁，闪光的高脊头盔
>
> 在他冲杀时在额边不断可怕地晃颤。
>
> ……
>
> 他又如一头凶猛的狮子扑向牛群。"（15.604–630）

战争可以把一个平时最温和仁厚的人瞬间变成暴跳如雷、狂躁不安的动物。阿基琉斯也经历了这样的突变。在战场之外，他是个人杰，拥有人性中所有美好的东西。我们见到阿基琉斯是，慈爱的父亲，[2] 孝顺的儿子

1　Homer, 1946a: 17.446–447.

2　Homer, 1946b: 11.538–540.

（24.534–542），酷爱音乐和诗歌者（9.185–191），教师（11.830），温柔的情人（9.334–337），特别敏感和忠心的朋友。但在战场上，阿基琉斯是头狮子：他是个"食生肉的人"（24.207），是一头狮子，"那野兽凭自己心雄力壮，/扑向牧人的羊群，获得一顿饱餐"（24.43），他此前曾说过恨不得把赫克托尔一块块吞下肚子吃掉（22.345–348）。赫克托尔和阿基琉斯从人变成可怕的食人族；其他战士也一样，一当他们走向战场，就发生这种陡变。比如，阿基琉斯指挥的那群嗜血好战的米尔弥冬人，荷马是这样来描写他们的：

> 这时阿基琉斯巡行了所有营帐，
> 命令米尔弥冬人立即披挂武装。
> 有如一群性情凶猛的食肉恶狼，
> 它们在山中逮得一头高大的长角鹿，
> 把猎物撕扯吞噬，嘴角鲜血滴淌，
> 然后成群结伙前去灰暗的泉边，
> 用狭长的舌头舔吮灰暗泉流的水面，
> 不断向外喷溢扑杀的野兽的鲜血，
> 胸中无所畏惧，个个把肚皮填满。
> 米尔弥冬人的首领和君王们当时也这样，
> 迅速在埃阿科斯的捷足后裔的勇敢侍从
> 周围站定，战神般的阿基琉斯在他们中间，
> 激励全体车战将士和持盾的枪兵。（16.155–167）

在这一连串把人和动物的活动、行为、情绪混合在一起的比喻中，荷马明显地相信人有动物的一面。事实上，这部史诗超过一半以上的比喻（125∶226）都是以动物形象起喻的。[1] 诗中最常见的比喻是把战场上的将士比喻成嗜血的狮子，这类比喻一共出现了五十次之多[2]。荷马用这类比喻想说明，文明的祭袍太宽松，不怎么合身，常常滑下来掉进战争的滚滚火焰中。

1　Lonsdale, 1990: 10.

2　Ibid.: 39.

在过去几十年，古典学者达成一个共识，认为荷马的动物比喻形象地传达了这种哲学思想。表达这个观点最具说服力的学者可能是迈克尔·克拉克（Michael Clarke）。他的文章标题《在狮子与人之间：〈伊利亚特〉中的英雄形象》的前半部分，来自《伊利亚特》中阿基琉斯对他的敌人赫克托尔的著名讲话。[1] 阿基琉斯断言"在狮子与人之间"不可能有任何信誓可言（22.262–268），赫克托尔，作为一头野蛮的狮子，不可能从阿基琉斯这个人这里期望得到任何友爱。但克拉克在标题中刻意使用了一个跟上下文分离、语义含蓄的双关语，暗示人仅是一个尚未实现的理想，《伊利亚特》中的英雄都是些还在建造中的半成品，羁绊于野蛮而无法到达崇高的人的理想，即"在狮子与人之间"。

下面部分我将集中在荷马所描绘的人类动物上。最近几十年荷马研究者把注意力集中在荷马关于人的混合特性的哲学思考上，我认为他们忽略了一些更重要的东西。荷马忠实地观察和再现人的行为，特别是在表现人类解决自身矛盾冲突的方式上，荷马体物入微，展现了一个职业动物学家的眼力。在这部伟大的战争史诗中，他表现的人类解决冲突的方式，与过去四十年来人类行为学家和动物行为学家的研究发现完全一致。

二

在哺乳动物中，有两个相互关联的原因在两个同种的雄性之间引发战斗。主要原因是争夺稀缺的繁殖资源。也就是说，可取的雌性与雄性的要求之间处于供不应求的状态。在许多物种中，雄性只在求偶期间发生战斗，一旦所有成年雌性都受孕之后，像一些鹿类，毫不夸张地说它们就放下武器，和平地一同进食。第二个原因是争夺领地。但是领地的争夺经常是从属于配偶的争夺，因为占领地盘主要目的还是为了获得这个地区的控制权，以便得到经常来此地觅食的雌性。

在《论攻击》这本书中，诺贝尔奖获得者动物行为学家康拉德·劳伦茨（Konrad Lorenz）认为，动物之间的战斗典型地显得温顺不俗、彬彬有礼。[2] 对劳伦茨而言，动物之间的战斗有一套自己的规则，它们会本能地照

1　Clarke, 1995: 137–160; Lonsdale, 1990; Schein, 1984.

2　Lorenz, 1966.

章行事。这套规则把严重伤害对方身体的可能性降到最低。劳伦茨相信，动物，即使是那些有利牙长角全套武装的动物，也很少会杀死同类，或者严重伤害同类。它们之间的打斗表面看起来令人难以置信的残暴：牡羊疾速飞奔把头撞向对方，其力量比撞破人头颅的还大六十倍；步态笨拙的海象互不相让，打得难分难解，把象牙刺进对方厚厚的脂肪和肌肉，鲜血把胸脯和鼻子染得通红，但是劳伦茨认为伤害差不多总是表面的。

劳伦茨下结论说，在同类雄性动物之间的对抗中，常见的结果不是真正的战斗，而是"仪式性战斗"。他指出雄性哺乳动物表现出要在同类中分出高低的普遍倾向。这种权力等级分明的高低位置，都需要通过激烈竞争才能得到，因为地位的高低与繁殖成功与否紧密相关。这中间有很多东西至关重要，比如，拥有权力意味着更有可能将自己的基因传递下去，而没有权力或权力很小则意味着这种可能性较小。因为事关重要，仪式性战斗非常必要，因为它不用流血就可以建立起等级关系，但是，如果两边一定要血拼到底，那么，血流成河就不可避免。

河滩上笨重的海象结束战斗后，还在对方身边摩挲，测算象牙的力量和尖锐程度，以及背后身体的力度。但是，对劳伦茨来说，在这些对抗中所流的血，以及有经验的老手身上留下的伤疤，表明这些对抗相对而言是有礼有节的。象牙戳得不深，大多数情况下伤害不大，因为戳进去的地方是一层厚厚的脂肪防护层。一当力量偏弱的公牛意识到对方势力盖过自己，为了减少损失，马上撤退。强壮的公牛便开始享受他的胜利所得——一群五十头上下的母牛以及它们的后代。根据劳伦茨的说法，动物之间的战斗只有在两边势力旗鼓相当的情况下，可能是致命的，但这种例子比较少见。

劳伦茨还指出，对某些动物而言，比如许多鸟类，雄性之间的战斗仅仅是纯粹意义上的君子之争，根本不涉及任何身体伤害。鸟类可能会挺起它们雄性的胸脯，拨动羽毛，急速地跳动和旋转，但它们从头到尾都不开战。大多数其他动物在战斗中使用展示身体的方式参战。比如，大猩猩和黑猩猩展示它们的雄性气概就是一个例子。很多时候，大猩猩或者黑猩猩可以简单地通过竖起颈毛，在树林中乱冲乱撞乱叫，露出门牙，用拳头敲打胸脯，来消除战斗的必要。它们这样做，目的是显示自己的勇气、力量和气势，没有必要在危险的战斗中把它们真正用出来。很可能每一个人对某个男人做出过这样的展示动作都有印象。

最近几十年，劳伦茨的发现已经被研究动物行为的学者做了重要的修正。劳伦茨是个群组选择论者，他相信所有有机体在进化过程中他们所属物种的优势都在不同程度上得到提升，甚至是以个体利益为代价的。因此，他把动物之间的战斗表现的仪式特征看成是群组选择的确凿证据。可以肯定，避免了物种内部相互残杀的物种，就比经常发生这种内部残杀的物种，更有适应能力。劳伦茨的理论，虽然影响很大，但再也不流行了。究其原因有二：首先，大多数进化生物学家已经发现，劳伦茨的群组选择理论对动物行为的进化的影响微乎其微。事实上，经常见到有人将劳伦茨这样的理论家称为"天真的群组选择论者"。[1]

其次，后来的田野研究人员发现，劳伦茨关于物种很少发生内部残杀的理论并不正确：在许多物种内部，物种内部的战斗是建立雄性道德体系的主要依据。事实上，乔治·威廉斯（George Williams）和斯蒂夫·古尔德（Stephen Gould）两人分别指出，在所有经过仔细研究过的哺乳类物种中，同种之间的杀戮比例比在任何一个美国城市中出现的最高的杀人比例高出数千倍。[2]

然而，虽然对劳伦茨的理论做了这些修正，但大多数科学家依然承认大多数动物物种内部的战斗都是非致命的，而且，就像理查兹·道金斯（Richard Dawkins）所言，"即使已经被夸大了许多，但认为动物之间的战斗是戴着手套打架，这种观点似乎还是有些道理"。[3]特别是，他们认为"戴着手套打架"的说法不足以证明群组选择理论的正确无误，但是足以证明动物有天生的自我保护本能。一旦发现敌众我寡，它们就立刻退却："打不赢就跑的动物，只要活着，可以改天再来（打仗和争配偶）！"

仪式性战斗对人类而言肯定并不陌生，在《伊利亚特》中就有上乘的描写。就像人类学家拿破仑·夏侬（Napoleon Chagnon）所讲到的巴西和

1　有关"天真的群组选择"，可见 Wright, 1994。

2　Williams, 1988: 383–407; "A Thousand Acts of Kindness" in Gould, 1993.

3　Dawkins, 1976: 168.

委内瑞拉的雅诺玛玛人一样，"战争只是暴力的一种形式，发生在一系列划分座次的攻击性遭遇中。的确，其他形式的战斗……甚至可以看成是战争的对立面，因为它们提供的是杀戮的替代物。决斗只是形式上的，有严格的规则加以规范……所以大部分战斗都不含恶意，交战双方没有必要采取极端手段解决他们之间的分歧"。[1]

而且，古希腊人和雅诺玛玛人的战斗，无论是真刀真枪的战斗还是仪式性战斗，都是起于大致相同的原因。而且这些原因大都跟引发大多数雄性哺乳动物战斗的原因相同：都是为争夺雌性而战，或者说是为了获得吸引并守住雌性所必需的资源和社会地位而战。直接为了女人或间接为之的战斗，在雅诺玛玛人和其他前工业化时代的文化中保存有较完整的记录。[2]在《伊利亚特》所写到的大多数男人之间的冲突中，因争夺社会地位和资源而起争端是主要原因。但是整部史诗的核心争端直接与女人的得失有关：海伦的美丽脸庞使成千上万艘战舰起航扬帆。《伊利亚特》是以争夺作为战利品具有美貌的女奴即所谓的战争新娘克律塞伊斯和布里塞伊斯开始的，那场战争结束后，希腊人将他们分得的数千名不幸的特洛亚妇女带回家，用作侍妾和奴婢。《奥德赛》的故事基本一样，主要冲突起始于一帮青年男子试图占有奥德修斯的女人，包括他的妻子和婢女。并且，两部史诗中的不同人物都提到以前因争夺女人而发生的各种战斗、战争、斗殴、争论和纠纷（《伊利亚特》1.263–270，2.740–744；《奥德赛》8.302，11.660–668，21.330–340）。事实上，战争经常被描述为不只是两支军队之间的对抗，而且还是一群男人为了他们的女人与另一群男人之间的恶斗。（比如，《伊利亚特》9.327，18.265；《奥德赛》11.403，24.113）

希腊联军的将士们，在特洛亚的沙滩上扎营，很像一群海象，为了在社会等级和繁殖等级的阶梯上爬得更高，他们相互之间展开竞争。在这些等级阶梯上登临绝顶的男人，比如阿基琉斯、埃阿斯、奥德修斯、阿伽门农和狄奥墨得斯，他们都是体格庞大、体型优美、争强好胜的动物。《荷马史诗》中社会权力的一个主要特权，就是拥有超出正常比例的获取资源

1　Chagnon, 1997: 185.

2　参见 Keeley, 1996; Divdale & Harris, 1976: 1379–1386; Gat, 2000: 20–34; Otterbein, 1994; Warner, 1930–1931: 457–494。

的途径。缴获的战利品根据权力的大小分配。好像当时默认一种分配方案：统帅分的最多，普通战士分的最少。在这两部史诗中，攻陷的城邦，其女人跟其他战利品没有什么区别。与其他缴获的物品一样，希腊人把俘获的女人当作奖品发给将士。地位高的希腊人分到的女人最多、最漂亮。[1]

这个分配方案对地位低微的男人十分不利。当城邦陷落之时，他们或者是两手空空，没有女人可分，或者是被迫与其他人分享一个女人。因此，仪式性战斗就成了一件需要严肃对待的事：仪式性战斗帮助确定分配的先后顺序。这个顺序和配偶顺序紧密相关，这又决定了谁能把最多的基因放进基因大池之中，开始畅游。

缴获的战利品的数量和种类之多，可以解释希腊联军中无所不在的个人之间相互竞争的目标。将士们在不断地竞争，不断地跟他人竞争以便获得更高的地位。在军队内部的竞争中我们也经常见到在敌对双方战斗时常见的羞辱、吹嘘和恐吓手段。但是，军队内部的竞争跟敌对双方的战斗有性质上的区别，这一点让人想起劳伦茨对物种内部战斗的描述：动物内部的争斗，不论多么激烈，不论充满多少杀气，绝不会发展到严重伤害身体的地步。

当敌对情绪发展到高峰，参与的一方一旦表现出服软的迹象，他就把胜利和权力拱手交给对手。即使是在这部史诗最危险的内讧中，比如阿基琉斯因为布里塞伊斯被夺走而对傲慢的阿伽门农发怒，但阿基琉斯最终还是选择把大剑插回刀鞘，虽有万般不情愿，但还是放弃了他的战利品女奴，承认阿伽门农的权威。

这种受到限制的内部冲突与人类行为学家所说的"文化物种形成假象"这一现象相关。在这一个过程中，每一种文化都把自己圈起来，好像它们各自属于不同的物种。[2]生活在复杂的文化层面上，人们倾向于将世界一分为二，即局内人、我们，与局外人、他们。[3]在许多情况下，分界线划

---

1 有关地位高的希腊人分到更多缴获的战利品（包括女人），见 Homer, 1946b: 10.34–45, 16.230–233; Homer, 1946a: 2.225–233, 9.330–333。也可参见 Wees, 1992: 218–261, 299–311; Engels, 1973: 126。

2 Eibl-Eibesfeldt, 1979: 123–125.

3 参见 Hartung, 1995: 86–99; Alexander, 1987: 95ff; Ridley, 1996: 149–195。

得很极端：圈内者是人，圈外者非人也。例如，夏侬，长期生活在雅诺玛玛人中间，但他根本无法与部落里的人们建立起真正的亲密关系，因为"他们把他当成非人，一个非雅诺玛玛人"。(16) 在其他文化中，这种文化上的关于新物种形成的假象主要用来说敌对一方。

行为学家认为，把敌人定义为非人和野兽，便于激发仇恨，把他们杀死；有助于打破人与生俱来的对杀人的禁忌。因为敌人被看成是另外一个物种的成员，掠夺行为就被看成是正义之举，不属于圈内竞争或物种内部竞争范围，不受任何限制。这种普遍的动力在许多群居动物物种中（比如狼、狮子、黑猩猩）都颇为常见，这些动物的内部冲突常常是受到限制的，但与物种之外的动物的冲突常常会发展到致命的地步。

《伊利亚特》似乎正好反映了文化物种形成假象这个过程：掠夺行为用在了物种形成假象的敌人身上，而规则和仪式则用于限制"同种的"成员之间的冲突。荷马的心是跟希腊人在一起的，虽然他对高贵而倒霉的特洛亚人表达了无边的同情和赞美。从他所用的比喻中，我们可以看出他毫无例外地把希腊人和特洛亚人想象成属于两个不同物种的成员。发起进攻的战士，通常是希腊人，被想象成捕食的野兽（狮子、狼、围着猎物绕圈的狗）；防守的一方则被想象成被捕食的物种（野兔、奶牛、战栗的幼鹿）。阿基琉斯在他关于"狮子和人"之间谁美谁残忍的话中给文化物种形成假象提供了一个可信的定义和例子。他的强大的对手赫克托尔提出一个条件要阿基琉斯遵守，即不论哪个先倒下，胜利者要保证他的尸体不被亵渎，要归还给他那边的人，按合适的葬礼掩埋。阿基琉斯回答说：

> "赫克托尔，最可恶的人，没有什么条约可言，
> 有如狮子和人之间不可能有信誓
> 狼和绵羊永远不可能协和一致，
> 它们始终与对方为恶互为仇敌，
> 你我之间也这样不可能有什么友爱，
> 有什么誓言，唯有其中一个倒下，
> 用自己的血喂饱持盾的战士阿瑞斯。"（22.262–268）

阿基琉斯一字一句地表明他与赫克托尔就像两个永远敌对的物种的成员——狮子和人，狼和绵羊。相互之间不可能有理解，不可能有信誓，不可能有条约，这些东西属于规范物种内部竞争的仪式。

《伊利亚特》有一处写到男人之间的竞争，即为帕特罗克洛斯举行的葬礼和竞技大会，不可否认是带仪式性质的。那些竞技比赛，如果我们仔细观察会发现，其实就是大规模战斗的一个微缩景象，葬礼上的每一个竞技比赛项目都在模仿这部史诗其余部分的战斗场面。发给优胜者的奖品跟希腊人从被攻陷的城邦得到的战利品一样：有"大锅、三脚鼎，/许多快捷的马匹、驮骡、强壮的肥牛，/还有许多腰带美丽的妇女和灰铁"（23.259-261）。

竞赛的目的是要奖励有过人本领的参赛者，这些本领比较典型地属于优秀的战士，比如，速度、计谋、武功、定力、肌肉块头及力量等。就像在战场上一样，比赛中有争吵，有投掷长枪，有猛冲，有拳击，有搏斗，有飞跑，有轰隆隆战车碾过，有投掷石块和射箭。这些竞技比赛就是荷马式战争的一个简写本：除了死亡之外，荷马式战争的所有因素都在这里出现了。

一个最好的例子是由阿基琉斯主持的一项比赛，他提议来一场一对一的长枪搏斗，这是所有竞赛项目中最危险的一个：

> "我请两位最勇敢的人争夺这些奖品，
> 他们穿好铠甲，带上锋利的铜器，
> 让他们在大家面前互相比试武艺。
> 他们谁首先刺中对方美丽的身体，
> 穿过铠甲和黑色的鲜血触及内脏，
> 我就送给他这柄饰银钉的精致色雷斯剑，
> 我从强大的阿斯特罗帕奥斯手里夺得它。"（23.802-810）

狄奥墨得斯和特拉蒙之子埃阿斯从人群中站起身来接受挑战。两人手拿长枪，披挂上阵，先是凶狠地逼视对方，相互交换几句经常在这种场合下使用的赞美和羞辱对方的话，接着就向对方扑去，开始交手。他们猛烈地冲杀几次，直到"提丢斯之子（狄奥墨得斯）也一直挥动闪亮的长枪，/枪尖从大盾的上沿刺向对手的颈脖。/阿开奥斯人为埃阿斯担心，呼吁他们/停止比赛，由他们两人平分奖品"。（23.802—823）

与劳伦茨所说的动物之间的仪式性战斗相同，一旦强弱有了定分，敌对情绪就戛然而止（远在长枪刺进"内脏"之前）。弱势的一方埃阿斯也分得了一份奖品。但是，此时狄奥墨得斯相对于埃阿斯的权威已经稳固建立起来了。一种非常类似的举止也见于物种内部其他所有的对抗之中，它们包括各种各样显示威力的举止，比如特殊的身体姿势、咆哮、怒吼、屈伸四肢、挺胸、咯咯磨牙等，但是双方的敌对情绪绝不会跨过限度，以致演变成造成致命的身体伤害的暴力。

帕特罗克洛斯葬礼上另外一个竞技比赛的例子是拳击比赛。埃佩奥斯是最精于拳术的高手，他发誓说谁敢应战他就把谁打得粉身碎骨、身首分离：

> "我要撕碎他的肉，砸碎他的骨节。
>
> 让为他送葬的人都到这里来等待，
>
> 当我一把他打倒好立即把他抬开"。（23.673—675）

两个拳击手用牛皮把拳头包得紧紧的，然后开始战斗。埃佩奥斯，跟他说的一样，赢了比赛。事实上，他赢得十分容易，只一拳就击中了对方要害。但是他没有照他的诺言行事，他没有跳到倒地的对手身上，"撕碎他的肉，砸碎他的骨节"，相反，"勇敢的埃佩奥斯伸手把他扶起"（23.694—695），把还不断口吐鲜血的对手交还给他的族人。这时已经稳固建立了权威地位的埃佩奥斯，不再想去伤害对手。

除了帕特罗克洛斯葬礼上的竞技之外，仪式性战斗最明显不过的场所是城邦大会，这是希腊的精英之士集结为解决争端、制定计划的大会。在葬礼的竞技比赛上，有清楚的规则和仪式规范竞技行为，以避免在竞争中造成真正的伤害。城邦大会也有同样的规则和仪式，虽然它们显得更加精密、微妙。比如，在大会上，发言人手里拿着权杖，表明他的权威和应得到的尊敬，因为权杖代表皇帝。当说话人手里拿着权杖，他就有权发言，表达他的观点，其余人则需保持肃敬，听他讲完为止。

并且，大会显然是一个证明自己的地方，是"使人成名的大会"（9.441），它也是个没有流血的战场。这里的战斗是如此隐蔽、巧妙，不见疯狂的对打，也没有血流成河。大会上不能见血，这是个禁忌。当阿基琉斯在冲动之下，想要杀死傲慢无礼的阿伽门农，但是被雅典娜本人制止了，雅典娜从奥林波斯山顶降临，宣布：

> "我是奉了白臂女神赫拉的派遣——
>
> 她对你们两人同样喜爱和关心——
>
> 从天上下凡来劝你息怒，你若愿听从。
>
> 你要停止争吵，不要伸手拔剑。
>
> 你尽管拿话骂他，咒骂自会应验。"（1.207–211）

雅典娜把大会的规则说得很清楚：你可以尽管用话来骂对方，这是光明正大的公平竞争（费厄泼赖精神），但双方的冲突绝不能发展到使用身体暴力的地步。大会是语言的战场，不是提刀弄枪扔石头的地方。雅典娜站在阿基琉斯身后，按住他的金发，不让他动武，（1.197）象征禁止动武的重要程度。

但另一方面，大会显然是个名副其实的竞赛场所。在大会上表现出的说话艺术，其目的跟体育竞技比赛中的拼搏艺术一样，就是通过仪式意义上的"杀死对手"去赢得荣誉、光荣和社会地位。

在为社会地位的竞争中，军中将士间接地参与了为繁殖目的的竞争，因为在荷马的世界中（也包括其他所有世界）地位高的男人可以拥有更多的女人。[1]《伊利亚特》和《奥德赛》这两部史诗中都有描述仪式性战斗的情节，其中为了得到合意的美貌女人，男人之间爆发激烈战斗。这类例子在希腊文学和神话中俯拾即是，一些专家学者认为这种事可能的确在希腊青铜时代经常发生。[2]

《奥德赛》所写的诸多竞赛中，最突出的一个是写为争夺一个女人进行的仪式性战斗，男人们参加力量和射击术比赛，其目的是为佩涅洛佩挑

---

1 参见 Betzig, 1986; Daly & Wilson, 1988; Perusse, 1993: 267–322。

2 关于希腊文学和神话中为争取女人而爆发的战斗，参见 Pomeroy, 1975: 19。关于希腊青铜时代为争取女人而爆发的战斗，参见 Blundell, 1995: 67。

选一个合适的新郎。这个情节跟其他几个在两部史诗中都提到的竞赛相关，都是用来为未来的新娘挑选最合适的新郎的（《伊利亚特》9.553，《奥德赛》11.288–297）。这几个故事代表了几种在神话和口头传说中常见的新郎候选人的不同原型，他们被要求去完成艰难的或危险的任务，以便赢得自己渴望得到的女人，这些任务与许多雄性动物之间发生的激烈竞争相似，他们必须以死相拼，证明自己配得上一个比较挑剔的雌性。

佩涅洛佩的求婚者，被要求把奥德修斯的大弓安好弦，把箭矢从前面排列的十二把铁斧中间射过去。这个竞赛是对男子汉气概的最终考验，因为它要求有超大的力量（108个求婚者中没有一个最终能够把这副弓安上弦），还要求拥有完成这个男子竞赛项目特有的娴熟技巧（不然就不可能把箭射过去）。而且很清楚，参赛者要争夺的目标是风情万种的性感美女佩涅洛佩，这个令男人们垂涎欲滴的女人，而不是未来那个有政治家、经济家丰采的佩涅洛佩。在竞赛之前，她在这些求婚者面前展现自己，这些求婚者就像在观看脱衣舞表演，望着面前如此艳丽的女人，馋涎欲滴。特勒马科斯对众人说："好吧，求婚的人们，既然已有奖品，/这样的女人在阿开亚地区无与伦比，/不论在神圣的皮洛斯，在阿尔戈斯、迈锡尼，/还是在伊塔卡本土，在黝黑的大陆土地。"（《奥德赛》21.106–109）

这场为赢得佩涅洛佩青睐的比赛清楚地表明，《奥德赛》整部史诗不断暗示求婚过程必须具有竞争性。向一合意的女子求婚，如果执行正确无误的话，就是有竞争性的。一个求婚者的成功，是因为他提供的价格超过了其他所有男人提供的价格（《奥德赛》18.276–280，19.528–529）。这种物质意义上的竞争也是一种仪式性战斗。但是，就像一些雄性鸟儿迈出的华尔兹舞步和爱尔兰吉格舞步一样，这种竞争非常仪式化，看起来就一点也不像是在战场厮杀了。

奥德修斯在完成了几乎不可能完成的射箭任务之后，立即把那些求婚者一个个残忍地杀死。虽然这个行为并没有抹掉他取得胜利的那场竞赛的仪式性质，但是它的确提醒我们，虽然在《伊利亚特》中没有这种比赛，但荷马所写的内部竞争完全有可能发展到致命的地步（所有的求婚者，就像奥德修斯一样，都来自伊塔卡）。事实上，两部史诗都写到过杀人者引发同族人众怒，于是亡命他乡、四处逃窜。不断地冒险将带来致命危险。帕特罗克洛斯，是希腊联军将领中最具人性的一位，他一次不经意讲出他曾失手杀人的事。那是数年前在一场掷骰的游戏中，他动怒把人杀了，后来不得不逃离家乡，躲避命案追捕（23.83–90）。这些在部族内部的杀戮行为跟劳伦茨之后的行为学家的发现一致：当仪式性战斗把敌意疏导至非致命的表达中，恶性的升级正像前面提到的一样并非罕见。

我们说部族内部的竞争受到规则限制，而部族之间的冲突将是全面出击的冲突，这种说法有一定用处，但是像许多概括一样，会显得太宽泛、太简单。有些时候，部族内的竞争也会发展到致命程度（如上所见）；有些时候，部族之间的竞争反而是在一定的规则、仪式、礼仪的范围内进行的。比如，大多数现代国家都签订了各种各样的战争协定，目的是限制战争的野蛮无度。这些协定包括如何对待战俘、非战斗人员，以及限制使用一些特别致命的武器，比如神经毒气、生物武器、地雷等。

同样，有限制功能的仪式成分甚至渗透进了特洛亚战争期间发生的致命的内部对抗中，这些对抗大多数发生在人与人之间，而且带有仪式性质（3.1–380，7.38–325，22.250–366等）。这些对抗中，大多数都带有以下这些套路的痕迹，比如摆出架势、虚张声势、羞辱对方，以及让人想起内部竞争的带限制性的礼节等。这些人与人之间的冲突陡增，似乎说明特洛亚战场，就像荷马笔下的世界一样，既是一场一支军队战胜另一支军队的战争，也是一场一群男人与另一群男人为了打败对方、建立威信的战争。将士们舍生忘死投入战斗，目的是希望在男人的等级阶梯上端给自己挖出一个空位。一个战士打败的敌人越多，特别是打败那些身材高大、技艺高超又很出名的敌人，那么在同伴中间他就会获得越高的声望。战士们一马当先，勇猛向前，从倒地的敌人身上扒下血淋淋的战利品，这些情景都是因为希望让提升地位的杀戮有所记载，自己也将名留青史。

通过部族之间的战斗去获取部族内部的声望，这个目标的一个明显标志表现在众将士对待弓箭的态度上。在《伊利亚特》中，弓箭作为致命武器，它的杀伤率非常明显。很多著名的英雄都是被弓箭手射伤或者射杀的。但狄奥墨得斯在箭手帕里斯用箭射伤了他的脚后，高声说出典型的瞧不起箭矢这个武器的话：

> "你这个以美发自傲的弓箭手、吹牛家、献媚者
> 倘若你胆敢持刀枪和我正面遭遇，
> 你的弓和飞驰的快箭便帮不了你多少忙，
> 现在你只划破了我的脚掌就这么吹嘘。
> 我却不在乎，有如被女人或顽童扎了一下，
> 渺小的懦夫放出箭矢总是软弱无力。"（11.385–390）

他把箭矢称为顽童的武器，女人的武器，没有技能的人的武器，渺小的懦夫才用的武器。这种蔑视的态度在叙述人讲述希腊弓箭手透克罗斯的故事时也出现了："他放出一箭，射中人群中的一人，/那人就在原地倒下，丧失灵魂；/透克罗斯往后退，像母亲身下的孩子，/由埃阿斯保卫，埃阿斯用发亮的盾牌做掩护。"（8.269–272）虽然弓箭已经在战场上被证明很有效，但是它作为武器还是被人瞧不起，因为弓箭手是从一个安全的距离射杀对手的。受人尊敬的战士是那些冲锋陷阵的先锋。当一个战士想表达他对对手的蔑视的时候，他经常会用瞧不起人的形容词在"箭手"前面当修饰语（比如，4.242，11.385）。

这种对待弓箭手的态度典型地表明在这部史诗中随处可见的一个事实：《伊利亚特》所写的战争不是一场全面出击的战争；胜利不是不惜一切代价想取得的目标。荷马笔下的战场不是一个没有道德、什么事都可以发生的战场。战争不完全是为了胜利一个目的，不完全是不惜一切手段把对方彻底打垮、征服，它似乎更像一种参与权力争夺的舞蹈仪式。帕里斯，这个卑鄙的、毫无羞耻之心的弓箭手，即使用他那懦夫的武器杀死敌人、伤害无数，但也得不到丁点荣誉。即使一支军队可以大量使用弓箭而轻易地取得胜利，但是这样做既没有男子气概，也不见得荣光。

虽然在部族之间和内部的竞争中追求社会地位占据着中心位置，但即使获得了这样的地位也不过是万里长征第一步。在特洛亚城外辽阔的平原上厮杀的每一个希腊人，其目标是把守城的敌方士兵杀个精光，把城里的财富一抢而光，把城里稍有姿色的女人们都带回家变成侍妾。彻底消

灭特洛亚每一个守城将士的目标，希腊联军首领阿伽门农说得再清楚不过（6.57–60）。最年长最受人尊敬的希腊人，涅斯托尔，为意志消沉的联军将士打气，说有宙斯保证他们取得胜利。如果真有这事的话，没有哪一个战士"在同特洛亚人的妻子睡觉，/在海伦发出的一声声痛苦的哀叹和呻吟/获得补偿之前，不要匆匆回家"。（2.353–355）

当特洛亚城堡被攻破，守城的数千将士的鲜血在街道血流成河，希腊人使用各种手腕为自己争取地位的最终目标将要清楚出现。《伊利亚特》在特洛亚城陷落之前结束，我们也就无法看到希腊人瓜分特洛亚寡妇和孤女的情景，但是我们知道这场瓜分的确发生了。这是在《伊利亚特》中早就清楚暗示了的，我们在《奥德赛》中也听到这场瓜分的回声，读到希腊联军的大小首领们率领他们的船队满载回家，他们的大船来的时候还空空如也，这时堆满从特洛亚得来的战利品和特洛亚妇女："装上无数的财宝和腰带低束的妇女。"（《奥德赛》3.154）

大多数学者都一致把荷马笔下的男人们疯狂追求荣誉的行为解释成追求在诗歌和文化记忆中永生，但是追求大量的荣耀对这些男人而言在他们的世俗生活中明显有实际用处。研究《荷马史诗》的学者们基本忽视了这样一个事实，即荷马笔下的男人们为了攫取更多的荣耀，他们不可满足的贪欲既是为了在他们的有生之年获取更高的社会地位及其带来的特权，也是为了让未来的人们记住他们。是的，有了很高的社会地位，古希腊男子就能够在文化记忆中永垂不朽，但是通过占有更多女性，打破正常的男女比例，他们也可以因为基因的广泛流播而永垂不朽。

三

文本读得再细也无法把《伊利亚特》读成一个令人振奋的故事。荷马留下的战争史诗是关于早熟的类人猿杀手劫掠暴行的史诗，他们凭借手中掌握的先进技术和天生的合作本能，穿越广阔的大海，抢劫别的男人珍惜的一切：他们的财宝，他们的女人，他们的生命。古希腊人已经这样生活了好几个世纪，他们的战争艺术就像一件祖传宝贝，父子相传。《伊利亚特》传递了一种强烈的万事皆枉然的人生领悟。这许多世纪的厮杀拼斗，这满城的嫠妇、遗孤和死去的年轻生命，到头来有什么意义？阿基琉斯在《伊利亚特》第九卷幡然顿悟，道出万世不朽的真言：其实，他和其他希腊人都被捆绑在毫无意义的暴力的磨盘上，无论怎么努力都不会向前一步。（9.307–429）他于是决定放下长枪，掉转船头，起航回家，在家乡找个年轻的女子结婚了事，两人渴望在安宁中厮守终身。但是他最终放弃了这个想法，他没有践行他的誓言在凌晨率船队回家。他最亲密的战友帕特罗克洛斯出战阵亡，这件事让他心中燃起复仇的怒火，他又回到他最能干的行当上：杀人、打胜仗、赢得荣誉和地位。

《伊利亚特》是关于阿基琉斯之忿怒的史诗，但除此之外也写到阿基琉斯生活中更平静更富于沉思的时刻。通过阿基琉斯，荷马展现了一个人类动物所经历的全部悲剧——他高贵华丽、温情脉脉，但又满嘴带血、注定一死；这野兽天神赋予他智慧，但神的智慧却让他痛苦地洞悉这矛盾的一切。这就是为什么人类动物高不及众神，因为众神不朽，他们不知死之痛、生之苦；低不至各类动物，因为动物傻头傻脑，对自己的卑微处境无自知之明。这就是为什么宙斯说："在大地上呼吸和爬行的所有动物，/确实没有哪一种活得比人类更艰难。"（17.446–447）

（余石屹译）

* 译者注：本文译自 Jonathan Gottschall, "Homer's Human Animal: Ritual Combat in the *Iliad*," *Philosophy and Literature*, Vol. 25, No. 2, October 2001, pp. 278–294。注释部分略有调整。

参考文献

达尔文.1983.人类的由来.潘光旦，胡寿文译.北京：商务印书馆.

荷马.1997.奥德赛.王焕生译.北京：人民文学出版社.

荷马.2007.伊利亚特.罗念生译.罗念生全集（第六卷）.上海：上海人民出版社.

荷马.2012a.奥德赛.陈中梅译注.南京：译林出版社.

荷马.2012b.伊利亚特.陈中梅译注.南京：译林出版社.

Alexander, R. 1987. *The Biology of Moral Systems.* New York: Aldine De Gruyter.

Betzig, L. 1986. *Despotism and Differential Reproduction: A Darwinian View of History.* New York: Aldine Publishing Company.

Blundell, S. 1995. *Women in Ancient Greece.* Cambridge: Harvard University Press.

Chagnon, N. 1997. *Yanomamö* (5th ed.). New York: Harcourt Brace College Publishers.

Chauvet, J. M., Deschamps, E. B., Hillaire, C., & Bahn, P. 1996. *Dawn of Art: The Chauvet Cave: The Oldest Known Paintings in the World.* New York: Harry Abrams.

Clarke, M. 1995. Between Lions and Men: Images of the Hero in the *Iliad. Greek, Roman, and Byzantine Studies, 36,* 137–160.

Daly, M., & Wilson, M. 1988. *Homicide.* New York: Aldine De Gruyter.

Darwin, C. 1936.*The Descent of Man and Selection in Relation to Sex.* New York: Modern Library.

Dawkins, R. 1976. *The Selfish Gene.* Oxford: Oxford University Press.

Desmond, A., & Moore, J. 1991. *Darwin: The Life of a Tormented Evolutionist.* New York: W. W. Norton & Company.

Dinnerstein, D. 1976. *The Mermaid and the Minotaur: Sexual Arrangements and the Human Malaise.* New York: Harper Perennial.

Divdale, W. T., & Harris, M. 1976. Population, Warfare, and the Male Supremacist Complex. *American Anthropologist, 80,* 1379–1386.

Eibl-Eibesfeldt, I. 1979. *The Biology of Peace and War: Men, Animals and Aggression.* New York: Viking Press.

Engels, F. 1973. *The Origins of the Family, Private Property and the State.* New York: International Publishers.

Gat, A. 2000. The Human Motivational Complex: Evolutionary Theory and the Causes of Hunter-Gatherer Fighting, Part I: Primary Somatic and Reproductive Causes. *Anthropological Quarterly, 73,* 20–34.

Gould, S. J. 1993. *Eight Little Piggies.* New York: W. W. Norton & Company.

Hartung, J. 1995. The Evolution of In-Group Morality. *Skeptic, 3,* 86–99.

Homer. 1946a. *Iliad.* London: W. Heinemann.

Homer. 1946b. *Odyssey.* London: W. Heinemann.

Keeley, L. 1996. *War Before Civilization: The Myth of the Peaceful Savage.* New York: Oxford University Press.

Lonsdale, S. H. 1990. *Creatures of Speech: Lion, Herding, and Hunting Similes in the Iliad.* Stuttgart: B. G. Teubner.

Lorenz, K. 1966. *On Aggression.* New York: Harcourt Brace Jovanovich.

Otterbein, K. 1994. *Feuding and Warfare.* Longhorne: Gordon and Breach.

Ridley, M. 1996. *The Origins of Virtue: Human Instincts and the Evolution of Cooperation.* New York: Penguin Books.

Perusse, D. 1993. Cultural and Reproductive Success in Industrial Societies: Testing the Relationship at the Proximate and Ultimate Levels. *Behavioral and Brain Sciences, 16,* 267–322.

Pomeroy, S. 1975. *Goddesses, Whores, Wives, and Slaves: Women in Classical Antiquity.* New York: Schocken Books.

Schein, S. L. 1984. *The Mortal Hero: An Introduction to Homer's Iliad.* Los Angeles: University of California Press.

Warner, L. 1930–1931. Murngin Warfare. *Oceania, 1,* 457–494.

Wees, H. V. 1992. *Status Warriors: War, Violence, and Society in Homer and History.* Amsterdam: J. C. Gieben.

Williams, G. 1988. Huxley's Evolution and Ethics in Sociobiolgical Perspective. *Zygon, 23,* 383–407.

Wright, R. 1994. *The Moral Animal: The New Science of Evolutionary Psychology.* New York: Pantheon Books.

安徒生笔下的《海的女儿》[1]

南希·伊斯特林

一

　　既然现在达尔文文学批评流派已经跃然出现在地平线上，人类天生的编码倾向就必然号召我们去简要地总结概括这一批评方法的内在要求。虽然简单明了一直是被人们赞扬的美德，但持生物进化观的批评家们还是需要严防简单化倾向，这一倾向是 20 世纪之初以来就存在的老问题，一直困扰着试图以科学作为基础的文学批评。尤其是，我们应该认真思考一下，面对复杂多样的文学作品，把我们的解释局限于精心挑选出来的、脱离于其他生物文化思考的几个社会生物学主题上有什么危害。大卫·斯隆·威尔逊（David Sloan Wilson）在他最近一篇介绍大卫·巴斯（David Buss）的新教材《进化心理学》的书评中引用西莉亚·海斯（Celia Heyes）的话来提醒他的学生注意同样的问题："当我第一次读到'进化心理学'这个术语的时候，我以为它指的是研究意识和行为是怎样进化的学问。但我错了。在最近的用法中，'进化心理学'专指对人的意识和行为的研究，采用的是一种非常具体的先天生成论和适应主义方法来解释进化的发生机制。"[2]

　　如果，按照威尔逊所说，如此狭隘地瞄准人的意识和行为的进化心理学只可能产生一种狭义的知识，并且在解释过程中，将把心理学这门学科进一步碎片化，那么，这一方法对我们这些以文化产品为主要研究对象的人来说更是没有多少潜在的用处，因为我们研究的文化产品作为行为的产品甚至更是远离对人的意识的研究。雷妲·科斯米蒂斯（Leda Cosmides）和约翰·图比说得特别清楚。他们指出，认为适应决定了行为的说法是不符合事实的。如果这是真的，那么，似乎就不可能说这类适应能够决定艺术作品的意义，因为艺术作品的意义本身就是复杂的人类行为的产物。就像我在这篇讨论安徒生《海的女儿》这篇童话的文章中要指出的一样，严

1　译注：引文译文采自叶君健译《安徒生童话》（安徒生，2017）；译文的具体出处见文中夹注。

2　参见 Wilson, 1999: 279–287。

格遵守现今如此定义的进化心理学原理去研究美学，并且从总体上去解释艺术生产过程中的行为动机和认知过程，这种方法和努力本身并不能够告诉我们一部艺术作品的意义何在。这是一个非常关键的问题，因为阐释是在我这个行当即文学批评中工作的学者们最基本的追求。

让我们暂时将解释是否有效这一问题搁置一边。至此，我们可以毫不含糊地说对突变和渐变没有丝毫感觉的批评不是真正合格的达尔文派的文学批评。进化心理学和社会生物学本身坚持认为我们的大脑是由能力明确具体的各区块所组成。就像 E. O. 威尔逊所言，这种构成的结果就是人的意识不是为理解现实而设计的，它是为生存和繁殖服务的工具。[1]"自然选择"，迈克尔·鲁斯（Michael Ruse）说，"采用的是权宜之策，就近有什么就用什么"。[2] 虽然我们进化而来的各种能力，为了有机体的生存，相互之间的矛盾不可能大到不可调和的地步，但它们也不可能在逻辑上组合得天衣无缝，构成所谓的完美无缺的"模块"组合。在一些环境条件下，特定的适应或后发规则不可能产生出有竞争力的优势，而其他不同的适应反而能够产生有竞争力的优势。于是，有机体的这种灵活性大大提升了其生存概率。如果，比如说，在我把我的咖啡杯放到书桌上的瞬间，窗外大街上有两辆汽车相撞了，熟悉我环境的人不会用因果律把两个事件联系起来，即使这种因果律不可否认地属于我们适应心理功能的一部分。[3] 那么，既然达尔文派文学批评明白我们每个人分享由同一种进化而来的心理结构，那么，耐心地研究这个结构会让我们对人性有更深入的了解；既然它还明白作为作家的人和其他人一样，他们的行为在不同的环境条件下呈现出不同的面貌，所以达尔文文学批评就应该更加敏锐地关注具体的适应、总体的适应以及主体的认知过程和赋予文学作品永恒意义的环境条件之间的复杂关系。在思考文学的意义时，就像研究美学一样，我们应当注意，后发这一概念不是简单地指后发规则的实例化。[4] 修正一下海斯的说法，理想地

1　见 Cosmides & Tooby, 1992: 19–136; Wilson, 1978。

2　Ruse, 1989: 198.

3　在哲学与心理学界有许多研究叙事思维的学者，其研究基础正是因果律。相关研究参见 Bruner, 1990; Lloyd, 1989; Mandler, 1984; Schank, 1990。当代的此类见解为局限于认识范畴的传统研究提供了新的视角，本文作者曾对此有所讨论，参见 Easterlin, 1999b: 131–147。

4　本文作者曾讨论过为何美学价值不能建立在迎合及满足生物心理倾向的基础上，详见 Easterlin, 1999a: 242。

说，文学解释应当具备有关意识、行为和文化进化的知识，并且关于古老的适应在文学形式或主题上扮演的角色，我们的推测实际上只涉及那个延绵了数百万年的进化过程的一小部分而已。

大概从 1950 年起，使用基于生物学的心理学知识来解释艺术的结构、内容和功能的努力已经产生出不少令人刮目相看的成果。这些成果乍一看可能还略显粗糙。但从长远来看，那些不足之处本身不应该成为我们否认其价值的理由，而是应当提醒我们，零敲碎打、区域化是我们的适应主义心理学的特征。艺术是不是满足了我们追求形式和模式的欲望，或者是不是切断了我们内部系统预设的定位，为试验新思想和虚拟行动提供了一个安全场所？它是不是满足了我们对新奇的需求？在文学中，特别是，是不是内容产生于缔造了人类动机的基本结构的那些古老的适应？是不是故事通过重新确认边界和适当的越界行为来加固社群的联系？[1]

迄今为止，关于艺术进化的最宽泛的命题，是由埃伦·蒂莎娜雅科（Ellen Dissanayake）提出来的。她认为艺术证明了人类喜欢"出奇"，这是一种普遍存在于人身上的嗜好，在人类活动的不同领域有不同的表现，它本身也有一个历史发展过程。[2] 蒂莎娜雅科的这个猜想有一个优点，它让我们能够在接受前人的英明之见的同时不必在他们的见解之间做出取舍。但是潜在的缺点是，它太宽泛，因此不会带来一种对艺术的崭新的认识。但假如我们注意到它蕴含的两个要义，这个缺点就不会成其为缺点：第一，艺术作为一种进化而来的而不是固定不变的现象，事实上不适合下精确的定义；第二，具有反讽意味的是，从进化论角度去探索出奇的不同方式，将会在长远的将来帮助我们去总体地把握艺术的功能。关于适应的意识的有些洞见，对某一特定的美学媒介有鲜明的含义但对其他美学媒介则形同陌路。假如，比如说，作为我们适应心理的一个部分，我们倾向于根

---

1 关于艺术满足人类对模式的欲望，参见 Arnheim, 1966。与 Arnheim 持相反观点，Peckham 认为艺术打破人类标准的、预设的模式，参见 Peckham, 1965。在 Peckham 之后更新的研究包括 Rabkin, 1999: 293–314 (n. 5); 以及 Easterlin, 1993: 105–125。针对艺术与新奇的研究参见 Cronk, 1999: 205–218; Miller, 2014: 315–334。关于人类动机与文学内容的关系研究参见 Carroll, 1999a: 159–171。有关故事对社群的巩固功用参见 Rabkin, 1999: 83–98。

2 蒂莎娜雅科在自己的三本书中进一步讨论和完善了"艺术证明人类喜欢'出奇'"这一观点。她的三本书分别为：Dissanayake, 1988; Dissanayake, 1992; Dissanayake, 2000。对蒂莎娜雅科三部著作内容的概述参见 Easterlin, 2001a: 155–165。

据因果律去理解发生的事件。但与此同时，我们对新奇的兴趣，以及我们的其他心理习惯，让我们能够洞察连续中的非关联性。我们基本的心理所具有的这种理解力明显对文学叙事有一定意义，因为在文学叙事中建构情节的适应心理基础是因果律提供的，但在文学的历史长河中这种因果律却是不断遭到颠覆，所以另一方面，对于其他艺术品类的分析而言，因果律的作用收效甚微，尤其是对视觉艺术这种最明显的反例来说。

对我而言，蒂莎娜雅科的概念，即认为艺术是一种普遍的广泛使用的冲动的产品，意味着我们应当时刻牢记心理学与艺术产品之间的复杂关系，同时应当正确地认识到，世界上不存在某一种途径或方法要求所有的生物进化论批评家或生物文化批评家都必须采用。艺术行为和对象非常复杂，文学行为和作品只是这个集合中的一个子集，没有一种理论或途径可以包办全部的解释。我们在文学研究过程中可以采用不同的视角，而且都不违法。如果，在全部选择的一端，最近由约瑟夫·卡罗力主的实证研究，由大卫·迈阿尔（David Miall）、D. S. 威尔逊（D. S. Wilson）、大卫·C.尼尔（David C. Near）、拉尔夫·R. 米勒（Ralph R. Miller）付诸实践的这个方法，正引领我们更深入具体地了解作者心理和神经系统的运作过程，而在另一端，从广阔的背景出发去理解人类生活状况，这种方法能够让我们走向一种从概念出发的思辨批评，重新唤起我们去认识词语与身体存在之间的关系的兴趣。[1]影响文学作品落地成型的因素林林总总，承认思辨的作用似乎不仅仅是明智可取的态度，而且要使阐释显得有学问有见地，思辨也是非常关键的途径。[2]

既然童话故事模式化程度很高，体现了很多程式化特征，那么，我们就可以用一篇文学童话，比如《海的女儿》这篇童话，作一个很实在的例子，去说明在这样一个基本的文学文类中我们希望说明的东西，即我们与生俱来的习性、环境条件（比如文化和历史条件）、主体发展与艺术成品之间的关系。简言之，我们知道即使是一部表面看起来非常简单的艺术

1　关于当前文学批评活动所受的实证约限参见 Carroll, 1999b: 139–154。神经生理学视角下的读者反应研究参见 Miall, 1995: 275–298。有关马基雅维利人格类型与故事内容之间关系的研究参见 Wilson, Near & Miller, 1998: 203–212。

2　有关思辨性思维对进化论文学批评的重要性参见 Easterlin, 2001b: 59–73。

作品，其起源也异常复杂。安徒生这个故事的主要特征，就是故事通篇都跟人性中的主要关怀紧密相关，比如美人鱼自己、她所属的水中精灵的谱系，以及故事情节的主要形式和内容。这些特征的确组成了统摄这个故事主题和形式的自然观的基底。这些主题，比如童年时代易受伤害、性成熟、成双关系、繁殖，以及人类跟自然的关系，它们都反映了基本的适应关怀，就像形式上倾向于采用叙事和二元结构，这反映的是意识组织的适应模式。但更为重要的是，所有的主要特征之所以环环相扣，那是因为它们都跟权力有一种隐含关系，比如权力的发展、获取、滥用或者控制等；而且也是因为人类生存无法避免的进退维谷的矛盾心理。虽然如此，一篇阅读或解释安徒生故事的文字不可能面面俱到，涉及所有这些主题。文学童话，很可能开始于中世纪早期为中产阶级和贵族改写的鬼神传说，随着现代化进程逐步发展，接受了丰富多样的影响。在 17 世纪后期，从奥努瓦夫人（Madame d'Aulnoy）开始，法国作家为了迎合当时的沙龙文化开始写故事，在接下来的一个半世纪的时间里，阶级结构和教育的变化使文学童话的写作机构化成为可能。[1]《海的女儿》的作者浸淫于民间口头文化和浪漫主义文学的沃土之中，从想象上奋起突破业已牢固建立的写作文类，写出的这个故事戏剧性地摆脱了口头文学传统的惯例和主题。他的这个案例，可以让我们避免落入不问青红皂白地断定文学作品中特定的适应决定了文学作品的意义这个陷阱。

　　仔细考察安徒生的故事后我们会发现，事实上，环境条件，即社会、经济条件，比如工业的发展，以及随后大量农村人口的迁出；还有文化上，启蒙运动的失败，以及随后出现的浪漫主义文学，这些环境因素，结合安徒生本人从卑微的农村家庭走向都市获得显赫名声这种童话般的生活轨迹，都直接影响到故事的意义走向，把我们面对他者和社会所属无法排解的矛盾心理而不是性权力或威胁凸显出来。总结而言，我们在面对他者及其必然结果时所感到的矛盾心理以及所经历的孤独无援，可以说正是被 19 世纪欧洲后农业时代急速变化的环境从故事的生物心理基底中选择出来，为因果组织即叙事性的后发规则服务。同样，那些将这种矛盾

---

[1]　对童话的形成和发展历程的讨论参见 Zipes, 2001: 845–869。

处境具体化的文学模因，也是从其他模因中筛选出来的，而那些描写更简单的世界及其生活的故事，以及乐观地重组社会关系的模因则被搁置起来。

二

布雷特·库克（Brett Cooke）最近写的一篇研究《水仙女》这部匈牙利歌剧中的美人鱼的文章，为我们提供了一个颇有教益的例子，说明环境因素怎样通过我们的适应心理在文化上建构象征并影响到特定象征的意味。库克发现克瓦皮尔（Kvapil）和德沃夏克（Dvorák）描写美人鱼的歌剧的中心主题是围绕下层社会妇女的性约束展开的，这种性约束源于潜伏在父权制社会家长行为下面的进化心理机制。库克认为妇女所处的半人地位是个侮辱人的符号，归根到底，它是父权制社会的偏见，这种偏见以多种约束的形式在美人鱼身上的再现，激发了人们的想象。[1]

毫无疑问，涉及繁殖资源的主要的适应关怀，以及后续的对女性权利的思考，在处女形象的生殖能力上表现出来，让我们对美人鱼产生兴趣。与此同时，一方面就像我所说的一样，我们可以下结论说由于这个原因，任何艺术作品中表面上看去生殖力强的年轻女性的外貌，是一个情感矢量；另一方面，我们可以假设对她的部署利用决定了一部艺术作品中一层固定意义或多重意义的存在。在任何一种情况下，像库克在这些歌剧的研究中指出的一样，情感生发机制和语义内容机制可能存在共时性，或者情况刚好相反。但有意思的是，如果我们假设这种潜意识机制即潜在的内容为具体作品的解读提供了一把万能钥匙，那么，进化论文学批评就会变得像后弗洛伊德理论一样，穿着狩猎人和采集人的服装，一遍又一遍地上演揭示心理秘密的仪式。

事实上，回顾一下美人鱼以及相似的神话人物，我们会接受这样的观点，即适应的大脑，它有一整套对付现实的策略，它不会在意识层产生反映不同关怀的象征。更细致的观察表明，美人鱼和她的同类，在我们心中唤起一系列不同的关注，它们唤起的不是一套固定的意义，这个发现我相

1　参见 Cooke, 1998: 121–142。

信是符合 E. O. 威尔逊所宣称意义是在情景建构过程中通过神经元网络的连接而产生的。[1] 人的大脑，绝不是一架机器，它像万花筒一样旋转，根据不同的环境条件把不同的彩色碎片抛到意识层的玻璃上，有五色斑斓的三角形、星星、碎片、躯干、摆尾、一缕缕发丝，它们混合，流散，合并，通过文化的革命，新的象征模式呈周期性地涌现。这样，假如美人鱼的处女特征源于我们对她即将变为女人的兴趣，假如她的动物特性显示我们对动物作为既可伤害我们又可对我们有益的突出的环境因素的兴趣，那么，正是文化，特别是就文学而论指包括所有单部作品的文学总体，建构了以任何现成表现形式出现的神话人物的意义。

潜在的适应机制与文化图像和作品的语义内容，很像荣格（Carl Jung）所区分的原型和原型意象，虽然在实际运用中荣格经常违背他的真实意愿，把两者混淆起来。[2] 荣格所使用的集体无意识这个概念，看起来好像是进化心理学处于直觉阶段的前身。他说："原型的内容不是被决定的，只是其形式是被决定的，而且仅限于很小的程度……原初的意象，只有当它进入意识层，而且被意识层的经验材料填满的时候，其内容才是被决定的。"[3] 如果，像罗伯特·斯托里（Robert Storey）所言，原型意象是从主要的经验节点冒出来的，都带有明显的不同意味，这些意味甚至相互抵触，那么，那个少女的形象也会如此被标记："在她仁义的一面她是男性的伙伴；当她露出喀耳刻女巫的面相，她就会时刻保持警惕，把他牢牢拴在家庭生活上，这时她就是无情的妖女。"（79）就原型而言，换言之，少女的形象至少是双重的，文化环境的变化可能会将她表现为一种或另一种样子，或者将两者混而为一体，或者会表现出别的主题，掩盖或改变少女原型意象的意味。简要地说，意义就是原型意象与上下语境协同互动的产物，而不是潜意识原型的产物。在这个案例中，意义就不是那个在她被表现出来之前的少女的产物。原型与语义上潜在的内容提醒我们原型意象有

1　Wilson, 1998.

2　克洛德·列维-施特劳斯注意到，以往神话研究及语言学有将意义拆分为结构的倾向。他认为荣格是此错误倾向的典型代表。他指出，"荣格所相信的给定的神话模式，即所谓的原型，本身就具有某种意义"，而荣格本人则坚定认为（无意识）原型本身没有意义。参见 Lévi-Strauss, 1998: 101–115。

3　转引自 Storey, 1996: 78。

多变的特性，与此同时，关键的是要牢记，少女只是美人鱼的一个部分，其动物性包含了其他原型关怀。

象征及其意义的多变特性，只要我们放眼文化的历史长河中美人鱼及其家人的变化，就会明白。起初美人鱼的故事可能只是一个相对连贯的本地传说，带有一套比较清晰的特征：她基本上不属于永生的族类，生活在水下，但时常浮到水面上来；她有一条长满鳞片的尾巴，眼睛呈蓝色，头发金黄；人们经常看见她独坐在岩石上，或海边峭壁边，或海中的礁石上；有时候她在海边游泳，手里拿着一把梳子和一面镜子，有时候拿的是一个有魔力的宝物，像一顶帽子、头巾、披巾；她能随时变形，喜欢唱歌跳舞（后一种特征，明显的是说她变成人的时候）。[1] 关于她的神话，包括她想要一个不灭的灵魂、她有预言能力、她能满足人的愿望、她在遭到阻挠时有强烈的报复意志、她的宝物被拿走后来到岸上跟男人生活等。她在这个世界上的停留，不管长短，都是暂时的，因为美人鱼必须取回她的宝物，回到大海生活。

美人鱼的口头传说，另外还跟海豹的故事联系在一起，经常在斯堪的纳维亚以及英国本土那些古代斯堪的纳维亚人在基督教入岛早期和中世纪登陆的地区传播。习惯航海的民族经常将海豹及其敏感的面相与人类联系起来，这一点毫不令人奇怪。在西凯尔特人和斯堪的纳维亚人中间，有各种各样的这类信仰。海豹像被逐出天堂的堕落天使，因受到诅咒只能生活在海里，但它们一旦来到陆地上就可以拥有人的形体。它们是被符咒镇住的人，是在海里淹死的人的灵魂，是犯了罪的人，是投海自尽者的后代。颇有意思的是，所有这些传说，都是在基督教时期产生的，反映出明显的二元思维方式，以及与二元思维方式相关的对原罪和赎罪以及灵魂不死的信仰。基督教的这种影响，显然未见于库克所分析的歌剧中，但在安徒生的故事中却占据着中心位置，在安徒生熟习的中世纪丹麦民歌中也占据着显著的地位。

然而，美人鱼的谱系，远远超出这组神话的星座，这都因为她身上的鱼尾是她与所有水中神祇和精灵同类的标识。五千多年以前，巴比伦人崇

1　参见 Benwell & Waugh, 1965; Beck, 1973; Craigie, 1896/1970; Morvan, n.d.。

拜有鱼尾的海神依阿或奥恩（Ea/Oanne，有些时候他们被描绘成穿一袭鱼披风，不是长了鱼尾的人）。关于有鱼尾的神以及有预言能力和变形能力的水龙的神话也出现在印度、中国和日本文化中。在印度，低一级的水仙女和小精灵热爱唱歌跳舞，喜欢勾引男人，她们拥有现代美人鱼身上的一些特征。另外还有一些神话中的海洋生物和神仙，比如海神波塞冬和半鱼半人的海妖塞壬，最早与水和鱼都没有关联（最初塞壬是鸟）。这似乎表明当古代文化之间开始了海上战争和贸易的时代，神力、女人的美艳就跟大海的威力联合起来。

那么，美人鱼的故事，晚至整个 18 世纪许多人都毫不置疑，她是威力无比的水中神仙缩小版的后代，是超自然力与人类之间的一种存在，是人类与动物之间的一种存在。的确，在欧洲民间传说中，与基督教的传播同时出现的美人鱼故事，证明她本质上的延迟，或者换句话说，她是一个符号，表明与基督教神话构成紧张关系并保持了好几个世纪的民间信仰的解体。假如基督教的这种影响属实，那么，北欧美人鱼就总是带有抹不掉的局外人标识，而正是这种作为局外人的美人鱼被安徒生如此富有创造性地加以利用了。到 19 世纪中期，一方面是马修·阿诺德（Matthew Arnold），可能还有安徒生自己，他们自觉地采用人鱼族传说，从总体上把它当成失去的信仰和经验的象征。另一方面，美人鱼一时间变得十分惹人眼目，她或被变形，或被缩小，或被当作冒牌货，长着猴子的身体，为马戏表演锦上添花，增添些过场小节目（这些方面显然日本人是专家）。

美人鱼及其相关的神话人物有两个共同特征：第一，他们都与水相关；第二，他们或是半人，或是有能力马上变成人的动物。关于人类栖居地的研究表明水可以疏解情绪引起快感，所以在风景线上出现的水可以唤起人的积极反应，利于选择优势的形成。[1] 在几乎所有关于世界起源的神话中，创造都起源于水；许多文化都有具体的仪式和信仰讲水的治疗作用。我们从生理上调节自己去适应环境，这种调节在潜意识中总把我们引向组成我们身体大部以及我们日用所需的水。巨大的水体也包含有大量的营养资源，吸引动物临水而居。风景线上一片平坦开阔之地，总能培养成

1　Orians, 1980: 49–66.

中和乐本之性情，或者因长期滞居于此会渐生厌倦之情。总之，水作为这些潜在的优势和同等的危害的符号，引发我们强烈的兴趣，但同时也带来莫衷一是的感觉。水也是个潜在的死亡之地，它传播疾病，潜藏危害，可以令人毙命，也标识我们身份的所属。因此在人的心灵上水体带满感情，栖居其间的神话造物以不同的方式映射出水体的威力，以及潜在的威胁、诱惑。

荣格称出现于梦中的水是潜意识最常见的象征，如果我读懂了他的意思的话，他是在把心理学和生理学联系起来："水带有泥土气，可以摩挲把玩，也是受到本能驱动的身体的液体，……潜意识是心灵，经由恍若白日的有清晰智力与道德内涵的意识层，下沉到以前一直被称为'同感'的神经系统。它不像脑脊髓系统那样管控感觉和肌肉活动，因此而及环境。虽然其运作不依靠感觉器官，但它保持生命的平衡，通过共感启动的神秘路径，不仅为我们提供其他存在最隐秘的内心生活的知识，而且对它们还会产生一种直抵内心的影响。"[1] 如果梦中的水是潜意识的符号，荣格的逻辑表明这是因为心理和身体之间存在同构关系，而且身体的液态性质是它与自然世界联系的纽带。水，是一种普遍的联合世界万物之物，本质上与我们相异，但作为资源、危险、神秘和死亡的意象，就像体现繁殖并因此而具有令人恐怖的威力的少女一样，肯定是人类心灵无处不在的猎物。

大海，这个海洋国家的美人鱼的居住之处，有特别的性质："海边生活的人们不会对大海永不停息的波涛起伏无动于衷，他们会根据那些我们正在关注的共感和相似性这些粗浅的哲学原则，去寻找在大海的潮汐与人、动物和植物的生命之间存在的那种玄妙的联系，一种奇奥的和谐。"[2] 和内陆的水体不一样，大海有不断的冲力，用她的潮起潮落明确地指挥命令着她自己以及人类的生活，所以在斯堪的纳维亚的神话中，海浪本身是神圣的。对生活在航海文化中的居民而言，对水的自然兴趣和对水的矛盾心理被环境条件夸大了。因此，他们跟水的联系就带有更高的情感能量（无论正、负能量），以一种协调的心理方式跟少女形象合并在一起，这个少女本人既代表统一和生命的繁殖，又代表毁灭。

1　Jung, 1971: 19–21.

2　Frazer, 1959: 59.

　　如果少女的特质和与水的联系代表着万花筒的玻璃上两股闪光的图形，两者都负载着强烈但变化不定的情感能量，那么，一旦它们汇合，就变成一种一半动物一半人的复合物。这样，它们就更能体现出人类对另外一种根本关系即人与自然关系的长期思考。就像按二元律描述的少女一样，人与自然的二元分割反映了二元思维或双重结构的后发规则。这种二元思维，很可能最早是出于我与他者的分别，后来沉淀于人们的认识方式、文化组织和象征方式之下，遍及人的生活之中。它可能本来是希图解决人们情感和认知上的矛盾，但现实中却起了一种相反的作用。[1] 自从文化从一万多年前发轫开始，人类已经越来越成功地在现实中把人与自然分开，但人们已经意识到如此分别只会把经验碎片化。如果全盘接受这种碎片化意识，那将会危及适应功能，因为这种意识最终只是一种幻觉，参与到我们关于这种特别有问题的二元分割的所有讨论中。

　　动物变人的神话和故事是一种从心理学上去重新缀合文化努力分离的东西的方式。在欧洲的童话故事中，虽然男主人公或女主人公他们自己是人，但动物变人或相反的例子随处可见。根据马克斯·卢西（Max Luthi）的意思，这种情况总体上代表童话这个文类倾向于通过把人与自然世界联系成一体的方式去创造理想化的整体。[2] 另外，黑德维希·冯拜特（Hedwig von Beit）则认为，这种转化代表在中世纪欧洲童话故事的发展过程中在一定程度上还占据着主要地位的属于原始意识的神话/整体思维方式。即使如此，转化，并不是童话现实的一个普遍特征，它与诅咒和狂喜有关联，因此它超出了原始文化，在为一种更特殊的目的服务。这种对转化的特殊使用表明自原始时代以来的巫术信仰已经日薄西山，同时还表明人们的注意力慢慢在向世俗世界转移。[3]

　　在民间传说中，鱼人族和海豹人族经常被赋予转化的力量，这类故事从心理上见证了人与动物都属于更大的一个整体，并且，带有反讽意味但并非没有逻辑地说明，我们有心理需要去超越我们的感官所见把这两个世界缝合为一个统一的整体。的确，鱼人族，本身就是半人，不需要用转化

1　有关人类二元思维天性的研究见 Storey, 1996; Wilson, 1998: 153–154; Easterlin, 1999b: 143–145。

2　Luthi, 1984.

3　分析动物转化为人的意义，参见 von Beit, 1968: 48–71。

去象征我们对自然世界的矛盾感情。的确，作为一种有混合复杂本体思想的造物，美人鱼不代表一种转变能力，不属于任何一个世界，她是人类合情合理的象征。这些是安徒生笔下的女主人公的显著特点。下面就让我们来看这个故事。

三

安徒生的故事是这样的：美人鱼，是鳏居的海龙王的六个女儿中最小的一个，她非常想浮到水面去看人的世界，可是这个特权只有等到年满十五岁时才能获得。当她最终得以第一次浮到海面，她在风暴中救了王子的命。这次经历让她对人的世界的兴趣陡增，她向她的祖母请教，得知人类都有一个不灭的灵魂。后来她跟海的女巫达成交易，用她美丽的声音换得一双长腿，得以去陆地生活，变成王子喜欢的人，但不是心爱的人，因为王子并不知道是美人鱼救了他的命。后来她又跟女巫达成另一个交易，她必须在新婚之夜杀死王子才能回到大海。但是时机来临时她却下不了手，于是就纵身跳进大海，变成海的泡沫。后来加入了天空女儿的行列，她们飞过天空，努力行善，可能会在好几百年之后得到不死的灵魂。[1]

安徒生的美人鱼在 1837 年获得生命。那时候民间信仰大不如从前那么兴盛，因此毫不令人感到吃惊的是她已经没有她的神话中的海洋姊妹们所具有的许多，或者说大多数特征。她不是塞壬，不是女预言师，也不是专事引诱男人的女人，她没有特殊的能力，包括变形的能力（真可怜！）。的确，如果我们对美人鱼的兴趣集中在她潜在的意味上，这是因为我们的天性中就对选择上占有优势但同时又极具危险的能力感兴趣。对比之下，安徒生故事中刻画的美人鱼这个人物角色，力不能拔山扛鼎，人亦非美满如玉，更不能加害于人。她的言行个性多半是从反面衬托出来。比如，当她还没有变成人的时候，她就是被她想当人的愿望所定义的。结果她反倒成了一个纯粹的他者，脱离了她生来就属于的世界，那片深深的海洋。但是，作为他者的具体形象，她不像传统的美人鱼，并不代表天下一切非人的神秘世界，恰恰相反，她代表的是人的需求和欲望。故事写到她的成

---

1 Andersen, 1990.

长过程中一个重要阶段，从儿童到少女这一阶段。她天性善良纯洁，进入成年期后，勤学好问；当她逐渐地认识到自己的愿望与实现愿望之间的鸿沟之深，又心如刀割。比较而言，安徒生故事中的其他人物，他们都是童话故事这个文类中标准的扁平人物。所以，颇有讽刺意味的是，正是美人鱼的非典型性，以及她这个人物相对的复杂性，证明她是故事中人性之所在。

18 世纪末到 19 世纪之初的欧登塞民间信仰和传统非常活跃。安徒生的父亲虽然只是个贫穷的鞋匠，但也是个自由思想者，接受过一些教育。他母亲比较迷信，几乎不识字，跟她的街坊一样。[1] 十四岁时，安徒生离开欧登塞去丹麦皇家剧院找出名机会。这个机会的获得需要他乘船渡过弗南岛和西兰岛之间的水域。他母亲安慰自己，认为她的儿子安徒生一见到水就会乖乖地回到欧登塞。结果他没有回来。克雷吉（Craigie）讲述河上生活的男人们的故事，其中一个明显是发生在欧登塞附近水域，他们每年都会从河上带走一个小孩子。安徒生的母亲，为了将儿子的病驱赶走，就把一个鼹鼠的心脏拴住吊在他脖子上。她无法相信他儿子对名声和财富的向往显然超过了他对河上男人的害怕。

丹麦的民谣讲述不同性格的人鱼族的故事，安徒生毫无疑问对这些故事烂熟于心。《阿格尼丝和人鱼》是安徒生写于 1835 年的诗剧《阿格妮特》的题材来源。这部诗剧早于《海的女儿》两年完成。它讲述一个女人自愿跟了一个人鱼，跟他住了八年多时间，给他生了七个儿子。一天，她听到教堂的钟声响起，请求丈夫允许自己去教堂祷告，丈夫同意了。之后，她就再不愿回到家中。人鱼求她为孩子着想，特别是那个还在褪褓里的婴儿。她回答说，"我不想成年的孩子，也不想年纪还小的孩子，/那个摇篮中的婴儿，我想的最少"。[2] 当不灭的灵魂处于危险之中时，从社会生物学上来说，母婴之间的联系就会到此为止。正是她的非自然选择构成这个民谣故事的感染力。马修·阿诺德在安徒生这个剧本之后约十年写了一首同样题材的诗歌。其中，母亲玛格丽特不是没有她自己的悲伤，她凝望大海，努力寻找"一个小美人鱼那双冷冷的奇怪的眼睛/还有她那头闪光

1　安徒生传记及对安徒生生平的评价参见 Wullshlager, 2001; Toksvig, 1934。
2　Olrik, 1939: 116.

的金发"。[1]《阿格尼丝和人鱼》的来源是一个斯拉夫民谣，把变身为人鱼的自然描写成一个诡计多端的求爱者。但后来随着这个故事被改写成德国和丹麦的故事，对待人鱼族的态度发生了根本改变，表现了对人鱼所经受的丧失和无助处境的同情。这种改变体现出基督教价值已经成为主要价值的文化对正在消失的民间信仰的怀旧情绪。阿诺德在 19 世纪中期写的诗歌，在原初的丧失体验之上又增加了一层社会文化理解，自觉地再一次复制了弥漫于原作中那种哀悼和怀旧情绪。因为"不忠的"玛格丽特，她的悲伤反映出被抛弃的海王的悲伤，这个中世纪叙事本身，在直接讲述原始信仰丧失的同时，象征着 19 世纪基督教信仰的危机。

和《阿格尼丝和人鱼》一样，《说预言的美人鱼》将早期的一个民间故事基督教化了，并且通过共情手法描写美人鱼如何缓解了不同信仰体系之间转换的矛盾。美人鱼被国王囚禁，在成功为王后预言了未来之后被王后给予自由。她的其中一个预言是王后会在生第三个孩子的时候去世。美人鱼在游走之前，劝告王后不要悲伤，因为"天堂之门为她打开着"。[2] 这里我们再一次看到人鱼族已经变成被剥夺了权利的、精神上低级的族类，她们被排斥在天堂之外，预示她们即将灭绝。但是，她们是基督教和中世纪动物寓言故事推送的美人鱼类型，她们将美人鱼作为肉体的罪恶的象征，在把她转变成库克所认定的《水仙女》那类祸水红颜形象过程中起到了关键作用。尽管其他丹麦民谣中人鱼族欺诈成性、危险神秘，但在安徒生的美人鱼身上没有这种类型的痕迹。相反，安徒生笔下的美人鱼，其纯真无邪的气质更带有那些典型属于丹麦一地的怀旧故事的印记。这些怀旧故事大多描写一些愿望落空、令人心酸的低等生命，她们居住在一个比她们自己的世界要强大得多的世界之外，没有能力去改变自己的处境。

除了民间信仰和传统这些影响安徒生从小以来成长的环境以外，他还主要受到丹麦和德国浪漫主义文学的影响。贝恩哈尔·塞韦林·英厄曼（Bernhard Severin Ingemann），这个被称为丹麦的沃尔特·司各特（Sir Walter Scott）的作家，是安徒生的朋友和导师，直接影响了安徒生的小说和诗歌创作。英厄曼写过一篇人鱼故事，很遗憾没有英文译本。另外，研

1　Arnold, 1993: 1349–1352, l.105–106.
2　引自 Olrik, 1939: 113。

究安徒生的学者指出，弗里德里希（Friedrich, Baron de la Motte Fouqué）的《温蒂妮或者水神》也是一个源头。[1] 他的故事是从主题上给安徒生影响的，但是这个讲述希望拥有不灭的灵魂的水仙故事，它后面的感受力与安徒生的故事完全不同。一个贫穷的渔夫和妻子的孩子被掉包，换来的孩子叫温蒂妮，这孩子性格粗野鲁莽，虽然也不缺欢乐天真。她长大后跟在黑森林迷路的骑士胡尔布兰德结婚，后来骑士把她带回到他的城堡。但是随着时间的流逝，渐渐地胡尔布兰德不再爱她，并用公主贝尔塔达取代了温蒂妮的地位。原来这个公主就是那渔夫真正的女儿。温蒂妮回到她原先的水的质体，后来在她不知情的情况下有人把一块巨石从一个山泉的泉眼移开，她从地下流泻出来，最终把胡尔布兰德淹死在怀里，虽然温蒂妮并没有杀死他的意图。森林里充满令人恐怖的恶的精灵，他们变化无踪，最典型的是温蒂妮的叔叔。于是，由温蒂妮这个人物和其他精灵和风景所代表的自然，以二元对立的方式清晰地呈现出来。她们代表纯真、纯洁（比如温蒂妮和渔夫居住的海岬），同时也代表邪恶、不可预见性，以及与人对立的一切（比如森林和林中精灵）。作者没有试图在由少女和自然世界暗示的两个极端之间做艰难的选择，或者以温和的意象去化解这些极端。与之相反，他所做的是把极端描述成温蒂妮和她的世界必不可少的性质，结果就产生了一个天真无邪的祸水红颜，无意中危及她自己和他人。这个故事中那种自然的恶魔和骑士精神，对安徒生的故事而言属于陌路。安徒生的故事中没有一点这种典型的德国浪漫主义的痕迹，那种狂飙运动和过往时代的壮观场面，都不见于他的故事。

　　安徒生更乐意将美人鱼作为局外人的象征，这一点与他自己的生活轨迹相仿。的确，就如杰基·伍尔什拉吉尔（Jackie Wullschlager）重要的最新传记所澄清的，安徒生生活中的那些天造地设的局外人，很难想象另外一种环境可以造得出来。作为丹麦第一个无产阶级作家，安徒生从少年时代起就接受了来自各种途径的鼓励和帮助。但是他的进步过程之艰难，可以不断让我们体味到他的生活境况与他梦想成为的人之间距离有多遥远。当他开始正式上学的时候，他几乎都到了二十岁的年纪，班上的同学比他

1　Fouqué, 1867.

要小一半的年纪。他身材瘦高，行动笨拙，像个丑小鸭；他性格怪异：天真、敏感、女人气、自负（从很小开始，他就自发地在别人面前表演）；他好善乐施，本质上属于好脾气一类。孩提时代，贫穷的父母对他溺爱有加，但他没有玩伴；长大后，他的爱不止一次被男人和女人们拒绝；他在艺术和世俗社会的成功靠的是中产阶级的恩赐，但他却从来没有被他们接受。具有讽刺意味的是，19 世纪前六十年丹麦丢失大片领土，其结果是造成了弥漫全国的退缩、逃避情绪。这种情绪与安徒生许多故事中那种局外人主题若合符节。

总结言之，民间传统、文学教育，以及成长环境激发了安徒生创作美人鱼故事的灵感，他在这个人物身上留下了独特的意义。如果糅合三套原型关怀，那种典型地由少女、动物和水来代表的原型，我们发现在我与他者关系已经变得越发困难的现代文化和个人生活中，美人鱼被赋予我们本质上的矛盾特性，那么，可能正是在这个矛盾本身，安徒生成功地融入了自己的深刻思考，同时这个矛盾也是他最想唤起我们注意的东西。小美人鱼的全部心理内涵，包括她的内向、孤独和对另一种生活方式以及变成她本色之外的东西的向往，都是安徒生自己内心所是所想；美人鱼的视觉形象清楚地说明她既不属于人又不属于自然世界的他者特性。安徒生对局外人的思考也带有如此特征。另外，如果我们接受个人与社群的紧张关系是典型的人的关系，那么，安徒生的生平故事就与浪漫主义的历史运行轨迹相吻合，虽然这些环境因素和主观心理因素好像是利用了我们适应心理中本质的矛盾特性。就像拜伦（Byron）所言，我们既不适合沉沦也不适合飞升，或者说至少我们就是一群现代的男男女女，生活在一个过于复杂的时代，这就是我们的身份。将安徒生与拜伦以及英国、丹麦、德国的浪漫主义作家相比照，讨论到他对他们的主题的模仿、他对民间文化和超自然世界的那种浪漫主义志趣，这些都是他将美人鱼塑造为天生的局外人的动力。然而他笔下的美人鱼形象，细究起来，与这些浪漫主义作家及他们的志趣有很多深刻的联系，但是却不完全等同于任何一个。

四

格林兄弟（The Brothers Grimm）收集整理民间故事写为童话，恢复了读者大众对民间故事的兴趣。与之不同，安徒生童话是基于民间故事文类的原创作品。他的一些童话，比如《海的女儿》，不是专门给孩子写的，他的大部分故事都是写来让大人给儿童朗读的故事。这样的故事，混合了口头文学和写作者的特质，叙事比较复杂，意在同时引起成年人和儿童听众的兴趣。安徒生在丹麦被接受为主要作家，主要是因为他的故事意味深邃，语言质朴、多变。安徒生把属于成年人的主题以及现代社会的暧昧引入到这些本质上是属于孩子的故事中，它们浅显易懂、天真纯朴、风趣幽默。

诚然如此，安徒生从来没有准备将自己打造成一个故事写手，更不消说当一个童话作家。当他在三十五岁左右开始着手创作故事时，他已经花了十余年时间写剧本、诗歌和小说；他的近期目标很可能是为即将到来的圣诞节赚点小钱，这个目标现实又不过分，因为他的确需要钱。在他野心勃勃的文学作品中，安徒生开始关注浪漫主义的文学走向，模仿其细腻的文学形式。他不惜笔墨一遍又一遍地讲述自己的生活。批评家认为他的小说和剧本的缺点是在情节安排上比较薄弱。这说明民间故事在结构上的简练，对他所写的浪漫主题和情绪，在故事构架上是个恰当的限制。无论安徒生在写作童话和寓言故事中显得多么自由无羁，这些故事的基本结构都保持不变。他在恪守几个基本结构和风格特征的同时，成功地控制了奢华浪掷的写作倾向。

安徒生一方面保留了他丰富的浪漫情怀，另一方面试图偏离童话这个文类的规则。他的创造性主要体现在他把注意力更多地从外在的行动转移到内心的活动上。作者突出美人鱼的孤独、主动去受苦以及潜在的精神品格，于是，美人鱼的成长过程就变成《海的女儿》这篇童话的重心所在，甚至即使这种内在的心理成长过程经常是通过描述而不是通过抽象解释她的内心感情来传达的。与传统童话的标准的因果进程相对照，美人鱼采取的行动，比如寻求海的巫婆的帮助，喝下海的巫婆的药汤等，作为完成一个长远目标的步骤来说显然没有多大帮助。但是，更进一步讲，显然只能如此安排，因为美人鱼在故事的大部分时间中都不知道她的目标到底是什么。所以，因果关系在这个故事中线索太多，显得繁复不清，正好与故事背后属于现代世界的感受力相呼应，与传统的童话故事情节模式有霄壤之别。

就像卢西解释的那样，不同的研究者对童话故事情节发展的基本模式有不同的认识。有人认为它是从短缺到清盘的过程，有人认为是从不平衡到平衡的过程，另有人则认为是从需求到需求得到满足的过程。[1]这些故事的总体架构是从缺到全之间的张力，故事结尾的重点是以升官发财作为回报。虽然童话故事的这种情节线索，叙事简洁明了，通常用一两句话就把人物及其处境介绍明白，但是，这样去定义童话，看不出童话和其他叙事文类有什么明显的区别。比较典型的是，童话先将主人公放在路上，然后要求他完成一系列任务，以便达到他的目的。这样做，是为了追求心理平衡。通常他离家在外不回家，虽然人物性格不甚丰富，但他对家或者与家有关的一切都没有思念之情或产生一丝丧失的感觉。

《海的女儿》没有使用清晰的线性逻辑去表明因果所属，也没有沿用口述童话故事中典型的快节奏情节，它在很多方面偏离了那种从行动到收效的传统模式。这些偏离表明作者对人的作用持有根本不同的看法。这种看法的复杂性在于人既面临有来自外部的种种阻碍，又要忍受内心厮杀不断的种种动机和欲望。这个文类原本要求简洁地引入主人公及其场景，但安徒生的故事，为了烘托氛围，一开始就豪掷两大段文字，描写海有多深、海王的宫殿有多么堂皇。在那个美丽的地方，"水是那么蓝，像最美丽的矢车菊花瓣，同时又是那么清，像最明亮的玻璃"。鱼儿代替了天空中的飞鸟，海王宫殿的屋顶铺着黑色的蚌壳，伴着水的流动可以自动地开合。（1）这几段文字显然不是瞄向抒情的描写，作者把那个遥远的海底世界描绘得如此具体完美，意在使用回溯手法让读者/听者感受丧失经验，因为正是这个美丽无比的家乡美人鱼将要弃它而去。经典童话是写伴随成功完成艰难的任务后所应得的回报，以及因此而获得的更高的社会地位，但安徒生这则故事所关注的则是个人成长过程中所需付出的心理和情感代价。

1　参见 Luthi, 1984。

安徒生不紧不慢地把故事情景烘托出来，这个节奏在接下来的段落中似乎没有改变。到第三段，引入美人鱼及其家人，点明小美人鱼是故事的主要人物。但到此为止还没有任何戏剧性或紧张的场面出现。又过了两段描述，安徒生才通过对比描写小美人鱼的花园和她姐姐们的相异之处发展了小美人鱼这个人物："可是最年幼的那位却把自己的花坛布置得圆圆的，像一轮太阳，同时她也只种像太阳一样红的花朵。她是个古怪的孩子，不大爱讲话，总是静静地在想什么东西。当别的姊妹们用她们从沉船里所获得的最奇异的东西来装饰她们的花园的时候，她除了像高空的太阳一样艳红的花朵以外，只愿意有一个美丽的大理石像。这石像代表一个美丽的男子，它是用一块洁白的石头雕出来的，跟一条遭难的船一同沉到海底。"（2）到这里故事已经写了六个段落，安徒生已经把美人鱼写成她自己居住的世界的局外人。跟她姐姐们都不一样，（碰巧可以比较最新的迪士尼版电影的女主角），她对饭桌上的叉子、破陶罐、小珠子这些人们的日常生活用品不感兴趣，她感兴趣的是怎样才能变成人这件事。故事中她的这个愿望是用一个理想化的年轻男子的塑像象征性地来表示的。与真正的童话故事中的男女主人公不一样，她实际上还不是人，只是在渴望变成人；她对太阳和阳光的兴趣说明她非常想拥有人的身体和精神。正像布雷兹多夫（Bredsdorff）指出的一样，人类世界在这个故事中显得非常重要，只是因为它对美人鱼具有重要意义。[1] 换句话说，安徒生从美人鱼的角度把人类世界展示在我们面前，并要我们去思考做人的意义。他通过这样的途径让人类世界显得陌生起来。他极力邀请我们这些无所归属、自我放逐的读者和听众用心体会这个美丽迷人的另类。就像那个雕像对美人鱼而言是理想的形象，美人鱼对我们来说也是理想的人物：她非常接近浪漫主义理想中的小孩和高贵的野蛮人形象，她把人类拉回去，与我们想象的自然和无经验代表的纯洁天真品性联系起来，虽然正是这些品质让她在故事中显得完全无力应对生活事件。

因为她的无力，所以等待就成为美人鱼成长过程中一个中心特征。在故事的前半部分，她主要是等待她十五岁生日的到来。那一天，她将像姐

1　Bredsdorff, 1975: 314.

姐们以前所做的一样浮到海面。当她最终得以浮上去的时候，她立刻得到了一次机会，但是这次可能帮助她实现愿望的机会一闪即逝。当她在暴风雨中把快要淹死的王子从海中托起的时候，她一定看到，海岸边教堂里出来的一个年轻女子俯身把王子唤醒，这个女子恰巧就是王子后来与之结婚的女子。又一次，我们看到，有意味的行动是内在的行动，因为美人鱼回到她在海底的家后，她对人类世界的向往因为有了一个实际的目标而逐渐加深了。但遗憾的是王子不能生活在波涛之下的水中，取代沉到水里的雕像。当她告诉姐姐们她对王子有心，她们就把她带到王子的宫殿附近。现在远眺与等待结合起来。当美人鱼，躲在大海泡沫围绕的岩石后面远眺王子的宫殿时，渐渐地懂得了欲望的真实意义，就是对一个好像永远不能接近的对象的渴望。

那座雕像和年轻的王子，一方面表明这是异性恋，而且有结合的可能，另一方面进一步象征着还有扩展经验、使生命圆满的可能。在这一点上，安徒生的故事还与浪漫主义文学相似，因为它把性欲和爱之结合表达成完善自我的隐喻。虽然根据这个故事改编的迪士尼电影，还可能有其他许多20世纪初期的编译和肆意改写，把王子当作美人鱼的欲望的最终目标，但是在安徒生自己的原文本中王子很难是这个样子的。美人鱼在她日益增长的对人类的爱的激励下，她去问祖母人到底会不会死。祖母解释说人有一个永不灭绝的灵魂，还说他们死后会"升向那些神秘的、华丽的、我们永远不会看见的地方"。（12）听到这个，美人鱼再也不满足于海里生活的三百年了。思念着要跟王子一起生活，"我要牺牲一切来争取他和一个不灭的灵魂"。（13）于是她决定去找海的巫婆帮忙。总结而言，传统的童话在故事一开始就会和盘托出人物、冲突以及欲望之物，但《海的女儿》几乎过了一半以后，主要人物才明白她想要什么东西，才能够积极地为此目标而奋斗。

她的欲望模糊不清，她遇事爱动脑筋，她对未来充满渴望（这些部分是通过直接陈述表达的，但大部分还是通过人事描写烘托出来的），以及故事总体的内向特质，所有这些一方面都是浪漫主义文学的特征，另一方面又直接与经典童话的特征相悖：经典童话所塑造的扁平人物是行动者，不是思想者；经典童话倾向于先烘托缺失，然后马上点明目标；与这两个特征一致，经典童话的情节安排要有逻辑性，要求用简练的文字推动情节朝向成功实现希望的目标前进。然而，与传统的童话故事相比较，美人鱼的故事情节虽然显得拖沓不堪，但它不是没有行动，它的行动是一步一步地去实现对主人公的自我完善至关重要的愿望。故事的含混性质为一个基本上属于现实主义的童话故事（不管他的美人鱼起源为何）添加了发展线索和心理深度。为了节省笔墨、追求表达的清晰流畅，传统的童话常常将个人和场景孤立起来，它从来不会花时间去刻画独处或孤独的经验，也不会去细讲一个局外人功败垂成的故事。相对照而言，除了《海的女儿》之外，安徒生的另外几个最著名的故事，如《卖火柴的小女孩》和《丑小鸭》，它们的主题讲的就是局外人的故事。安徒生从外向内的转移，其实就是退回到独处和孤独这些属于一个民主的发达世界生活的心理副产品上。这样做，他表示自己不仅仅是对浪漫主义的陷阱情有独钟，而且完全着魔于浪漫主义的感受力。生物文化或者达尔文进化论文学批评认为，对我们的社会所属，我们有一种与生俱来的取舍不定的矛盾心理，这为文学提供了重要的主题和意义。究其原因，就像斯托里指出的一样，一方面，我们人与人之间的关系变得越来越非个人化了，人与人之间的距离也越来越遥远，而另一方面，文化却变得越来越多样化和世俗化，它不会再像从前那样为我们提供一套统一的经验和慰藉。[1]

这个故事在描写美人鱼开始向往自己的目标时采用了现实主义手法，同样，它也用现实主义的细描手法，突显丧失和受苦是一对患难姐妹。当美人鱼说："啊，我多么希望我已经有十五岁啊！……我知道我将会喜欢上面的世界，喜欢住在那个世界里的人们的。"（6）这些天真无邪的话，带着一丝反讽意味，因为每一个成年读者都知道美人鱼越是想去上面的世界实现她的愿望，事实上越是增加了她向往那个地方的强度。像所有儿童一样，她还不明白欲望是什么东西，她也不明白做任何事都要付出代价。她必须以失去声音为代价，换来的是海的巫婆的神药，服下后她可以得到双腿。有了双腿，她必须忍受走路、跳舞时腿像刀子割一样的痛苦，这是

1　Storey, 1996: 57–62.

她从来没有想到过的痛苦。她思念家和大海。当她住进王子的宫殿的时候，每晚走出来，坐在连接海边的石级上，把双腿放进水里，减轻身体和精神上的痛苦，但这时候她仍然是个局外人，即使此时此刻她已经站到了自己的对面。[1]

如果传统童话通常的结尾是主人公提职和执掌更大的权力，那么，《海的女儿》则充分利用了模糊笼统手法以及贯穿整个故事的含蓄语调来淡化这个乐观想法。她拒绝在王子的新婚之夜把他杀死，这个办法原本是在她姐姐们的迫切请求下海的巫婆想出来的，目的是把美人鱼救回到海底世界来。但是，美人鱼纵身跳入大海，变成海的泡沫，后来又意外地升起来，与天空的女儿们汇合。这些女子还没有不灭的灵魂，但可以在三百年的行善生涯之后得到不灭的灵魂。考虑到美人鱼的本性不坏，故事给人的感觉是好像时间一到她也一定会得到一个不灭的灵魂，但这样的结局仍然跟在故事结尾就明确说明她拥有一个灵魂不一样（在一个层次上可以说，她天生的良好品性在故事中并没有给她带来什么好处）。不管怎么说，海的巫婆的神奇力量得到了体现，因为她所说的美人鱼应当如何拯救自己的话明显地被放置在一个更大的超自然力量之下了。

正如上述所言，《海的女儿》大大地偏离了童话这个文类的许多主要诉求，但虽然如此，在风格上它还是保留了童话故事的许多基本特征。例如，虽然有所修改，但是从短缺到清盘的基本结构模式没有变，同样，其中的奇幻成分也没有脱离基本的现实主义视角。还有人物谱系，以及重复、变化的模式，也都是明显的童话故事的特征。简而言之，安徒生同时代的观众所熟悉的丰富的童话传统，为安徒生的创新提供了形式上和主

---

1 安徒生本人对美人鱼有明显的认同感，因此他对美人鱼的描绘充满同情，而英语语言对该故事的阐释往往如库克对《水仙女》的阐释一样，强调性经历的危害及女性克己的美德。比如，一些研究认为，《海的女儿》因不重视性经历的危害及女性美德而颇具厌女色彩。不过，这类研究忽视了安徒生本人对美人鱼作为局外人的认同感。实际上，如果人们去研究安徒生本人的生平，便不难发现这种认同感的存在，比如安徒生本人模糊的性取向、明显的性克制以及他曾经拥有却在青春期时失去了的美妙歌喉。伍尔什拉吉尔认为，安徒生以美人鱼为女性克己的典范，而她的这一论断与她所知的安徒生相悖——安徒生的（男性）生活及作品充满性厌恶和否定，参见 Wullschlager, 2001: 170–176, 383；Cashdan, 1999: 163–171。另有将《海的女儿》置于相关传说及文学背景下进行讨论的研究，参见 Warner, 1994: 387–408。

题上的主要依据，为新的意义提供了自由空间。他们非常熟悉这个丰富的童话传统，因为童话在当时十分流行，但更重要的是因为这些童话基本体现的是人类与生俱来的线性逻辑、二元思维等。比如，传统童话有清晰的线性组织，通向结尾的过程总是由自成一体的故事片段标示出来的，如果这种线性组织产生于因果逻辑的后发规则以及相应的喜欢用叙事来组织情节的偏好，那么，它们在《海的女儿》中的实例化很难产生出一个既写简单明了的追求的故事，又能确保在其情节片段的安排和因果关系上不出问题。我们在情感和无意识层次上对因果逻辑产生回应，因此，表面的逻辑关系几乎总是不可或缺的。简单地说，那些产生自我们喜欢用因果逻辑思考的嗜好的形式特征成功地吸引住我们的眼球，不管引起我们注意的这个故事是否在按清晰的因果逻辑发展。就安徒生这个故事而言，我们对故事及其意义的明确认识往往和我们对确定的原因和逻辑发展的感知反其道而行之。

这个故事在它的人物图谱上也同样具有代表性，它有一个父亲、一个祖母、六个女儿、一个巫婆、一个王子、一个公主。但是正像安徒生把童话的行动和中心主题复杂化了，他往往通过将原型的节点人物分裂成二元对立的人物，加深了故事人物的复杂性。童话故事通常写的是无权无势者走向有权有势的过程，因为它选择的男女主人公大都是一些儿童、被遗弃的继子女，而小美人鱼，那个海王最小的公主，正符合这个主要的人物范式。海王是个鳏夫，慈爱的祖母与巫婆相对照，这些都是这个文类的基本特点。但是将老女人分裂成聪明的女人和巫婆，好像是在模仿经常用在传统童话的主题和道德上的那种心理描写手法，其实是个肤浅的技巧。在安徒生的故事中，巫婆得到了交易中属于她的那一部分，她甚至在美人鱼的姐姐们来为美人鱼求救时还给了美人鱼第二次机会。即使那些漂浮在她周围的东西很令人恶心，但她不属于邪恶的巫婆一类。与迪士尼电影里的巫婆乌苏拉不一样，她从来没有想过要去欺骗美人鱼。同样，到底是谁救了王子的命，王子的错觉从头到尾没有被纠正过来（他以为是与他结婚的公主救了他的命）。他是个道德上模棱两可的人物，他一方面接受哑巴女，那个变形的美人鱼的忠诚和奉献；另一方面，把美人鱼变成一个最喜欢的宠物，同时坚定地毫不动摇地追求那个他误以为救了他命的年轻女子。

同样，安徒生对童话人物图谱的修改，把这个文类推向现代转化。这个过程刚好与口头文学向书写文学形式转变的过程一致，也跟文化的心理化过程对道德价值产生的影响一致。童话故事的这个层面及其别的传统层面让安徒生能够从两方面同时拥有童话，因为当表面上简单的故事情节和人物与那种诉诸儿童的统一经验的复杂现实相结合，它们也对那些在成长过程中或在文化的侵蚀下已经失去了那种统一性的成年人有吸引力。

另外，安徒生用重复手法描写同一个行动，每次略带差异，并将它们单独呈现出来，这也符合范式期待。这个特点在故事前几段特别明显。每一个姊妹到十五岁时都得到她的第一次机会浮到海面去。安徒生一个一个地讲述她们的经历，讲述她们看到的不同景色，他忠实于童话故事的经典结构，将每一个情节片段与别的区分开来。但是正像安徒生用道德上的模糊性让童话人物图谱复杂化一样，他还将行动重复的重点从传统的驱动叙事的功能转移到行动的最终目标，并且将行动包含在总体的关注即小美人鱼越来越被人类世界所吸引之下。在每一个故事片段中重要的是姊妹们看到什么，而不是她们干了什么，因为五个姊妹每人都带回来一个新鲜的水上世界，她们描述的景象更加激发起小美人鱼的想象和欲望。可能的是，重复的行动这个熟悉的模式，在小美人鱼明白她想要什么之前，更加有效地推动了故事情节向前发展。这样，童话故事的能动模式就对容易陷入拖沓黏滞的心理成长故事起了平衡作用。

归根结底，安徒生的《海的女儿》从文化象征及其形式吸取了养分，那些文化象征及其形式的根源是与生俱来的普遍的思考和组织方式；动用了那些能够激发读者/听者情绪、引起他们兴趣的成分。另外，对作者自己而言，童话故事形式简练，对他这种感情强烈、喜欢侃侃而谈的性格有所限制，使他能够沉下心来，真正得益于随浪漫主义的出现而兴起的民间文化热。正是在这种潮流的推动下，格林兄弟的童话得到及时翻译和出版，在国际上为这类童话故事赢得了读者。[1]然而，故事的意义确实是另外一回事。如果我们以他的浪漫主义感受力，他自己孤独、笨拙的性格和反

1　Dollerup, 1995: 94–101.

复失败的创作经历为棱镜去考察，我们发现安徒生将一簇簇五彩斑斓、光彩夺目的零星碎片组合成一个有棱有角的模式，让人记起小美人鱼的花园：小巧玲珑、精致奇幻，不停地回旋着欲望、丧失、孤独、超越这些主题的声音。对我而言，所有这些，似乎都与两个孪生的、属于现代人的关怀有关：一个是自我完成，另一个是社会归属。它们的根源就是我们在面对他者时在心底深处感到的矛盾心理，这种矛盾心理随着社会文化的复杂性的加深已经变得越来越明显了。即使是在故事的结尾美人鱼快乐地上升，加入了天空儿女的行列，但是成年读者/听者一定感到了一种难言的心酸，从美人鱼的角度出发，甚至可能是一种不公平的感觉。

所以，这个故事吸引我们，让我们着迷，又让我们对局外人产生出按捺不住的同情，它是从现代感受力出发对一种基本的民间形式的艺术化再创作。正像杰克·载普斯（Jack Zipes）半开玩笑的直言："所有民间故事和童话故事的真正品质……很大程度上依赖于它们玷污经典的创造性。"[1] 在安徒生的故事中，将故事精神化，在一种意义上代表了 19 世纪的文化走向，利用了传奇故事和童话传统中一直占据中心地位的奇幻成分。虽然最新版迪士尼电影取消了美人鱼对永生的向往，这很可能意味着把原始的故事情节彻底翻面，为当代观众服务，但是从长远来看，故事写人的主题将会赋予这个故事长久不衰的魅力，这正是这部通俗浅薄不堪的电影所缺乏的东西。把这个故事改编成电影以迎合"消费者情事"这种主流艺术规范，迪士尼公司把夭折的欲望、丧失和困苦的生活、孤独与痛楚，像一片干了的果皮一样撕下来扔掉。[2] 虽然这种浅表文化的简单化处理手法，因为混合了其他形式的经验和想象，很难伤害到我们或下一代，但是正是在安徒生的故事中，把自然习性与同时代的社会条件结合在一起，用创造性感受力去"玷污"之，才给我们留下了一些有意义且长久的东西。

（余石屹译）

1　Zipes, 2001: 869.

2　见 Haase, 1988: 193–207。

* 译者注：本文译自 Nancy Easterlin, "Hans Christian Anderson's *Fish Out of Water*," *Philosophy and Literature*, Vol. 25, No. 2, October 2001, pp. 251–277。注释部分略有调整。

参考文献

安徒生. 2017. 安徒生童话. 叶君健译. 沈阳：春风文艺出版社.

Andersen, H. C. 1990. *Tales and Stories by Hans Christian Andersen*. Seattle: University of Washington Press.

Arnheim, R. 1966. *Toward a Psychology of Art*. Berkeley: University of California Press.

Arnold, M. 1993. The Forsaken Merman. In M. H. Abrams et al. (eds.) *The Norton Anthology of English Literature* (6th ed.). (vol. 2). New York: W. W. Norton & Company, 1349–1352, l. 105–106.

Beck, H. 1973. *Folklore and the Sea*. Middletown: Wesleyan University Press.

Benwell, G., & Waugh, A. 1965. *Sea Enchantress: The Tale of the Mermaid and Her Kin*. New York: Citadel.

Bredsdorff, E. 1975. *Hans Christian Andersen: The Story of His Life and Work, 1805–1875*. New York: Charles Scribner's Sons.

Bruner, J. 1990. *Acts of Meaning*. Cambridge: Harvard University Press.

Carroll, J. 1999a. The Deep Structure of Literary Representations. *Evolution and Human Behavior*, 20, 159–171.

Carroll, J. 1999b. Theory, Anti-Theory, and Empirical Criticism. In B. Cooke & F. Turner. (eds.) *Biopoetics: Evolutionary Explorations in the Arts*. Lexington: International Conference on the Unity of the Sciences, 139–154.

Cashdan, S. 1999. *The Witch Must Die: The Hidden Meaning of Fairytales*. New York: Basic Books.

Cooke, B. 1998. Constraining the Other in Kvapil and Dvořák's Rusalka. In G.

E. Slusser, & J. Olivella. (eds.) *The Fantastic Other: Interface of Perspectives.* Amsterdam: Rodopi, 121–142.

Cosmides, L. & Tooby, J. 1992. The Psychological Foundations of Culture. In J. H. Barkow, L. Cosmides & J. Tooby. (eds.) *The Adapted Mind: Evolutionary Psychology and the Generation of Culture.* New York: Oxford University Press, 19–136.

Craigie, W. A. 1896/1970. *Scandinavian Folklore: Illustrations of the Traditional Beliefs of Northern Peoples.* Detroit: Singing Tree.

Cronk, L. 1999. Gethenian Nature, Human Nature, and the Nature of Reproduction: A Fantastic Flight Through Ethnographic Hyperspace. In B. Cooke, & F. Turner. *Biopoetics: Evolutionary Explorations in the Arts.* Lexington: International Conference on the Unity of the Sciences, 205–218.

Dissanayake, E. 1988. *What Is Art For?.* Seattle: University of Washington Press.

Dissanayake, E. 1992. *Homo Aestheticus: Where the Arts Come from and Why.* New York: Free Press.

Dissanayake, E. 2000. *Art and Intimacy: How the Arts Began.* Seattle: University of Washington Press.

Dollerup, C.1995. Translation as a Creative Force in Literature: The Birth of the European Bourgeois Fairy-Tale. *Modern Language Review, 90*, 94–101.

Easterlin, N. 1993. Play, Mutation, and Reality Acceptance: Toward a Theory of Literary Experience. In N. Easterlin, & B. Riebling. (eds.) *After Poststructuralism: Interdisciplinarity and Literary Theory.* Evanston: Northwestern University Press, 105–125.

Easterlin, N. 1999a. Do Cognitive Predispositions Predict or Determine Literary Value Judgments? Narrativity, Plot, and Aesthetics. In B. Cooke, & F. Turner. (eds.) *Biopoetics: Evolutionary Explorations in the Arts.* Lexington: International Conference on the Unity of the Sciences, 242.

Easterlin, N. 1999b. Making Knowledge: Bioepistemology and the Foundations of Literary Theory. *Mosaic, 32*, 131–147.

Easterlin, N. 2001a. Big Guys, Babies, and Beauty. *Philosophy and Literature, 25*, 155–165.

Easterlin, N. 2001b. Voyages in the Verbal Universe: The Role of Speculation in Darwinian Literary Criticism. *Interdisciplinary Literary Studies, 2*, 59–73.

Fouqué, B. F. de la M. 1867. *Undine and Other Tales*. Boston: Houghton Mifflin Harcourt.

Frazer, J. 1959. *The New Golden Bough*. New York: Mentor/New American.

Haase, D. P. 1988. Gold into Straw: Fairy Tale Movies for Children and the Culture Industry. *The Lion and the Unicorn, 12*, 193–207.

Jung, C. G. 1971. *The Archetypes and the Collective Unconscious* (2nd ed.). (R. F. C. Hull, trans.). Princeton: Princeton University Press.

Lévi-Strauss, C. 1998. The Structural Study of Myth. In J. Rivkin, & M. Ryan. (eds.) *Literary Theory: An Anthology*. Oxford: Backwell, 101–115.

Lloyd, D. 1989. *Simple Minds*. Cambridge: MIT Press.

Mandler, J. M. 1984. *Stories, Scripts, and Scenes: Aspects of Schema Theory*. Hillsdale: Erlbaum.

Luthi, M. 1984. *The Fairytale as Art Form and Portrait of Man* (J. Erickson, trans.). Bloomington: Indiana University Press.

Miall, D. S. 1995. Anticipation and Feeling in Literary Response: A Neurophysiological Perspective. *Poetics, 23*, 275–298.

Miller, J. D. 2014. The 'Novel' Novel: A Sociobiological Analysis of the Novelty Drive as Expressed Through Science Fiction. In B. Cooke, & F. Turner. *Biopoetics: Evolutionary Explorations in the Arts*. Lexington: International Conference on the Unity of the Sciences, 315–334.

Morvan, F. n.d. *Legends of the Sea* (D. Macrae, trans.). New York: Crescent.

Olrik, A. 1939. *A Book of Danish Ballads* (E. M. Smith-Dampier, trans.). Princeton: Princeton University Press.

Orians, G. H. 1980. Habitat Selection: General Theory and Applications to Human Behavior. In J. S. Lockard. (ed.) *The Evolution of Human Social Behavior*. New York: Elsevier, 49–66.

Peckham, M. 1965. *Man's Rage for Chaos: Biology, Behavior, and the Arts*. Philadelphia: Chilton Press.

Rabkin, E. 1992. Imagination and Survival: The Case of Fantastic Literature. In B. Cooke, & F. Turner. *Biopoetics: Evolutionary Explorations in the Arts*. Lexington: International Conference on the Unity of the Sciences, 293–314.

Rabkin, E. 1999. Vegetable, Animal, Human: The Perils and Powers of Transgressing Sociobiological Boundaries in Narrative. In J. B. Bedaux, & B. Cooke. (eds.) *Sociobiology and the Arts*. Amsterdam: Rodopi, 83–98.

Ruse, M. 1989. The View from Somewhere: A Critical Defense of Evolutionary Epistemology. In K. Hahlweg, & C. A. Hooker. (eds.) *Issues in Evolutionary Epistemology*. New York: SUNY Press, 198.

Schank, R. C. 1990. *Tell Me a Story: A New Look at Real and Artificial Memory*. New York: Charles Scribner.

Storey, R. 1996. *Mimesis and the Human Animal: On the Biogenetic Foundations of Literary Representation*. Evanston: Northwestern University Press.

Toksvig, S. 1934. *The Life of Hans Christian Andersen*. New York: Harcourt Brace.

von Beit, H. 1968. Concerning the Problem of Animal Transformation in the Fairy Tale. *Yearbook of Comparative Criticism*, 48–71.

Warner, M. 1994. *From the Beast to the Blonde: On Fairytales and Their Tellers*. New York: Farrar, Straus, and Giroux.

Wilson, D. S. 1999. Review of *Evolutionary Psychology: The New Science of Mind in Evolution and Human Behavior*, 4, 279–287.

Wilson, D. S., Near, D. C., & R. R. Miller. 1998. Individual Differences in Machiavellianism as a Mix of Cooperative and Exploitative Strategies. *Evolution and Human Behavior, 19,* 203–212.

Wilson, E. O. 1978. *On Human Nature.* Cambridge: Harvard University Press.

Wilson, E. O. 1998. *Consilience: The Unity of Knowledge.* New York: Knopf.

Wullshlager, J. 2001. *Hans Christian Andersen: The Life of a Storyteller.* New York: Knopf.

Zipes, J. 2001. Cross-Cultural Connections and the Contamination of the Classical Fairy Tale. In J. Zipes. (ed.) *The Great Fairy Tale Tradition.* New York: W. W. Norton & Company, 845–869.

杜鹃的历史：
论《呼啸山庄》中的人性[1]

约瑟夫·卡罗

在英语经典小说序列中，《呼啸山庄》占有独一无二的地位，被广泛认为是一部想象力非凡、贴近自然与社会、饱含象征价值的巨著，远远超越了多数小说。虽然如此，但解读起来却并不容易。小说主人公涉及两代人，故事的不同阶段采用不同的文类形式，把相互矛盾的种种情感推向高潮。20 世纪中期出现的人文主义解读法，倾向于将小说的主题和情感归置于某种高一级规范之下去求得这些情感冲突的化解，但是每一个批评家所持的规范都不尽相同，每一个新的解释其实都落下了故事的许多内容，以至于后起的批评就把这些落下的部分捡起来，大言不惭地称之为另一个解释的出发点。后现代批评家们更偏爱冲突的悬而未决，但他们倾向于将基本的情感变成抽象符号，或者将小说的关怀从属于当前的政治和社会成见。其结果是，他们跟小说的美学特质脱了节。而且，后现代批评家提供的解释和各派批评思潮惯常使用的习语都不相通。米丽娅姆·阿洛特（Miriam Allott）在调查了 20 世纪 60 年代之前的批评传统之后，用了"《呼啸山庄》之谜"的话来概括这部小说。针对人文主义批评和影响巨大的后现代主义批评，哈罗德·弗罗姆（Harold Fromm）宣布说，《呼啸山庄》"是标准的小说阅读书单上最难以捉摸的一部作品"。[2]

勃朗特的小说没有必要被打入冷宫，归入晦涩难懂的作品一类，使之永久不得翻身。其实批评传统对《呼啸山庄》所表达的情感和主题早有共识。相左的意见主要出现在小说如何把情感和主题组织进一个总体的意义结构之中这个层面上。在他们对总体结构的理解中，缺少了一个主要部件，即人性。文学达尔文主义文学理论，通过突出人性这一观念的重

---

1 译注：引文译文均采自方平译《呼啸山庄》（艾米莉·勃朗特，2010）；译文的具体出处见文中夹注。

2 参见 Allott, 1970: 12; Fromm, 1991: 128。后现代批评对《呼啸山庄》的较新研究参见 Stoneman, 2000; Frith, 1997: 243–261。

要性，为该小说的解读提供了一个理论框架，借此可以将以前对《呼啸山庄》的洞见总结起来，以便描述勃朗特跟她心目中的读者分享的规范，分析她颇为分裂的情感，解释表现这些情感的文类形式。勃朗特本人预先设想她的观众对人性有一种通俗化的理解。进化心理学所提供的理解与这种大众知识并不矛盾，只不过进化心理学的解释面度更宽，深度更深。除了具有这种专业的解释力度之外，文学达尔文主义文学批评还秉持一个自然主义的美学向度，对阐释《呼啸山庄》这部小说特别重要。勃朗特特别看重物质世界中的身体，这就是我用自然主义称她的原因，对身体的重视正是她非凡的想象力的主要源泉。通过把自然主义思想跟超自然的绮丽想象结合起来，勃朗特赋予了她充满象征意义的描写以奇幻与神秘色彩。从进化心理学角度视之，小说中的超自然因素本身可以追溯到勃朗特想象中的一些自然源泉。

对人性的进化论叙述是在一个更为广阔的"生命历程"这个生物学概念中展开的。各个物种之间在妊娠、生长速度、生命长短、配偶形式、后代的数量与出生间隔，以及父母关怀的投入上各不相同。就任何一个现存的物种而言，这些基本的生物特征之间相辅相成，构成一个完整统一的结构，生物学家称之为该物种的"生命历程"。根据进化生物学家的描述，人类的生命历程包括母子之间紧密的哺乳关系、父母双重抚养、不同性别的成年人之间协调的配偶关系，以及较长的儿童成长期。像他们的灵长类动物近亲一样，人是高度社会化的动物，本性中对建立联盟、组织层级化的社会集团抱有强烈兴趣。所有这些都属于"人性"的一部分。人类还进化出种种再现能力，特别是使用语言再现的能力，他们使用这种非基因的方式传递信息。这种信息的传递就是我们所说的"文化"，包括艺术、技术、文学、神话、宗教、意识形态、哲学和科学。以达尔文主义角度视之，文化与人性中以基因方式传递的性格互不分离。或者换句话说，文化扮演了一个中介角色，我们通过文化的作用将这些性格组织成不同的系统，以调节公共关系、充实个人的思想。在创作和阅读描写人类行为的虚构作品中，小说家的目的是以情动人，他期待来自读者的反馈，他根据这个目的选择和组织素材，而读者则是带着情感投身于故事之中，特别是间接地参与到被描述的经验之中，形成自己对各色人物的看法。[1]

因为组织细节之间存在种种差异，每一物种的生命历程都各自形成一个独特的繁殖循环系列。以现代人为例，成功的父母关怀让下一代在成年期能够顺利地结成配偶关系、积极参与社区活动、关心他们自己的下一代。就其因适应功能所致的性格而言，人的生命历程具有一个标准结构。这里所谓的标准是指在成长过程中成功地成为社会和性两方面都健康的成年人。《呼啸山庄》的故事情节表明，勃朗特与她预期的观众分享着一种标准的生命历程，虽然如此，但多数读者依然觉得故事的结局不能完全容纳故事的情感冲力。很显然勃朗特一方面被这个标准的生命历程的价值所吸引，但与此同时，她走笔之时也时时感受到扭曲社会和性的正常发展的情感暴力。

《呼啸山庄》中冲突的基本因素具体分布在两大家族的对立之中。一边是画眉田庄，坐落在一风景宜人、绿树成荫的山谷中，住着林敦一家。这一家人性格偏静、有涵养、待人温文尔雅，但是却过于软弱谦让。另一边是呼啸山庄，坐落在高低不平的荒凉山脊上，常年暴露在高地的疾风之下，住的是欧肖一家子。这一家人性格偏狠偏急、体格强壮，多为性情中人。冲突围绕这两大家族两辈人之间的婚姻展开，并最终得到解决。在第一代人的生活中，童年时代的成长过程被打乱，家庭功能失调，婚姻失败。造成这些破坏的原因主要体现在卡瑟琳·欧肖和希克厉两个人物身上。勃朗特对这两个人物的内心世界做了特别深入细致的描写。在第二代人的生活中，活下来的孩子卡瑟琳·林敦和哈里顿·欧肖，成为连接两个家族之间的桥梁。虽然故事提前结束了，但读者依然可以合理地预测他们二人最终将会顺理成章地结为夫妻，过上正常的家庭生活。勃朗特这样安排故事情节，她下意识地动用了一种生命历程模式，在这样一种模式中人从童年时代成长为在社会和性两方面都健康茁壮的成年人。虽然如此，但相对于这些年轻一代的主人公而言，多数读者依然对卡瑟琳和希克厉更感兴趣。

1　有关上述人性结构的更多讨论，参见 Gangestad & Simpson, 2007; Buss, 2005; Dunbar & Barrett, 2007。对文学达尔文主义的介绍和阐述，参见 Boyd, 2005: 1–23; Carroll, 2004; Carroll, 2008: 103–135; Gottschall & Wilson, 2005; Dutton, 2009。

两代人之间的差异可以用文类来解释，而文类则可以用人的生命历程来分析。一种进化而来的形成适应功能的人性，其物种专属的需求集中在如何建立符合共同社区规范的性关系和家庭关系上。这种关系构成浪漫喜剧和悲剧的核心。大多数浪漫喜剧都典型地以联姻成功结尾，因此证明并且赞美了在具体文化中社会组织对繁殖兴趣的处理方式。在悲剧中，性关系和家庭关系变得病态不堪，社会关系也因此而解体。[弗莱（Frye）对浪漫喜剧和悲剧结构的研究，在历经了半个多世纪的洗涤之后，仍然是最权威的。][1] 在第一代人的生活中，《呼啸山庄》播下了悲剧的种子，但第二代人的故事则以浪漫喜剧结束。潜在的悲剧走势出现了一个意想不到的转折。在大多数浪漫喜剧中，对家庭或社区的威胁都在结尾处被有效地控制或被压制下来。在《呼啸山庄》中，第一代人引发的矛盾没有完全被第二代人吸收。相反，卡瑟琳和希克厉的情绪本身逐渐形成一个独立的情感满足体系，在小说结尾派生出两个完全独立的生存圈，一个是仅仅限于人世的生存圈，另一个则是属于神话的生存圈。由哈里顿·欧肖和年轻的卡茜占据的生存圈属于浪漫喜剧的生存圈；而在神话的生存圈中，猛烈的情感冲击与自然界基本元素的威力相结合，摇身一变，以超自然使者的面貌出现。但浪漫喜剧与非理性的超自然因素的结合，却是一种不可调和的情感组织形式。这种不可调和的特点，在历代对该小说寓意的种种千奇百怪的解读中随处可见。

勃朗特本人当然不可能知道经由自然选择形成的适应功能这个概念，但是她肯定清楚关于人性的大众知识。[2] 要证明这种知识在故事中占据中心的参照点，让我们来看看故事中具体提到人性的三个地方。其一，当大卡瑟琳意识到她替希克厉说了几句好话就得罪了丈夫，表现出激动不安的情绪。纳莉·丁恩解释说，凡是冤家都不喜欢听赞美对方的话："这是人情之常啊。"[3]（118–119）其二，希克厉慢慢取得了呼啸山庄的控制权，但同时却引起普遍的敌对情绪，伊莎蓓拉在反思中意识到人处在这种恶劣的环

1　Frye, 1957.

2　勃朗特虽不可能知道进化论知识，但她却有关于畜牧业及自然历史的大众知识，参见 Goff, 1984: 477–508。

3　Brontë, 2003: 77.

境中很难"抱住人性中与人相通的同情心"。[1]（165）其三，年轻的卡茜在画眉田庄长大，当她第一次听说希克厉这个人复仇成性、冥顽不化，"这种对人性的新看法，给她留下很深的印象，叫她大为震动——过去她想都没有想到过呢，也从来不曾了解过啊"。（266）在希克厉而言，被扭曲了的人性停止了生长。虽然对卡瑟琳始终抱有激情，但除此之外，对其他人他基本上毫无例外地采取敌视态度。仇恨他人属于人性特征之一，但正面的社会交往能力也是人性的一部分。小说中没有一个人物把敌意当成社会生活中合法的压倒一切的原则。勃朗特与她心目中的观众都需要确认那种能够推动小说情节朝着浪漫喜剧之结局发展的共情。

大众对人性的认识为我们提供了一个基础，可以将解读《呼啸山庄》的适应主义视角跟人文主义的视角和后现代主义的视角加以比较。人文主义批评家并不公开地否认人性，但他们也不积极地寻求用进化理论来做解释。相反的是，他们把眼光放到某些形而上的、道德的或者形式的规范上，比如，宇宙的均衡、博爱、激情，或者形式与内容的统一，他们典型地将这种自己偏好的规范说成是对共同理解的一种终极推测。后现代批评家们刚好相反，他们将大众的概念从属于种种理论体系，比如，解构主义、弗洛伊德理论、女性主义，等等，不一而足，他们将故事中的人物强说成是这些理论的基本概念的寓意体现。在这些理论的后现代形式中，所有这些理论都强调象征建构的纯文化特征。在这种认识中，"自然"和"人性"它们本身就是文化产品。因为它们由文化组成并且由文化所生产，所以它们对文化没有任何约束能力。因此有弗雷德里克·詹明信（Fredric Jameson）的名言："后现代主义就是现代化进程完成之时、自然永远消失之后，你所拥有的东西。"[2]以后现代主义视角观之，任何诉诸人性的努力都必然会是将一种具体的文化理论做不真实的物化。通过有意地把自己与大众对人性的理解疏离开，后现代批评也将自己疏离于生物现实，疏离于勃朗特跟她理想中的观众分享的想象结构。其实在生

1　译注：译文有改动。

2　Jameson, 1991: ix. 人文主义视角对《呼啸山庄》的精彩解读，参见 Allott, 1958: 27–47; Cecil, 1935; Leavis, 1969: 85–138; Mathison, 1956: 106–129; Nussbaum, 1996: 362–382; Ghent, 1953/1961. 针对《呼啸山庄》的后现代批评，参见 Armstrong, 1982: 243–264; Eagleton, 1975/2005; Gilbert & Gubar, 1979; Homans, 1992: 341–358; Jacobs, 1989; Miller, 1982。

物理解与大众理解之中，就像在人文主义理解中一样，文本之外存在着一个世界。从适应主义角度来解读《呼啸山庄》，与从人文主义视角解读一样，必须对共同理解表示尊重；与从后现代主义视角解读一样，它饱含有无比的理论抽象的激情。以适应主义视角视之，大众的感知对人性的重要特征有深刻洞见，进化理论所做的只是，将这些特征放到有关人类生命历程分析的更大的理论体系之中。

解读小说的达尔文主义视角不对任何形而上的理想做出许诺，也不对形式美学统一的理想许诺。把人性看作一个中心参照点，并不要求批评家预先假设小说冲突有某种最终解决方案。恰恰相反，达尔文派的批评家将冲突的利益关系看作人类社会交往中特有的、不可免除的特征。[1]男女之间的性关系具有无可否认的积极的一面，但是也充满狐疑猜忌之心。即使在这种关系顺利之时，也不免有妥协，而所有的妥协都暗含着分裂。父母在他们的儿女身上投入了繁殖的努力，但儿女在他们自己身上投入更多，兄弟姐妹之间必须靠竞争去赢得父母的关注和父母掌握的资源。每一个人类有机体都是被他自己特殊的需要所驱动，以至于所有亲和行为都是对相互依存的利益做出临时性的安排。纳莉·丁恩明白这条原则。在回顾卡瑟琳·欧肖和埃德加·林敦婚姻中一瞬即逝的幸福时光时，她说："本来嘛，到头来我们总得替自己打算；那性格温和、慷慨的，比起那些作威作福的人，只是不那么一味自私罢了。一旦发生什么事情，彼此明白了原来我在你心中并不是占着最重要的位置，那幸福便终止了。"（112）哈里顿与卡茜将要结婚的前景让人联想到一种标准的浪漫喜剧，其中个人的利益汇入互利合作的婚姻关系之中。但没有一种婚姻关系是完美无缺、可以持续不变的，更常见的是矛盾无法解决的婚姻。《呼啸山庄》的结局将和谐的家庭生活与造成人类生命历程中深刻断裂的情感暴力重叠展现出来。

根据当代进化理论，打造了地球上所有生命的终极的规范原则是"内含适应"这一原则，[2]即对所有的亲缘关系而言，在繁殖过程中相关的个体

1　有关性关系与亲缘关系中的适应冲突，参见 Bjorklund & Pellegrini, 2002; Geary, 2005: 483–505; Geary & Flinn, 2001: 5–61。

2　译注：该术语的中文译文，译者参照了熊哲宏，张勇，晏倩译《进化心理学：心理的新科学》（第二版），见巴斯，2007: 247。

分享基因的原则。亲缘关系在不同的文化中有不同的表现形式，但是对亲缘关系的认识不只是一种文化产物。亲缘关系是一种物质的生物现实，在人体上显现出来。专属于人种的认知系统包含有认出亲属并给以偏袒的机制。大众心理学特别看重亲缘关系。[1] 正如我们可能想到的一样，亲缘关系自古以来在所有文化和所有历史时期的文学中都是一个重要的主题。在《呼啸山庄》中，这一共同主题表现得更加有力，更加具体。小说人物之间的亲缘关系表现在通过基因传递的解剖特征、神经系统和气质上。这些可以遗传的特征，通过几代人的交织融合，形成情节主题组织的主要结构。

希克厉和卡瑟琳身材高大健壮，好动，霸气，给人以盛气凌人的感觉。埃德加·林敦则身板单薄，表情呆板、迟钝，精神萎靡不振，虽然也温柔体贴，但情感上过于依赖人，秉性软弱。即使像纳莉那样喜欢他，也说"他是没救了；他是劫数难逃了"。（87）伊莎蓓拉·林敦刚好相反，她精力充沛，活力十足，甚至敢跟希克厉动手对打。她逃出希克厉的掌握之后，独自一人在雪地里奔跑四英里山路回到画眉田庄。她儿子林敦，外形孱弱，性格内向，是折磨他舅父埃德加一生的虚弱的极端例子。林敦·希克厉是"一个苍白的、细巧的、柔弱的男孩子，你简直可以错把他当作是东家的小弟弟呢，两人的容貌就那么相像；可是他的神气之间有一种病态的乖戾，那却是埃德加·林敦所从来没有的"。（239）伊莎蓓拉的儿子有"一双眼睛，又大而无神，真叫人遗憾；那双眼睛像他妈妈的眼睛，却一点没有她那种灼灼有神的光彩，只有在使性子、耍脾气的时候，才闪出一丝光芒来"。（247）虽然他身体虚弱，但林敦·希克厉发起怒来，控制不住自己，让人想起他父亲那邪恶的脾气。在场目睹这个小子"表现出一种发狂似的、却又是疲惫无力的愤怒"，老管家约瑟夫怀着异常的兴奋嚷道："对啦，活像他的老子！活像他的老子！咱们都不是一个成色的，是爷娘各半"。（298）讲到林敦·希克厉，纳莉·丁恩表现出残酷无情、赤裸裸的自然主义观点，跟她的上帝的想法一样。依她所见，林敦是一个"脾气坏透了的不起眼的小东西——一个面黄肌瘦、勉强活到了十几岁的细长条

1　对亲缘关系研究的整体概述，参见 Barrett, Dunbar & Lycett, 2002: 45–66; Kurland & Gaulin, 2015: 447–482。

儿！幸亏他别想活到二十岁了——希克厉先生就这样预料他"。（289）他活到了十几岁，但行为举止依然像个几岁的小孩，自私自利，爱发脾气。小卡茜跟她妈妈和姑妈一样，长得健康、开朗好动，她还有她妈妈家那种漂亮的黑眼睛和活泼的生气，有她父亲家那种金黄色的鬈发和秀气的容貌，温柔和顺的性格。"她总是笑呀闹呀的，但并不粗野，再加上她那颗心又是敏感、活跃到了极点。她跟你好起来就好得不得了，使我想起了她的母亲来。可是她又并不像她母亲，因为她能够像鸽子那样温柔和顺，她的声音又是那样柔和，她的表情带一种沉静的气氛。她生气的时候从来不曾暴跳如雷；她的爱也从来不是猛烈的。她爱得深沉、温柔"。（226–227）小卡茜没有继承她母亲那种不稳定的情绪，也没有表现出她母亲那种调戏别人、折磨别人时显露出的那种异样的喜悦。她表兄哈里顿·欧肖身材高大，面貌英俊帅气，虽然没有受过教育，但颇有底蕴，思路清晰，显然没有继承一丁点他父亲性格中那种致命的吸毒成瘾的弱点。呼啸山庄大门上镌刻的是他自己的名字，哈里顿·欧肖，时间是 1500 年。在他身上，欧肖家族最优良的品质终于开花结果。

几代人身上可以遗传的性格特征交织起来，以几乎是机械的步调发展，但是作者在这个发展过程中投入的意义本身最终并没有归纳为一个单一的统领一切的视角。叙事全部都是以第一人称来进行的，都是以参与者本人的口吻说出的，如"我看见"，"我说"和"我觉得"。通过这些第一人称的叙事人，作者勃朗特把她心目中的读者与故事关联起来，而她自己则隐身于故事之后。故事主要是由两个人来讲述的，洛克乌和纳莉·丁恩。洛克乌，是个有教养的年轻人，但是浮于事表，情绪容易激动，他所占据的位置是传统的共同读者的位置，小说中描写的残忍无情的世界让他震惊。纳莉更靠近故事的发生过程，跟两家人关系更紧密，更能理解当地的习俗，这些特点让她能够在洛克乌和小说的主要人物之间扮演中间人的角色，起到协调作用。她提供的视角帮助读者看到当地文化的特殊性如何成为人之普遍性的特殊反映。当洛克乌吃惊地发现约克郡的人们"确实是生活得更认真、更执着于自己，而不在乎浮面的东西，不在乎翻花样和那身外的琐屑的事物"，纳莉回应道："噢，在这点上我们跟别地方的人并没两样，以后你跟我们熟识了，就知道了"。（75）纳莉和洛克乌两人都对这里的人事表达意见，做出评判，但是他们都不能掌控故事的意义走向。纳莉头脑清楚，生性敏感，善解人意，温和柔顺，她遇事比洛克乌看得更透彻，但她的视角仍然摆脱不了偏颇之见，仍然带有局限。因为，她放不下个人心中的块垒，她尤其不喜欢卡瑟琳·欧肖和林敦·希克厉，她的有些见解鞭辟入里，但在她口中瞬间就变成传统的基督教说教，特别不适合用来解释她讲述的故事中涉及的动因。她占据的是读者的位置，对她来说，故事以一种浪漫喜剧来结束会带来最完美的满足感。

隐藏在第一人称叙事人后面的是隐含的作者，即艾米莉·勃朗特本人，她始终置身于小说中影响两代人命运的各种力量之外。作者为故事情节设计的结局有意以某种模棱两可的方式呈现出来。在故事结束的瞬间，小说显得像个平凡无奇的浪漫喜剧，但是上一代人变态的激情太猛烈，以至于不可能在这种浪漫喜剧的结构中得到平息。小说在叙述过程中用证据说明埋葬着卡瑟琳和希克厉遗体的这片土地依然被他们可怕的幽灵骚扰着，他们将来还会在此出没无间。小说最后一句话是，洛克乌"不禁感到奇怪，怎么会有人能想象，在这么一片安静的土地下面，那长眠者竟会不得安睡呢"。(401)但正是洛克乌本人，在呼啸山庄度过的那一夜，卡茜的鬼魂在他的梦中出现，趴在窗户上叫唤。虽然纳莉对卡瑟琳和希克厉的鬼魂还在荒原上游荡的谣言尽量显得不以为然，但是她也止不住说，连羊群都会避开那男孩看见希克厉和卡瑟琳鬼魂的地方，绕道而行。她本人更是害怕夜晚出门。

纳莉在讲述希克厉的故事时用了一句"那是一只杜鹃的历史"开始，(41)换句话说，这是一个讲述一个有机体后代的资源被寄生物侵占的故事，[1]那场表面上波澜不惊的侵占过程就是小说的核心冲突所在。这个生物学比喻敏锐地抓住了家庭的繁殖循环中出现的关键断裂。希克厉对种族而言是个异种，是卡瑟琳和亨德莱的父亲从利物浦大街上捡来的弃婴。在此之后，可以说读者没有见到任何解释，他就被他们的父亲宠爱有加，老欧肖对他的爱甚至超过了对他自己的亲生儿子亨德莱的爱。父亲去世后，亨德莱得到复仇机会，他用语言损他，动手打他，折磨他。但希克厉外出几年回来之后，他通过赌博获得了亨德莱的财产；在伊莎蓓拉去

1　译注：参见方平译《呼啸山庄》，见艾米莉·勃朗特，2010: 41。

世后，他又通过折磨和恐吓攫取了画眉田庄的所有权。他把小卡茜带走，虐待她，逼她跟自己俯首听命的儿子林敦·希克厉结了婚。从小说隐含的属于浪漫喜剧结局的正常的视角观之，希克厉属于一种外来力量，他潜入家庭和财产的内部世界，用阴险的犯罪手段打乱了这个世界的秩序，霸占了这个世界的统治权，摧毁了这个世界的社交礼仪。在浪漫喜剧的结局中，历史的延续性被恢复，财产回到继承人手中，家庭作为社会生活的主要组织原则被重新建立起来。土地继承权是社会经济组织的具体形式，但是这种具体形式只是本地文化资源，用以协调父母与子女之间以生物为基础的关系。带着偏爱将资源分配给自己的后代，这不是一个本地文化现象，甚至也不是一个只属于人的现象。它是一种人类和所有其他物种分享的生命条件，其中父母在后代身上投入极大。[1] 杜鹃的历史是一种根本的生物关系被彻底掐断了的历史。

勃朗特把完成主题目标的任务交给了第二代人，要求他们努力恢复在上一代人生活中被打乱的遗传谱系和社会秩序。小卡茜在这一段故事中扮演了主要角色。在她与林敦·希克厉和哈里顿·欧肖的短暂的关系中，她遇到了道德挑战，通过面对这些挑战她象征性地挽回了她父母一代的失败。尽管希克厉儿子以恶言恶语相待，她依然在他生命的最后时刻，关心他，安慰他。在他去世之后，她跟哈里顿·欧肖建立了一种健康的关系。林敦·希克厉是个不幸之人，因自闭症而遭受身体折磨，怪癖的性格令人避之不及。在他去世之前，小卡茜对他可以说是关怀备至，这种行为在小说总的情感氛围中引入了一个新鲜成分，即以救赎为目的的博爱精神。她对哈里顿的态度，在开初并不怎么亲密，她的势利之心反映了扭曲她母亲婚姻的不同阶级之间的隔阂。小卡茜觉得自己因与哈里顿有一层表亲关系而抬不起头，她轻蔑地把他称为乡巴佬、白痴。后来卡茜克服了这种势利眼，与哈里顿结成好友，成功地化解了那种把上一代人毁灭的社会野心与个人嗜好之间的冲突。林敦·希克厉体现的是上一代人身上最坏的品质，即希克厉的阴险歹毒和林敦一家的被动软弱。哈里顿与小卡茜两人则体现了为人的最好品质：慷慨大方，坚强不屈，同时不乏细腻体贴的柔情。甚

1　有关父母投入理论的范畴及重要性，参见 Figueredo, Vásquez, Brumbach & Schneider, 2007: 47–73; Trivers, 1972: 136–179。

至希克厉也被纳入浪漫喜剧的结局之中,虽然他的参与采取的是负面形式。哈里顿和小卡茜两人的眼睛长得很像卡瑟琳·欧肖的眼睛。有一次见到他们两人坐在一起读书,突然同时把头抬起来,希克厉吃惊地发现他们身上这一跟卡瑟琳相像的地方,这一发现几乎浇灭了他复仇的欲望。当他以他的方式死去时,他留给这一代年轻人空间,自由地去追求他们的幸福。

多数读者在读到希克厉死去的时候最强烈的感受很可能是一种解脱。在这一点上,洛克乌和纳莉两人在小说中起到了提供共同读者的视角的作用。洛克乌在小说最后的结局到来之前旋即离开了画眉田庄。他在此地的所见所闻,不外是乡下人鲁莽的行为举止、冷酷残忍的用心和狠毒的报复。此地四处弥漫着阴郁、愤怒、苦涩、蔑视、愤懑的气氛。希克厉、哈里顿和小卡茜居住、生活的呼啸山庄,四处肮脏污秽,房屋陈年失修。洛克乌再回来的时候,希克厉已经去世,院子里长满花草,两个漂亮的年轻人,正处在幸福的热恋之中。纳莉·丁恩也显得心满意足。很少有读者会觉察到所有这一切其实都是在更大的灾难到来之前的短暂的平静。有点像暴风雨之后的天晴,或许甚至更像精神失常的罪犯回到监狱,发现过去的牢房变成了快乐的家。[1]

常常有许多读者对卡瑟琳和希克厉的遭遇表达了惋惜之情,但很少有读者觉得他们可爱,或者发现他们二人在道德上有吸引力。虽然如此,但对这两个人物的读者反应历史清楚地表明,他们两人有独属于他们的魅力。照平庸的现实主义方式观之,他们之所以如此生龙活现,是因为他们的行为动机没有什么特别之处,跟平常人一个样,充满浪漫色彩和社会野心。以超自然的奇幻小说角度观之,他们是恶魔的精灵。但这两种角度似乎都不能完全抓住这两个人物的象征力度。他们二人关系的核心,是一种浪漫主义的认同,他们将自己的情感与自然之力等同起来,这种认同作为媒介孵化了两个少年之间紧张而反常的心理联系。当卡瑟琳描述她跟大地的联系时,她告诉纳莉她有一次梦见她在天堂里,但是"天堂不像是我的家,我哭碎了心,闹着要回到人世来,惹得天使们大怒,把我摔了下来,直掉在荒原中心、呼啸山庄的高顶上,我就在那儿快乐得哭醒

---

1 Lord David Cecil 曾对《呼啸山庄》做出过最佳、最具影响力的人文主义阐释。他将这种暴风雨与平静的意象称为形而上的终极均衡——"宇宙的和谐",见 Cecil, 1935: 174。

了"。（97）卡瑟琳打算嫁给埃德加·林敦，因为他比希克厉有更高的阶级地位，但与此同时，她自己又意识到阶级对她而言不过是个表面的区别，并不代表真正的个人身份："我对林敦的爱，就像挂在林子里的一簇簇树叶，时光会改变它，我很知道，到了冬天，树叶片儿就要凋落了。我对希克厉的爱，好比是脚下的永恒的岩石，从那儿流出很少的、看得见的快乐的泉源，可是却必不可少。纳莉，我就是希克厉！"（99–100）在他们很小的时候，希克厉和卡瑟琳就产生了相互之间的认同，时常觉得自己就是对方，对方就是自己。两个人都把对方看成是自己的"灵魂"。在生活中，彼我不分，觉得自己完全是对方自我的映照。这是一种很特别的联系，将自恋与对另外一个人的依恋奇怪地混合起来。自恋与社会联系相混，变成一种动机，这种动机把个人身份独一无二的完整性转化成为二阶关系。多萝西·范·根特（Dorothy Van Ghent）非常敏锐地指出这种二阶关系有性功能失调的特征。这种关系不是"一种性爱的关系，从自然主义角度来考虑"，因为"一个人不会跟他自己'结成配偶'"。[1] 在正常发展的人类有机体中，两个个体的真正结合不会发生在单一有机体的层次上，而只能在遗传层次上，在受精卵子和其后产生的分享了父母双方基因的新的有机体上。

个人身份的独一无二的完整性是基于生物现实的一种心理现象。人类个体是包裹在皮肤之下的身体，有各种神经系统，向浸泡在血液中、被骨骼包住的大脑发送信号。个体身体与外在环境的物质之间，比如空气、水和食物，不停息地进行着化学交换，但是这些包裹在皮肤之下的身体、神经系统和大脑组成了自己不断循环的生理系统，这些不停运转的生理系统只可能被死亡切断。勃朗特的想象坚持以身体现实为对象，坚持身体的优先性，坚持将自然主义的物质观延伸到对希克厉和卡瑟琳特殊的个人身份的描写上。在卡瑟琳去世之后十八年，埃德加·林敦去世。在他的葬礼上，希克厉向纳莉提到他有天晚上恋尸狂病症发作，去卡瑟琳墓地游荡。在那里，他让教堂司事将棺木打开，把靠近他未来的坟墓的一边打掉，还买通司事，嘱咐他在埋他的时候将他的棺材的这一边木板也拿掉。（341）卡瑟琳与希克厉终于能够完满地合体，但不是通过以成功繁殖为目的的性结合，而是通过腐烂的肉体的合并。如果恋尸狂可以被合理地诊断为病态的性格，那么勃朗特在卡瑟

1　Ghent, 1953/1961: 158.

琳和希克厉的关系中投入的移情力度也可以合理地说成是病态。

在恋尸狂中到达高潮的病态把繁殖循环链切断了，它的根源在繁殖循环的前一个阶段出现的断裂，即在儿童发展时期的断裂。歇斯底里病是卡瑟琳的最终死因，在她第一次发病之后，她告诉纳莉她刚从昏睡病中醒来，"好不奇怪，我过去整整七年的生活变成了一片空白！在我的脑子里连一点儿影子都想不起来。我还是一个小女孩"。（151）她觉得她是"一个陌生人的妻子"，她一心想回到她的童年时代，"我但愿我又变成了一个小女孩，又泼辣，又顶得住，又无拘无束"。（152）在心理上把自己定格在童年时代，是一种极具诱惑力的浪漫幻想，但是浪漫下面埋伏着难以平息的情绪，其心理能量主要源于两个孩子家庭关系的创伤性断裂。希克厉是个孤儿，或者说弃儿。卡瑟琳的母亲，像艾米莉·勃朗特自己的母亲一样，在她还未成年时就撒手人寰。她父亲在情感上跟她比较疏远。两个孩子都表现出极强的个人占有欲望。他们有能力建立情感联系，这种能力进入他们的相互关系之中。但是希克厉和卡瑟琳都没有能够成长为在社会关系和性方面健康的成人。希克厉的社会联系，包括他跟他自己儿子的关系，都不成功，且具有毁灭性。他最终把自己毁了。卡瑟琳则被她对童年过分的依恋和她成年后的婚姻关系之间不可调和的冲突所撕裂。她至死都未能与她丈夫取得认同。她在自己小孩出生后两小时即离世。猛烈的情感吞噬了她自己的生命，这也是一种极度的焦虑症状，强大到足以将任何强壮的身体毁灭。[1]

1　讨论卡瑟琳与希克厉之间成年人浪漫关系中的未成年特征，参见 Cecil, 1935: 167; Mendelson, 2006: 47–55; Spacks, 1975: 138; Stoneman, 2002: 234–235; Ghent, 1953/1961: 158–159, 169。Gilbert 与 Gubar 指出，"勃朗特的所有小说都背叛了失去母亲、成为孤儿、陷入赤贫所激起的强烈情绪"（Gilbert & Gubar, 1979: 251）。Leo Bersani 指出，"歇斯底里的孩童的情感语域定格了这部小说的情感语域"（Bersani, 1969: 203）。对母子分离所造成的持续创伤的达尔文主义研究，参见 Bowlby, 1982。勃朗特本人对失去母亲的创伤反应，参见 Chitham, 1987: 205, 210, 213–214。Jeffrey Berman 运用约翰·图比的概念分析了这部小说，参见 Berman, 1990: 78–112。Wion 以精神分析为框架定义希克厉为卡瑟琳·欧肖的替代母亲，参见 Wion, 1985: 146。Massé 对卡瑟琳的自恋做出弗洛伊德式解读，参见 Massé, 2000: 135–153。Moglen 和 Schapiro 对比了上一代的自恋倾向与下一代的成熟标准，参见 Moglen, 1971: 398; Schapiro, 1994: 49。相反，Bersani 虽也运用了弗洛伊德的理论进行分析，但他却证明了上一代崩解式的情感暴力的合理性及意义，参见 Bersani, 1969: 214–215, 221–222。

在大众对人性的理解中，自我保存的需要和保护亲缘关系的需要最为迫切。以达尔文主义视角观之，这些需要是最基本的适应机制的要求，通过这些要求的约束，内含适应塑造了属于人这个物种的动机系统。在《呼啸山庄》中，当故事情节朝着第二代人的结局发展时，我们可以看到勃朗特自己似乎被那个动机系统紧紧抓住。她如此深入希克厉和卡瑟琳的内心，将他们所感真切地展现出来，这种细致入微的移情描写表明勃朗特自己的倾情投入，像希克厉和卡瑟琳一样，作者自己也需要将这些情感纠结从人的生命历程的约束中释放出来。在把这些想象的事情变为小说叙述的过程中，有些最激烈的时刻，情感暴力化身成某种超自然力量的面貌出现，独立于故事的其他细节，比如，卡瑟琳的鬼魂趴在窗户上厉声嘶叫着要进屋里来，死缠着希克厉要把他诱入另一个世界。对卡瑟琳和希克厉来说，死亡是一种精神上的胜利。把情感暴力转化为超自然力量使得他们有机会逃离互动的社会关系和性繁殖的世界。在哈里顿和小卡茜占据的世界中，男人和女人在相互对立的利益面前都做了妥协，成功地结成二阶性关系，在繁殖循环中找到了属于自己的位置；而在希克厉和卡瑟琳的世界中，性别的差异消失了，两个人只剩下一个单一的个人身份，这个单一的身份甚至也被一个万物有灵的自然世界吸入其中。[1]

对于读者而言，希克厉和卡瑟琳这两个人物似乎有无穷的魅力。究其根源，这种魅力的源泉是多方面的，比如，对童年时代的眷恋、对无助的儿童怀有的同情之心、兄弟姊妹之间浓厚的手足之情、专一的爱恋之情折叠起来变成不解的自恋、强烈的自我表现欲望、难以抑制的占有欲、难以排解的报复心理和复仇冲动、挣脱传统社会羁绊的解脱感、对物质世界的自然主义感受、与自然合一后发现万物有灵的兴奋、死而不灭的奇异幻觉，所有这些合起来产生出难以抗拒的感染力。第二代人完婚之日似乎指日可待，但是期待之情冲淡了前面那些情节激起的情绪，把小说的感染力降低到浪漫喜剧的普通的满足感。虽然如此，勃朗特自己投入的情感在结

1　关于勃朗特想象中超自然及万物有灵的方面，参见 Cecil, 1935: 162–170; Geerken, 2004: 374–376, 385–386; Maynard, 2002: 204–209; Traversi, 1949: 154–168; Allott, 1970: 157–176; Ghent, 1953/1961: 164–165。关于《呼啸山庄》中自然与社会的划分问题，参见 Eagleton, 1975/2005: 97–111。尽管伊格尔顿试图在一个与勃朗特本人视角截然不同的乌托邦式社会规则里寻求解决办法，但他的批评强有力地点明了该小说中的精神——社会压力。

局之外依然此起彼伏，回荡不止。比如，鬼魂依然在荒原上游走，它就是尚未完全平息的内心冲动的外在表现。当读者被勃朗特笔下的希克厉和卡瑟琳这两个人物完全吸引住的时候，他们屏住呼吸，紧随勃朗特起伏的笔触，时时为笔下溢出的强烈情感所震撼。因为这些撼动读者心绪的情感是因故事中性和社会关系的断裂而起，所以，读者也跟随作者的步伐，被带入躁动和不满的情绪之中，自然不会停步于普通平凡的生活提供的快感上。

《呼啸山庄》的故事充满摄人心魄的紧张情节，这种紧张感来源于把生命组织成适应功能系统的各种动机以及对这一系统的自动反抗上。在勃朗特的想象中，随着反抗强度的增加，反抗的火焰就会慢慢熄灭，反而留下更加生动的印象。即使如此，勃朗特遵循浪漫喜剧的格局来写作故事情节，已经默认她自己离不开对人类生命历程基本构架的依靠。她为笔下的各色人物预先设计出他们整个的人生历程。这些人物感情充沛、个性突出，但是生命之光一闪即逝，死亡潜伏四方，个人在眨眼间又被繁殖循环的洪流带走。卡瑟琳和希克厉似乎挣脱了那个循环怪圈，但是最终他们两人也只落得是两个在荒原上游荡的孤魂野鬼，由痛苦和悲伤投下的两幅死亡的阴影。把这些阴影扶起来，变成活生生的人物，让勃朗特在能够尽情表现那种反抗精神的同时，又能满足将死者赋予神圣意义的需要。这个略显仓促的结局暗示这个世界上没有终极的形而上的和解，没有道德规范，没有超越的美学统一，乌托邦只是个幻想。勃朗特塑造的这些人物有声有色，在读者心中引起共鸣，原因之一在于她以非凡的艺术创造力唤醒了我们日常生活中习以为常的适应功能系统中无法解决的矛盾冲突。

（余石屹译）

* 译者注：本文译自 Joseph Carroll, "The Cuckoo's History: Human Nature in *Wuthering Heights*," *Philosophy and Literature*, Vol. 32, No. 2, October 2008, pp. 241–257。注释部分略有调整。

参考文献

巴斯. 2007. 进化心理学：心理的新科学（第二版）. 熊哲宏，张勇，晏倩译. 上海：华东师范大学出版社.

艾米莉·勃朗特. 2010. 呼啸山庄. 方平译. 上海：上海译文出版社.

Allott, M. 1958. The Rejection of Heathcliff?. *Essays in Criticism, 8*, 27–47.

Allott, M. 1970. *Introduction to Emily Brontë: Wuthering Heights: A Casebook.* Houndmills: Macmillan.

Armstrong, N. 2005. Emily Brontë in and out of Her Time. *Genre, 15*, 243–264.

Barrett, L., Dunbar, R., & Lycett, J. 2002. *Human Evolutionary Psychology.* Princeton: Princeton University Press.

Berman, J. 1990. *Narcissism and the Novel.* New York: New York University Press.

Bersani, L. 1969. *A Future for Astyanax: Character and Desire in Literature.* Boston: Little, Brown.

Bjorklund, D. F., & Pellegrini, A. D. 2002. *The Origins of Human Nature: Evolutionary Developmental Psychology.* Washington: American Psychological Association.

Boyd, B. 2005. Literature and Evolution: A Bio-Cultural Approach. *Philosophy and Literature, 29*, 1–23.

Bowlby, J. 1982. *Attachment and Loss* (2nd ed.) (vol. 3). London: Hogarth.

Brontë, E. 2003. *Wuthering Heights: The 1847 Text, Backgrounds and Criticism* (4th ed.). New York: W. W. Norton & Company.

Buss, D. M. 2005. *The Handbook of Evolutionary Psychology.* Hoboken: Wiley.

Carroll, J. 2004. *Literary Darwinism: Evolution, Human Nature, and Literature.* New York: Routledge.

Carroll, J. 2008. An Evolutionary Paradigm for Literary Study. *Style, 42*, 103–135.

Cecil, L. D. 1935. *Early Victorian Novelists: Essays in Revaluation.* Indianapolis: Bobbs-Merrill.

Chitham, E. 1987. *A Life of Emily Brontë*. Oxford: Blackwell.

Dunbar, R., & Barrett, L. 2007. *Oxford Handbook of Evolutionary Psychology*. Oxford: Oxford University Press.

Dutton, D. 2009. *The Art Instinct*. New York: Bloomsbury Press.

Eagleton, T. 1975/2005. *Myths of Power: A Marxist Study of the Brontës*. Houndmills: Palgrave.

Figueredo, A. J., Vásquez, G., Brumbach, B. H., & Schneider, S. M. R. 2007. The K-Factor, Covitality, and Personality: A Psychometric Test of Life History Theory. *Human Nature, 18*, 47–73.

Frith, G. 1997. Decoding *Wuthering Heights*. In T. J. Winnifrith. (ed.) *Critical Essays on Wuthering Heights*. New York: Hall-Simon and Schuster, 243–261.

Fromm, H. 1991. *Academic Capitalism and Literary Value*. Athens: University of Georgia Press.

Frye, N. 1957. *The Anatomy of Criticism: Four Essays*. Princeton: Princeton University Press.

Gangestad, S. W., & Simpson, J. A. 2007. *Evolution of Mind: Fundamental Questions and Controversies*. New York: Guilford Press.

Geary, D. C. 2005. Evolution of Paternal Investment. In D. M. Buss. (ed.) *The Handbook of Evolutionary Psychology*. Hoboken: Wiley, 483–505.

Geary, D. C., & Flinn, M. V. 2001. Evolution of Human Parental Behavior and the Human Family. *Parenting: Science and Practice, 1*, 5–61.

Geerken, I. 2004. "The Dead Are Not Annihilated": Mortal Regret in *Wuthering Heights. Journal of Narrative Theory, 34*, 374–376, 385–386.

Ghent, D. V. 1953/1961. *The English Novel: Form and Function*. New York: Harper Torchbooks.

Gilbert, S. M., & Gubar, S. 1979. *The Madwoman in the Attic: The Woman Writer and the Nineteenth-Century Literary Imagination*. New Haven: Yale

University Press.

Goff, B. M. 1984. Between Natural Theology and Natural Selection: Breeding the Human Animal in *Wuthering Heights*. *Victorian Studies, 27,* 477–508.

Gottschall, J., & Wilson, D. S. 2005. *Literature and the Human Animal: Evolution and the Nature of Narrative.* Evanston: Northwestern University Press.

Homans, M. 1992. The Name of the Mother in *Wuthering Heights*. In L. H. Peterson. (ed.) *Wuthering Heights: Complete, Authoritative Text with Biographical and Historical Contexts, Critical History, and Essays from Five Contemporary Critical Perspectives.* Boston: Bedford-St. Martin's, 341–358.

Jacobs, C. 1989. *Uncontainable Romanticism: Shelley, Brontë, Kleist.* Baltimore: Johns Hopkins University Press.

Jameson, F. 1991. *Postmodernism, or, the Cultural Logic of Late Capitalism.* Durham: Duke University Press.

Kurland, J. A., & Gaulin, S. J. C. 2015. Cooperation and Conflict Among Kin. In D. M. Buss. (ed.) *The Handbook of Evolutionary Psychology.* Hoboken: Wiley, 447–482.

Leavis, Q. D. 1969. A Fresh Approach to *Wuthering Heights*. In F. R. Leavis, & Q. D. Leavis. (eds.) *Lectures in America.* New York: Pantheon-random, 85–138.

Massé, M. A. 2000. "He's More Myself Than I Am": Narcissism and Gender in *Wuthering Heights*. In P. L. Rudnytsky, & A. M. Gordon. (eds.) *Psychoanalyses/ Feminisms.* Albany: State University of New York Press, 135–153.

Mathison, J. K. 1956. Nelly Dean and the Power of *Wuthering Heights*. *Nineteenth-Century Fiction, 11,* 106–129.

Maynard, J. 2002. The Brontës and Religion. In H. Glen. (ed.) *Cambridge Companion to the Brontës.* Cambridge: Cambridge University Press, 204–209.

Mendelson, E. 2006. *The Things That Matter: What Seven Classic Novels Have to Say About the Stages of Life.* New York: Pantheon.

Miller, J. H. 1982. *Fiction and Repetition: Seven English Novels*. Cambridge: Harvard University Press.

Moglen, H. 1971. The Double Vision of *Wuthering Heights*: A Clarifying View of Female Development. *Centennial Review, 15*, 398.

Nussbaum, M. 1996. *Wuthering Heights*: The Romantic Ascent. *Philosophy and Literature, 20*, 362–382.

Schapiro, B. A.1994. *Literature and the Relational Self*. New York: New York University Press.

Spacks, P. M. 1975. *The Female Imagination*. New York: Knopf.

Stoneman, P. 2000. *Emily Brontë: Wuthering Heights*. Cambridge: Icon.

Stoneman, P. 2002. The Brontë Myth. In H. Glen. (ed.) *Cambridge Companion to the Brontës*. Cambridge: Cambridge University Press, 234–235.

Traversi, D. 1949. *Wuthering Heights* After a Hundred Years. *Dublin Review, 202*, 154–168.

Trivers, R. 1972. Parental Investment and Sexual Selection. In B. Campbell. (ed.) *Sexual Selection and the Descent of Man 1871–1971*. Chicago: Aldine, 136–179.

Wion, P. K. 1985. The Absent Mother in Emily Brontë's *Wuthering Heights*. *American Imago, 42*, 146.

莎士比亚戏剧《李尔王》的进化论解读[1]

约瑟夫·卡罗

一、进化论视角可以为《李尔王》的理解提供什么新东西？

《李尔王》被普遍认为是世界文学中最伟大的作品之一，也是对读者最具有挑战性的作品。挑战不只是在语言的复杂深奥上，读者往往需要注释的帮助才能读懂那些现在已经很少再用的术语和说法，当然这些难点是莎士比亚戏剧共有的现象。真正的挑战是在情感的深度和想象的广度上。进化论视角可以从三方面帮助读者去迎接这些挑战：首先，进化论视角可以提供与该剧旗鼓相当的形而上的视野；其次，进化论视角可以提供与该剧一致的有关人类动机和价值的思考；最后，进化论视角可以将人性普遍特征与该剧具体的历史表述整合为一体。

二、天意相对于盲目变异和选择性保留

解释《李尔王》的努力往往被简单化了，以为只要把该剧笼统地塞入一个扬善惩恶的世界图景之中就完成了任务。在长达一个半世纪多的时间里（1681–1834），剧院里上演的《李尔王》所用的剧本是诗人内厄姆·泰特（Nahum Tate）改编的本子，他把结尾改编成幸福的大结局，插入爱德伽与考地利亚之间的爱情故事，让所有的正面人物最终都过上好日子。在舞台上，差不多两个世纪之前才恢复了该剧原来的形式。虽然如此，20世纪对该剧的解读大都仍停留在救赎和安慰两大主题上。[2]

在剧中，李尔王、坎特、爱德伽、阿班尼和格劳斯特这几个人物都说

---

1 译注：引文译文主要采自梁实秋译《李尔王》（莎士比亚，2001）；译文的具体出处见文中夹注。另外译者还参照了朱生豪译《李尔王》（莎士比亚，2015b）；彭镜禧译《李尔王》（莎士比亚，2015a）。

2 从救赎主题解读《李尔王》的有 Dowden, 1918; Bradley, 1904/1991; Knight, 1989。对此类解读的批评见 Everett, 1960; Foakes, 2004: 45–54。从基督教视角对《李尔王》的解读见Vickers, 1993：第七章。

过人生祸福是天神决定的，但剧中的行动却没有给出任何证据说明有个正义之神在看护着个人的命运。反面人物的暴行最终在他们自己身上得到报应，但这些暴行同时也带走了考地利亚、李尔王、格劳斯特伯爵、康瓦公爵的仆役，可能还有弄臣的生命（弄臣从第三幕起就再没有出现过）。坎特伯爵也宣布说他命在旦夕。在所有的主要人物中，只有阿班尼公爵和爱德伽活着。对人的社会关系持自然主义观点的人很容易理解这种结局，但对持有神意世界观的人而言，确实难以理解。这就是为什么泰特认为这部剧有必要修改的原因。

在进化理论的框架之内，生命是个机械的、盲目的发展过程。任何一代有机体的出生率都高于能够存活下来和能够成功繁殖的数量；有机体之间在生存和繁殖上存在着差异；拥有差异优势的有机体繁殖率更高，也能够把这种优势遗传给他们的下一代。这个简单的因果链说明生命的进化不需要什么达到宏大的目的才能完成。人的动机和价值也不需要以神意作为起点。从进化的角度来看，如果人们想证明伦理价值的正确与否，他们只需要在纯粹属于人的语境中寻找理由。

《李尔王》中的很多人物都对为人的艰难发表过宏论。但是只有一个人物的话，可以说是偏离了该剧的行动目的，或者说超越了该剧可以提供的证据支持。在李尔王和考地利亚一方在战场上失利之后，为了鼓舞格劳斯特的精神，爱德伽对他大声怒吼道："人必须忍受离开世间，一如忍受来到世间：要等时机成熟。"[1]（5.2.9–11）这句话与爱德伽维护正义之神的话相矛盾。在打败了哀德蒙之后，爱德伽说过，"天神是公正的"。（5.3.168）因为天神"以我们的色欲的罪恶作为惩罚我们的工具"。格劳斯特的罪恶是私通："他和人私通而生了你，结果是他的眼睛付了代价。"（5.3.170-171）这种苛刻的道德观在一个恪守教规的神权国家可以说一点也不为过，但是听起来一点不像是莎士比亚的态度。对照而言，用"要等时机成熟"就没有一点说教的语气。这个比喻是从植物的生长过程来的，所以就没有特指人的什么特征发展成熟，但这种成熟的意象还是随着剧情的发展浮现出来。

1　同现今《李尔王》的多数版本一样，此处所引用的文本合并了《李尔王》四开本和对开本的底本内容。

三、文学批评与当代心理学的差距

我们对他人的动机和情感有一种共享的直觉，进化心理学家把它称为大众心理学。他们认为大众心理学跟进化心理学相距不远。人类是一种社群生活程度很高的物种，能够理解他人的性格和目的，这种能力在人类生活中一直具有适应价值。[1] 文学给以直觉为基础的大众心理学以最为充分的表达。的确，不久以前，虚构文学对人性的真知灼见比其他任何心理学理论所能够提供的洞见要丰富得多。现在职业心理学家终于能够与小说家和戏剧家们并驾齐驱了，但是仍然有许多文学理论家和批评家在这一点上远远落后于当代心理学研究。他们还在沿用弗洛伊德精神分析理论。这种理论基本上是错误的。弗洛伊德所谓的发展阶段，很久以前就被严谨的心理学家所抛弃。俄狄浦斯情节作为弗洛伊德的发展心理学的中心猜想也早已经在多方面被证伪。弗洛伊德心理学不能够合理地解释两代关系的真相。父母与孩子之间的紧密关系是人最重要的经验，在《李尔王》中占有显著地位。因为弗洛伊德心理学过分强调纯性欲动机，就必然限制了我们对罗曼蒂克爱情的理解，这种爱情其实在性欲之外还有赞赏和仰慕，比如法兰西王就是这样对待考地利亚的；同时还限制了我们的批评视野，让我们看不到男女之间还有礼尚往来存在，让只关注男性支配权的女性主义批评有失偏颇之虞。[2]

当代西方文学批评家典型的做法是将弗洛伊德的家庭关系概念与女性主义的性别概念，以及一些马克思主义的社会动力概念相混合。这种解释路径，基本无法解释莎士比亚对人类行为的理解。他们从两方面削弱了我们对《李尔王》的深入解读：其一，闭口不谈文艺复兴时期皇权观念之中饱含的敬仰之情；其二，掩盖了对共同人性的认识。[3]

1　关于大众心理学的进化论概念见 Geary, 2005；Mithen, 1996；Sterelny, 2003。

2　弗洛伊德精神分析在专业心理学领域的衰落参见 Crews, 1998；Eysenck, 1991；Webster, 1995。证伪弗洛伊德俄狄浦斯情结理论的研究参见 Degler, 1991。关于进化发展心理学参见 Bjorklund & Pellegrini, 2002。对罗曼蒂克爱情的进化论解读参见 Gottschall & Nordlund, 2006；同时讨论罗曼蒂克爱情及父母与孩子之间紧密关系的进化论解读可见 Nordlund, 2007。对以弗洛伊德心理学理论解读莎士比亚作品的批评参见 Vickers, 1993：第五章；莎士比亚作品的女性主义解读参见 Levin, 1988；Vickers, 1993：第六章。

3　美国最后一位著名马克思主义经济学家是保罗·斯威齐（Paul M. Sweezy）。他与保罗·巴兰（Paul A. Baran）合著的杰作《垄断资本》于近半世纪前出版。对莎士比亚作品的马克思主义解读的批评参见 Vickers, 1993：第七章。有关文艺复兴时期的皇权观念参见 Wells, 2009：第四章。

四、原型说与生物文化批评

《李尔王》故事发生的历史时期不是特别清楚，故事原本是放在前基督教时代。全剧除了一处简略地提到上帝之外，莎士比亚笔下的人物提到的只是异教时代的神祇。虽然如此，剧中描写的或提到的爵位、头衔、军事装备以及日常生活用品及方式更适合于 16 世纪，而非英国远古的野蛮时代。通过模糊历史时期，同时唤醒自然、动物以及人体的各种意象，莎士比亚把我们的注意力从任何具体的文化背景引开，让我们去关注人的共性，即身体上的感觉（特别是痛苦），人的基本动机、基本情感，亲密的家庭关系，以及基本的社会组织原则。[1]

20 世纪前期，研究《李尔王》的最杰出、最有影响力的批评家们，他们都强调普遍主题和经常被称为原型的意象。[2] 原型批评家们让读者更容易理解为什么莎士比亚在全世界不同文化中都受到普遍的喜爱，为什么在我们的时代，虽然政府机构、宗教设施与伊丽莎白时期的英国相比截然不同，但像《李尔王》这样的作品仍然会引起敬畏与惊奇。虽然如此，原型批评家们没有想过，也没有做出过任何努力，去把普遍主题和意象与以生物性为基础的对人性的理解联系起来。其结果是，原型批评缺乏对因果关系的解释，而这种解释必须将文学研究与生物学和心理学结合起来才可以实现。原型批评还缺乏对人类动机和情感的整体理解。

威尔逊·奈特（G. Wilson Knight）在布拉德利（Bradley）之后，宣称《李尔王》所写的"不是英国人，而是全人类，不是英格兰，而是全世界"。[3] 这种对普遍性的宣称显然有夸大其词之嫌。《李尔王》中所写的宗教是异教、多神教，不是基督教、伊斯兰教或佛教。政治组织是王权的、封建的，不是部落的、共和制的，不是资本主义，或社会主义。剧中人物为贵族、奴仆、士兵或农民，没有狩猎人/采集人、部落战士、帝国行政官员、带薪工作人员、商人或者资本家。《李尔王》中有文化鲜明的宗教和

---

1 关于动物意象参见 Bradley, 1904/1991: 244–245；Holloway, 1961: 80–84；Knight, 1989: 205–211；Spurgeon, 1930: 342。

2 针对《李尔王》的普遍主题研究主要包括 Bradley, 1904/1991；Knight, 1989；Mack, 1965。较新的《李尔王》"原型"解读参见 Boose, 1982。

3 引自 Knight, 1989: 202；Bradley, 1904/1991: 240。

社会政治背景，规定了人物可能拥有的价值观和信仰形式。他们可以想象天神直接介入人的生活，或行善或为恶，但他们却想象不出这一套神话，说上帝之子把世界从罪恶中拯救出来，将救赎所有接受其神性的人。他们可以想象在物质上更公平的分配方式，可以质疑政治权威的合法性，但他们不能想象以无产阶级之胜利为结局的历史进程。

五、生物文化批评与新历史主义

过去三十几年以来，历史主义批评家们坚信人的信仰和价值完全是由特定文化决定的，坚决排斥人有普遍性这种思想。新历史主义的主要理论家、文化历史学家米歇尔·福柯预设任何特定文化中的信仰和价值都是由权力决定的。[1] 新历史主义的主要批评家斯蒂芬·格林布拉特（Stephen Greenblatt）认为《李尔王》是"16 世纪后期到 17 世纪早期英格兰重新定义社会中心价值的一次激烈和长期的斗争中的一部分"。（95）那场斗争，正如格林布拉特所信，涉及"重新思考已有的概念分类，统治精英阶层用这套概念分类建构了他们的世界，他们还尽力把这一套概念分类强加到人民大众身上"。（95）这种由上至下推行的信仰和价值理论，记录了一个社会互动的重要特征，即权力与从属关系。这种由上至下的理论建构排除了任何对共同兴趣、价值和信仰的开放的或者同情的理解。按照新历史主义对文化的解释，人们对一个共同体的归属感，这种现实中最为常见的人类经验，一方面被简化成玩世不恭的操控他人之险恶用心，另一方面，则被看成是愚蠢至极的轻信。

一方面，新历史主义鼓吹价值和信仰完全是由文化"建构"的；另一方面，新历史主义的追随者们掩盖了一个更深层次的真相，即信仰、价值和社会实践起源于人性中因进化而来的适应特征。正是从这些适应特征中，人类所建构的文化产品最终获得了它们饱含的激情和想象力。这个论点，即文化意象表达自然感情，跟格林布拉特所理解的文化形成鲜明对照。在他讨论《李尔王》的文章中，格林布拉特认为戏剧抽空生活的内容之后，用它自己纯文化的再生产形式将生活取代。戏剧诚然"代表不在

1　从进化视角对福柯的批评见 Carroll, 1995: 32–40, 411–435, 445–448。

场"，"抽空它所代表的一切"，但它能够"一代又一代地繁殖"。(127)从生物文化视角观之，恰恰相反，戏剧正是因为它将自己建立在人类生命繁殖的循环之上而获得了自己的生命。[1]

六、人性

生命历程理论总结了阐释所有物种之本质的思想，并对之做了全面的生物学解释。每一个物种都有一个包括了从出生、求偶、繁殖、成长、成熟到死亡的繁殖循环的生命历程。人的生命循环包括长期不懈的亲代抚养，因此要求父母与孩子之间保有牢固的紧密关系，需要父母密切配合。成年之后的配对结合关系，不但是人的特征，鸟类也有，但不常见于哺乳动物中。人的社会化程度很高，像狼和黑猩猩，而不像虎和红猩猩。这就说明为什么单独监禁是个对人非常苛厉的惩罚。人的社会生活，像狼和黑猩猩的生活一样，是分层级的。一些人拥有更高的社会地位，对他人可以行使更多权力。但是人表现出一种特殊的参与同心协力的集体活动的能力，强烈地向往平等。于是所有由人形成的社会组织都涉及权力与从属之间的动态张力。[2]

由于进化心理学与大众心理学之间多有契合之处，一种现代的有关人性的进化论观点看起来很像人们说到"哦，那不是人的本性么"时那么平凡无奇。这种话通常指的是人的基本动机和情感，比如，生存本能、性欲冲动、友情、子女与父母之间的深情依恋、社会群体的归属感。关于人性的常识还包括不甘人后，吃肥丢瘦，把自己想象得比当前好，嫉能妒贤。因为人性包括了不坦率、虚伪、控制欲，"那不是人的本性么"这句话有时候还带有一丝玩世不恭的意味，但是也包含了诚实、正义、感恩、慈善和共有共享这类价值观。进化论视角所做的就是把这些观点整合进一个统一的系统之中，并且从总体上用因果关系来加以解释。

---

1 对《李尔王》的新历史主义解读的批评参见 Foakes, 2004: 65–68。对格林布拉特的莎士比亚解读的具体批评参见 Vickers, 1993: 231–271。莎士比亚的历史主义批评脉络参见 Wells, 2009: 184–215。

2 有关人类生命历程理论见 Kaplan & Gangestad, 2005；Low, 2000。有关人性中的亲社会因素见 Goleman, 1995；Keltner, 2009；Wilson, 2007。关于权力与从属之间的张力见 Boehm, 1999。莎士比亚的人性观念与进化心理学的人性观念之间的相互关系见 Wells, 2005。

把人跟其他物种区分开来的最为显著的特征是人有高度发展的精神生活，这种精神生活之所以成为可能是因为人类具有巨大而结构精密的大脑。人意识到他们的个人身份是由一系列连续不断展开的经验组成。他们把这一系列经验投射到未来，他们把自己的身份跟别人的身份联系起来，他们在大脑意识中把自己放进一个社会制度中，放进自然世界中，放进他们所能想到的精神世界中。他们在自己意识到的共享的社会身份和共享的行为规范基础上参与集体活动。由于他们有能力根据明确的目标指导自己的行动，他们经常觉得生活中需要"意义"，即他们深感在他们与周围世界的接触中需要价值与目的。

七、《李尔王》中的伦理视角

目前学院派文学研究的主要理论派别，比如精神分析、女性主义和新历史主义，都可以归置于一个所谓的后结构主义的宏大的理论架构之下。其大而空的思想主要来自于解构主义，一种旨在揭露所有知识都具有不确定性和不一致性的怀疑主义认识论。[1]乔纳森·卡勒（Jonathan Culler），是后结构主义的主要支持者，他正确地看到后结构主义的主要特点在于"对'常识'的质疑"。后结构主义批评家所质疑的常识归纳起来主要有三个：其一，作者与读者可以共享来自于一个真实的物质世界的经验；其二，作者想要述说的是这个世界中具体和确定的东西；其三，读者多少能够准确地理解作者想要表达的意思。进化论批评家典型地重新肯定这些常识。他们认为语言是人性进化和适应的特征之一，它的重要功能是交流信息、创造共享经验。[2]

当读者努力去明白莎士比亚想要表达的意思时，他们不只是在寻找作者想要传达的主题或思想。莎士比亚的戏剧不是逻辑论辩，它们是形象刻画，意在用情、用想象打动观众。以进化论视角观之，总共有三种方式我们可以用来确定莎士比亚想在观众身上获得的效果：其一，承认世间存在

---

1 对最主要的解构主义理论家雅克·德里达（Jacques Derrida）的批评见 Carroll, 1995: 390–409；Searle, 1983。
2 有关后结构主义与进化视角的对比见 Boyd, 2006；Carroll, 1995: 49–95；Carroll, 2011: 71–87, 271–277；Wells, 2005。

普世动机和情感；其二，将不同人物对同一事件的描述对比之后可以确认是否可信；其三，如果有更可靠的人物，从其所言。

我敢说莎士比亚会相信他的大多数观众都会像他一样厌恶伪善行为，厌恶因精神变态所干的坏事，会赞同诚实、友善和忠诚为美德。基本情感是人所共享。[1] 但这并不意味着每一个读者都会对同一部戏剧产生同样的感受。毕竟，精神变态的哀德蒙和刚乃绮这类人物在现实生活中的确存在，虽然他们实际上只占人口总数中的极少数。[2] 人的共性，不是出现在每一个人身上的一种行为或评判，而是出现在所有已知文化中的一种行为或评判。[3] 因为共性出现在所有文化中，所以我们可以合乎理性地推论说，共性不是任何特定文化的产物，它深嵌于人性之中。

我们可以用"规范的共性"这个术语来描述在所有文化中构成价值、信仰或行为的主要模式的各种行为。比方说，父女之间的乱伦为所有已知文化所禁忌，这种禁忌就是一个规范的共性。规范的共性典型地反映并强化了一些适应机制，比如像产生出对近亲繁殖这种性行为的心理忌讳这类适应机制。一个共同体的多数成员但不是全部成员对乱伦感到恶心。文化将这种共同的感觉转化为一种行为准则，并动用从反对和回避到驱除在外的社会惩罚来维护这个准则。

规范的共性还包括对杀害血亲的恐惧和对诚实为人的敬重。当哀德蒙宣称他人生的唯一目的就是要夺回因继承法规的推行而失去的权力与爵位时，许多读者对这个决心在这个世界上拼出一条血路，且处于弱势地位的年轻人表示同情。文学中塑造的正面人物，他们的命运常常符合这种模式。但是当哀德蒙以不实之罪名，想把他的胞弟爱德伽置于死地时，当他亲手把父亲交给康瓦公爵肆意残害时，许多读者都感到他们原来对他抱有的同情心消失了。哀德蒙用其招牌的花言巧语为自己的行为辩护，宣称他对父亲的爱必须为他对康瓦公爵及其同党的忠诚让步，这样做表明他的动机经不起公众的审视。他不可能说出他的真实用心而不遭到公众的声讨。在这一点上，观众之心亦公众之心，天地为证，日月可鉴，哀德蒙深感有

---

1 参见 Brown, 1991; Ekman, 2003。

2 参见 Baumeister, 1996; Grossman, 2009。

3 参见 Brown, 1991。

必要把他的邪恶之心隐藏起来。

哀德蒙的奸诈行为和伪善嘴脸，与坎特、考地利亚和弄臣的诚信忠厚形成鲜明对照。莎士比亚对他的读者充满信心，相信他们会为这几个敢于在权威面前直言无讳的人物表示赞赏。他们的勇敢行为为自己获得了可信的证人身份，他们也因此可以引导读者去正确地看待李尔的遭遇。虽然冲动的李尔在戏剧伊始就爆发了无端的愤怒，但坎特尊称他为"恩慈老王"肯定有他的道理，否则李尔就不会赢得考地利亚、坎特、弄臣和格劳斯特的忠诚守护。（3.1.28）一旦李尔从戏剧一开始就表露出的愚蠢劲头泄了气，爱德伽、格劳斯特和考地利亚所表现出的吃惊和同情就慢慢占据上风，将观众带回到莎士比亚所期待的情绪反应上去。

当坎特和格劳斯特宣称星辰掌控着人们的命运，读者可以暂时保持缄默，因为戏剧的行动的确没有给出任何反证说没有这回事。当任何一个人物宣布说是神主宰着世界，说神以杀人为乐，或者他们是宇宙正义的化身，读者只要把这类宣称跟戏剧的不同结局比较一下就会明白，这种话不值得相信，因为有些好人死了，有些还活着。但是当格劳斯特和坎特痛斥大姐和二姐弑父的残忍行为，当埃德伽赞扬坎特人品正直忠厚，或者当坎特赞扬考地利亚聪慧刚正，该剧为读者提供了充足的证据去支持这些说法。

戏剧作者反映他们社会的精神，也帮助打造社会的精神。由于社会和谐靠的是支持社会的正面性格，难怪观众总是对哀德蒙、刚乃绮和瑞干这类马基雅维利式的人物带有反感情绪。在世界文学中，常见的是反面人物总是受到权力和财富的驱使，而正面人物总是以正能量出现，他们或帮助家人，或建立友情关系，或向不幸的个人伸出援手。这种创作倾向在英国19世纪小说中不胜枚举，这种人物塑造模式也屡见于莎士比亚戏剧中。

李尔、格劳斯特和爱德伽都有被世界唾弃的经历，三个人也因此培育了宽广的同情心。当李尔孤身一人走到暴风雨中，社会地位和权力都被剥夺了，他才体会到"衣不蔽体的不幸的人们"，怎么能抵挡得住这样的气候呢？（3.4.28）格劳斯特，在他眼瞎之后，想到他的不幸会让一个发疯的乞丐得益，就感到些许安慰。当格劳斯特问爱德伽"您是什么人？"爱德伽把自己描述成"一个非常穷苦的人，受惯命运的打击；因为自己是从忧患中间过来的，所以对于不幸的人很容易抱同情"。（4.6.219）这些话是莎士比亚借他笔下的人物之口说出的，不是他自己说的。但是，可以肯定地说该剧的精神，或者说莎士比亚的精神，饱含了全人类的普世同情之心。《李尔王》全剧有不少残忍、暴力和背信弃义之恶行，但是它们并没有诱导观众隔空分享残暴带来的恶果。相反，它巧妙地引导读者去跟爱德伽、李尔和格劳斯特站在一起，引地球上可怜的不幸的人们为同类。

八、《李尔王》的主题

该剧的主题是在考地利亚第一次对李尔说话、拒绝李尔王对谄媚的要求时宣布的：

> 我爱王上
>
> 是照着本分，不多也不少。
>
> 您生下我，养育我，痛爱我；
>
> 我恰如其分地回报这一切，
>
> 顺服您，敬爱您，格外尊敬您。
>
> 两位姐姐为什么要嫁人，既然她们说
>
> 全心爱您？也许哪天我结婚了，
>
> 发誓和我过一辈子的夫婿会拿走
>
> 我一半的爱，一半的关怀和责任；（1.1.92–102）

假设考地利亚想到前面，她很可能会再加上一句，说一旦有了孩子，她还会不得不把她的爱分开，留下三分之一或者不到三分之一给李尔。她还可能提到她还有更多的社会关系需要分享她的爱。虽然考地利亚的话考虑并不周全，但坎特赞扬她公允克己无疑是正确的。考地利亚在此说出了该剧中被践踏了的重要原则：不同的生命阶段与职责之间应当保持适当比例，父母与孩子、同居者、家庭之外的社区之间的关注与关怀应当保持一定的平衡。[1]

1　Holloway 提出过类似论点，不过其论证过程并未参考进化论（Holloway, 1961: 94–95）。

考地利亚当然不是一个进化论者，莎士比亚也不是。他们两人只能算是初级阶段的大众心理学家。虽说如此，他们略显粗糙的道德感和智慧体现的却是他们对生命历程的洞见。在道德原则这个层次上，他们的判断可能还微不足道，但参照人的生命历程，读者可以把他们的判断放入更大的解释语境之中，以确认其中蕴含的智慧的分量。

在多汶附近，李尔和考地利亚说话，承认自己把国土一分为三，以及剥夺了考地利亚的继承权，是犯了极大的错误，但是他还没有理解考地利亚所说的"本分"的含义，即一种含有合适的比例的平衡。超初他对考地利亚非常愤怒，因为他的要求被她拒绝了。在多汶，在他和考地利亚被带去监狱的路上，他反而因为他惹出的这些事感到高兴。因为他获得了他一直想得到的东西，即一个完整的考地利亚，再没有其他社会责任来让他分心。"只我们两个要像笼里的鸟一般歌唱。"（5.3.9）在这里，考地利亚没有被用来提醒他人，生命应当遵守适当的比例，她是个已婚女人，年轻漂亮，还有一长段成年生活等待着她。像个鸟儿被囚禁在笼中，只有她父亲为伴，这很难让考地利亚会像她父亲那样感到高兴。李尔问："我可得到了你吧？"（5.3.21）的确是得到了，他满可以不关心外面的世界了，但对考地利亚而言，像剧中发生的一样，外面的世界将变得永远沉寂无声。[1]

作为一国之王，李尔大可以成为身体政治活生生的写照。对王权的崇敬，现实中很少得到体现，得从李尔形象的再现中反映出来。作为国王，他必须智慧，弄臣在捉弄李尔时暗示年龄的增长并没有让他变得更聪明智慧。坎特更是直言不讳地说："李尔发狂的时候，坎特只得无礼了。"（1.1.146–147）在暴风雨让李尔变得清醒恢复了理智很早之前，他就发狂了。当刚乃绮和瑞干说她们爱他胜过爱她们自己的生命的时候，李尔真心地相信她们所说的话。在多汶海滩，他向格劳斯特透露她们告诉他她们所说的一切都是谎话。这个发现，他觉得很重要；他用他在暴风雨中的经历来证明这是真的："我也会发烧打摆子。"（4.6.106）李尔第一次发狂是自恋癖的发作，伴随着自大妄想症状。[2]在第一幕从坎特表现的吃惊中我们明白李尔以前不是这样子的。显然，突发的老年痴呆破坏了他的理性思维，

1　Boose 曾以原型分析为框架探讨婚姻仪轨，得出过类似论点（Boose, 1982）。
2　对几位近现代暴君的自恋型人格障碍的考察和研究，见 Oakley, 2007。

本来健康的大脑意识会调节好自己与他人的关系。[1]

他发狂的第一阶段，李尔作为国王失职了，因为他没有能够体现共同体得以成立的共享规范。他把自己的欲望当成了最终的、不可协商的、用以宣示王权的表达。他在自己的意识中把他的自恋冲动跟他已成过去的权威合二为一。在荒野，面对爱德伽时，还有在多汶海岸，跟格劳斯特说话时，他走到另一个极端。当刚乃绮挑起争吵，开始瞧不起他的时候，他脆弱的个人身份意识，过去太依靠他的公众形象来维持，此时开始解体："这里有人认识我吗？这不是李尔：……谁能告诉我我是谁？"（1.4.217–221）在荒野的风暴中，他开始撕开他的衣服，想要找到"本来面目"，"赤条条的人"。（3.4.104，105）扯掉衣服后，他也象征性地把自己过往的历史扔掉。在这一点上，他犯了哀德蒙第一次独白时说，"大自然，你是我的女神，我愿意在你的法律之前俯首听命"时同样的错误。（1.2.1）哀德蒙把大自然当成一种纯然自大自负的能量，跟人伦没有一点关联。李尔把一个发疯的乞丐——"一个可怜的裸体的两脚动物"当成人的典范。（3.4.105–106）哀德蒙和李尔两人都犯了简单化的错，拿走了人性中最基本的特征。在多汶海岸，李尔所想更加接近哀德蒙那样的看穿世事的想法。李尔用一只狗向一个乞丐狂吠的比喻，宣布，"从这一件事情上面，你就可以看到威权的伟大的影子；一条得势的狗，也可以使人家唯命是从"。（4.6.153–155）这种对一切威权的否定，可能会在把玩世不恭的怀疑等同于机智的读者群中引起共鸣，但是这种道德意识却不是这部戏剧实际运行的原则。

化了装的坎特告诉李尔，他愿意当他的差使，因为他见到"在您的神气之间，有一种什么力量，使我愿意叫您做我的主人"。（1.4.28，30）但是坎特也严厉地批评李尔没有体现威权应该具有的智慧。在跟奥斯瓦比较时，坎特做了恰如其分的区分。"像这样笑脸的流氓"，他说，不管他主人有什么背叛良心的情感，他都会谄媚，"像狗似的，什么也不知道，只知道跟着走"。（2.2.71，78）对合法权威的忠诚之心是该剧想要传递的精神之一。该剧之所以是悲剧，正是因为权威，先在李尔，后在马基雅维利式

---

[1] Nordlund 对李尔人格的生物文化分析曾重点强调李尔的老年痴呆症状（Nordlund, 2007：第三章）。

的反面人物身上体现出来，都没有能够保持其合法性。

反面人物所发表的虚假言论反映了他们对政治权威极度的不信任。虽然完全是出于自负之心，但反面人物认识到他们至少必须要假装出他们自己也代表着部分共同体的道德意识。奥斯瓦就是一条狗，忠诚但没有原则。哀德蒙、刚乃绮和瑞干他们的权威甚至还够不上一只皇家的狗。他们是披着人皮的魔鬼。他们没有一点共同体得以建立的基本的道德人伦意识，他们跟别人的关系只有嫉妒、怨恨、贪得无厌的欲望，以及恶意欺骗。全剧无处不在的凶猛的野兽形象，似乎在说明这些人物内心生活的阴狠险恶。舞台上四处可见的尸体表明，没有合法形式的权威，生命的结局将是多么可悲。

九、《李尔王》的悲剧观

《李尔王》所默认的是家庭和社会秩序应当建立在对人生适当的比例有清晰正确的理解之上，但是观众所看到的更多是对这种精神的违背而不是它的正面表现。虽然不时有幽默和温情的场景出现，但《李尔王》中的主要情感是愤怒、恶意的怨恨、残忍的报复、仇恨、暴行、悲痛、悔恨和悲伤。暴风雨那一场处于全剧中心，为全剧提供了一个戏剧性象征，使之显得完美无缺，但李尔不体现该剧的正面精神。坎特和考地利亚最接近这种精神，但李尔却是这部以他名字命名的戏剧的中心人物。刚乃绮对李尔关上门，宣称"这是他自己的错；放着安乐不享受，一定要尝受他的自作孽"。（2.2.479–480）他的确尝受了自己干的傻事带来的后果。他的精神垮了，这成为一个引子，观众借此感受到李尔自己开始的这一切所带来的破坏冲力。

虽然李尔在普遍意义上是个遭受苦难的人，但是他并没有体现这部戏剧的悲剧观。他没有达到那种高度的平衡和智慧。的确，这部剧中没有一个人物充分包纳了该剧的悲剧主题。部分原因是该剧涉及太多的生命阶段和职责：年老的父母与成年子女之间的矛盾关系、兄弟姊妹之间的矛盾、婚姻生活、性嫉妒、仆役与主人之间的暴力冲突、政治异见，以及国家之间的战争。

与《李尔王》中戏剧冲突的范围比较，莎士比亚其他几部主要悲剧相对而言则显得比较单薄。《奥赛罗》具体而言，只写了一个主要的悲剧情节，即奥赛罗不可抑制的嫉妒心。奥赛罗出于鲁莽，干了一件坏事，尝受了他愚蠢行为的后果，然后就死了。《麦克白》包含了家庭变故，但其主要题材是政治斗争，即野心、忠诚和背叛。《哈姆雷特》包括了一段玄思，有对生命意义的追问，这也是《李尔王》关注的问题，但是《哈姆雷特》主要是一部家庭悲剧。与哈姆雷特对杀父之仇的怨恨以及他对母亲不得体的再婚反感至极相比，社会矛盾和政治计谋只属于边缘题材。奥赛罗、麦克白和哈姆雷特都有丰富的想象展现，适合他们个人牵涉其中的悲剧行动的范围。[1]

《李尔王》的行动是统一的。所以每一幕都为悲剧高潮的最终到来埋下伏笔。破碎的家庭最终伫立在硝烟过后的战场上面对"破碎的河山"。（5.3.319）每个人物都不同程度地经历了"同申哀悼"的事件。（5.3.318）战事结束后考地利亚被俘，她为李尔所受的苦难悲伤欲绝。在她死后，李尔心中充满对她的无限悲痛之情，对其他一切都无动于衷。格劳斯特在舞台之外已经死了。阿班尼不得不对付哀德蒙和刚乃绮这两个曾构陷于他的人，他还必须制订出重新分配政治权力的计划。坎特内心遭受严重打击，一蹶不振，他能念叨的只有悲伤往事。爱德伽显然因家庭的变故变得越来越喜欢说教，阿班尼和爱德伽，面对考地利亚和李尔的死，似乎除了悲伤之外显得无能为力。

于是，《李尔王》给它的观众的想象提出了双重挑战：既要求观众对生命不同阶段，包括老年阶段，及其职责的激情和关怀做出回应，同时又要求他们超越剧中人物，收获对悲剧的更充分的理解。采用生命历程视角，能够帮助读者避免错误地将剧中多重的关怀简化为一个问题，比如简化为两性之间的关系，或者代际冲突，或者社会权力的争夺。通过提供一种适合全剧剧情幅度的主题结构，生命历程视角也能够帮助读者更接近莎士比亚自己宏大深刻的人生观。

1　对《哈姆雷特》的进化论解读，见 Carroll, 2011: 123–147。对《哈姆雷特》及《李尔王》的读者反应历史对比，见 Foakes, 2004。

虽然没有一个人物能够充分体现《李尔王》的悲剧观，但也有几个人物在剧烈的情感激荡中上升到了诗的高度。《李尔王》具体的想象效果部分依赖于作者娴熟地使用了形象化语言，这种语言技巧与不断变换的场景及其感情强度相得益彰，相映成趣。一系列乱糟糟闹哄哄的虚假表象和人物，穿梭其间，动荡不平，剧中人物用非常艺术化的语言去抓住一闪即逝的真知灼见，或者创造出浓缩了人生精华的影像。李尔被两个女儿的花言巧语蒙骗，没有看清小女儿内心隐含的真相。但是他不光是怒气冲天，他还精心设计了一个诅咒来阻止他与考地利亚之间进一步的情感交流。在认清了两个女儿的嘴脸之后，他呼唤大自然用干旱来摧毁刚乃绮的子宫，此时他又提升了修辞强度，将母亲的一生作为诅咒对象。坎特责备李尔的话，简洁了当，句句掷地有声："老头子，你是要怎么样？""你是错误的。"（1.1.146，167）坎特对奥斯瓦的长篇抨击，用了不同的修辞方式，折射出他内心的恐惧。哀德蒙，也把他自己"得天地之精华、父母之元气"的出生归于"热烈兴奋的奸情"的结果，（1.2.12，11）用强烈的修辞来说出自己的身份。阿班尼属于主要人物之中的次要人物，但他斥责妻子的话，充满激扬的诗情："啊刚乃绮！现在你的价值还比不上那狂风吹到你脸上的尘埃。"（4.2.30-32）没有读者会对刚乃绮和瑞干表示同情，但是多数读者会记得这些铿锵有力的话及其内容："不过他一向也就不大清醒。"（1.1.294-295）"一定要尝受他的自作孽。"（2.2.480）康瓦公爵的残忍引起普世的恐惧感，但读者仍然觉得他见到格劳斯特眼睛被挖出来时幸灾乐祸的讥笑充满邪恶的煽动力："出来，一汪臭黏浆！现在你的光明在哪里？"（3.7.822-883）当爱德伽描述格劳斯特从多汶海岸一处想象的悬崖顶上摔下来时，他的话像一幅画，如此生动，竟然让他父亲相信了他。这一幕是贯穿全剧主题最极端的一个例子：我们靠想象生活，经常是不真实的想象，但是想象却非常有力，甚至能够操纵我们身体的感觉。

超过了莎士比亚的其他戏剧，包括《哈姆雷特》在内，《李尔王》中的人物表现了人类共同的需求，他们自己的经历如山涧溪流汇入世界万物普遍的轨迹之中，这种轨迹在不同的场合有时被称为天神、星球，有时被称为大自然。格劳斯特在眼睛失明之后发现是哀德蒙背叛了自己，他无奈地高声喊道："天神掌握着我们的命运，正像顽童捉到飞虫一样，为了戏弄的缘故而把我们杀害。"（4.1.38–39）把这句话当成哲学命题的话，那么这句话就如爱德伽所说的"天神是公正的"一样没有多少普遍性。（5.3.168）格劳斯特的话更富有诗意和冲击力。在他说话的时候，这是最富于想象的时刻，他一眼览尽人生万象，穷途潦倒，荣华富贵，到头来依然是孤身一人，孑然无助。他所达到的认识高度，令人眩晕，可以与在荒野中狂奔的李尔相比，李尔吁求霹雳来"砸扁这个圆滚滚的世界"（3.2.7）。这些话跟爱德伽的苦谏"等待时机成熟"（5.2.11），还有哀德蒙对宇宙力的呼唤"大自然，你是我的女神"（1.2.1），宛若同出一辙。坎特把世界描绘成一幅地狱的景象："啊！由他死去吧；只有恨他的人才愿他在这艰苦世界中多受一些酷刑拷打。"（5.3.312–314）

阅读或观看《李尔王》，所感受的激情和目睹的行动肯定不像是一场平凡的家庭矛盾和政治阴谋。这种激情和行动与人物竭力从内心去理解自己如此的人生交错缠绕，观众深切地感受到共情、同情、恐惧和恶心共存。但与此同时，也和各种人物一道，不管是好人还是坏人，最大幅度地分享了他们的思想激情。

华丽多彩的修辞和高远无边的想象，加深了《李尔王》产生的整体印象。虽然如此，这部戏剧并没有说诗意想象就是终极的最高的善。该剧的寓意本质上是诉诸道德的，而不是美学的。它把我们的注意力从艺术引开，把我们带回到人伦平凡的世界。诚然，莎士比亚写的是一个发疯的世界，但他并没有把疯狂说成是人生的本质。通情达理，彬彬有礼，宽厚仁爱，这些品质在疯狂的边缘处处可见。该剧不失循循善诱之德，指引观众努力去把这些美好的品质恢复到世界的中心位置。

（余石屹译）

*译者注：本文译自 Joseph Carroll, "An Evolutionary Approach to Shakespeare's *King Lear*," *Critical Insights: Family*, 2013, pp. 83–103。注释部分略有调整。

参考文献

莎士比亚. 2001. 李尔王. 梁实秋译. 北京：中国广播电视出版社.

莎士比亚. 2015a. 李尔王. 彭镜禧译. 北京：外语教学与研究出版社.

莎士比亚. 2015b. 李尔王. 朱生豪译. 北京：人民文学出版社.

Baumeister, R. F. 1996. *Evil: Inside Human Cruelty and Violence.* New York: Freeman.

Bjorklund, D. F., & Pellegrini, A. D. 2002. *The Origins of Human Nature: Evolutionary Developmental Psychology.* Washington: Amer Psychological Association.

Boehm, C. 1999. *Hierarchy in the Forest: The Evolution of Egalitarian Behavior.* Cambridge: Harvard University Press.

Boose, L. E. 1982. The Father and the Bride in Shakespeare. *PMLA, 97,* 325–347.

Boyd, B. 2006. Getting It all Wrong. *The American Scholar 75(4),* 18–30.

Bradley, A. C. 1904/1991. *Shakespearean Tragedy: Lectures on Hamlet, Othello, King Lear, and Macbeth.* London: Penguin.

Brown, D. E. 1991. *Human Universals.* Philadelphia: Temple University Press.

Carroll, J. 1995. *Evolution and Literary Theory.* Columbia: University of Missouri Press.

Carroll, J. 2011. *Reading Human Nature: Literary Darwinism in Theory and Practice.* Albany: SUNY Press.

Carroll, J., Gottschall, J., Johnson, J. A., & Kruger, D. J. 2008. Human Nature in Nineteenth-Century British Novels: Doing the Math. *Philosophy and Literature, 33,* 50–72.

Crews, F. 1998. *Unauthorized Freud: Doubters Confront a Legend.* New York: Viking Press.

Culler, J. 1997. *Literary Theory: A Very Short Introduction.* Oxford: Oxford University Press.

Degler, C. 1991. *In Search of Human Nature: The Decline and Revival of Darwinism in American Social Thought.* New York: Oxford University Press.

Dowden, E. 1918. *Shakespeare: A Critical Study of His Mind and Art* (3rd ed.). New York: Harper.

Dunbar, R. 2005. Why Are Good Writers So Rare? An Evolutionary Perspective on Literature. *Journal of Evolutionary and Cultural Psychology, 3,* 7–22.

Ekman, P. 2003. *Emotions Revealed: Recognizing Faces and Feelings to Improve Communication and Emotional Life.* New York: Holt.

Everett, B. 1960. The New King Lear. *Critical Quarterly, 2,* 291–384.

Eysenck, H. J. 1991. *Decline and Fall of the Freudian Empire.* London: Penguin.

Foakes, R. A. 2004. *Hamlet Versus Lear: Cultural Politics and Shakespeare's Art.* Cambridge: Cambridge University Press.

Geary, D. C. 2005. *The Origin of Mind: Evolution of Brain, Cognition, and General Intelligence.* Washington: Amer Psychological Association.

Goleman, D. 1995. *Emotional Intelligence.* New York: Bantam.

Gottschall, J., & Nordlund, M. 2006. Romantic Love: A Literary Universal?. *Philosophy and Literature, 30,* 450–470.

Grossman, D. 2009. *On Killing: The Psychological Cost of Learning to Kill in War and Society* (rev.). New York: Back Bay Books.

Holloway, J. 1961. *The Story of the Night: Studies in Shakespeare's Major Tragedies.* London: Routledge.

Kaplan, H. S., & Gangestad, S. W. 2005. Life History Theory and Evolutionary Psychology. In D. M. Buss. (ed.) *The Handbook of Evolutionary Psychology.* Hoboken: Wiley, 68–95.

Keltner, D. 2009. *Born to Be Good: The Science of a Meaningful Life.* New York: W. W. Norton & Company.

Knight, G. W. 1989. *The Wheel of Fire: Interpretations of Shakespearean Tragedy* (4th ed.). London: Routledge.

Levin, R. 1988. Feminist Thematics and Shakespearean Tragedy. *PMLA, 103*, 125–138.

Low, B. S. 2000. *Why Sex Matters: A Darwinian Look at Human Behavior.* Princeton: Princeton University Press.

Maynard, M. 1965. *King Lear in Our Time.* Berkeley: University of California Press.

Mithen, S. 1996. *The Prehistory of the Mind: The Cognitive Origins of Art, Religion, and Science.* London: Thames and Hudson.

Nordlund, M. 2007. *Shakespeare and the Nature of Love: Literature, Culture, Evolution.* Evanston: Northwestern University Press.

Oakley, B. 2007. *Evil Genes: Why Rome Fell, Hitler Rose, Enron Failed, and My Sister Stole My Mother's Boyfriend.* Amherst: Prometheus.

Searle, J. 1983. The Word Turned Upside down. *The New York Review of Books, 30(16),* 74–79.

Shakespeare, W. 1997. *King Lear.* London: Arden Shakespeare.

Spurgeon, C. 1930. *Leading Motives in the Imagery of Shakespeare's Tragedies.* London: Oxford University Press.

Sterelny, K. 2003. *Thought in a Hostile World: The Evolution of Human Cognition.* Malden: Blackwell.

Sweezy, P. M., & Baran, P. A. 1966. *Monopoly Capital: An Essay on the American Economic and Social Order.* New York: Monthly Review.

Vickers, B. 1993. *Appropriating Shakespeare: Contemporary Critical Quarrels.* New Haven: Yale University Press.

Webster, R. 1995. *Why Freud Was Wrong: Sin, Science, and Psychoanalysis.* New York: Basic Books.

Wells, R. H. 2005. *Shakespeare's Humanism.* Cambridge: Cambridge University Press.

Wells, R. H. 2009. *Shakespeare's Politics: A Contextual Introduction.* London: Continuum.

Wilson, D. S. 2007. *Evolution for Everyone. How Darwin's Theory Can Change the Way We Think About Our Lives.* New York: Delacorte Press.

诗的正义与伊迪丝·沃顿的《辛古》：
一种进化心理学读法[1]

朱迪丝·桑德斯

在她写于 1911 年、受到读者普遍喜爱的短篇小说《辛古》中，伊迪丝·沃顿（Edith Wharton）探讨了在心理和社会语境中诗的正义如何得以实现的问题：迫切需要被揭露出来、受到惩罚的不诚实行为，其实是自我掩饰的表演。假装博古通今，其实胸中没有几滴墨水，希尔布里奇午餐俱乐部这群上流社会的妇女们生活悠闲、奉公守法，但她们确实是一群骗子、伪君子。她们用欺骗手段为自己在社会上获得名声和地位；她们无端享有文化与智力上的优越感。沃顿笔下的全知叙述人对这群俱乐部女士极尽嘲讽之能事，于是读者带着快意期待她们得到报应：毫无疑问，虚假的身份不管整饬得多么完美无缺，终会坍塌；诗的正义，将以当众羞辱和私下蒙羞的形式出现，最终会取胜。这种期待，十分有趣的是竟然是通过人物自己之手而落空的。沃顿以精湛的叙事艺术，巧妙地建构故事情节，让读者先是期待第一种结局，保证会适当地分配谴责，到第二种结局时，让读者感受到这种结局才更符合人物自己对报应的预测。这两种结局出其不意，把诗的正义悬挂在读者眼前，摇晃一下就移开的做法，有效地扩展了故事的主题维度。《辛古》语言诙谐，妙趣横生，对貌似彬彬有礼、假斯文、装体面的上流社会做了滑稽模仿，指出她们其实不懂文学的艺术价值，是一帮不懂装懂、自命不凡的庸俗之辈。[2] 在更深的层次上，《辛古》还展示了特里弗斯所描述的那种"把对现实的有意歪曲呈现给意识"这种行为。[3] 故事把支撑自我欺骗的心理过程揭示出来，自我欺骗是进化而来的人性中一个最令人不安的普遍特征。[4]

---

1 译注：引文译文采自宁欣译《女性主义的先知：沃顿夫人短篇小说选》第 28–75 页（伊迪丝·沃顿，2000：28–75）。译文略有改动，译文的具体出处见文中夹注。

2 Funston, 1984: 227, 228.

3 Trivers, 2002b: 272.

4 Ibid.

她们富有，而且因为富有，还拥有很高的社会地位。午餐俱乐部这群女士们还在追求进一步提升她们精英级别的社会地位，采用的方法是攀附"文化"和"艺术、文学和伦理中最高级的东西"。[1]她们的阅读兴趣之广，从文学、哲学到社会学和伦理学著作无所不读，她们也为自己跟得上"时代思潮"感到自豪"。[2]（39）她们希望在自己的社区被看成是知识领袖，她们因俱乐部活动带给她们的名声、好处感到满足。[3]这些好处包括接待来访的名人这种隐在的特权。她们一边享受着她们公开的对艺术和科学的喜爱为她们全体带来的好处，这些女士一边还怀揣着自己的目标，"追求各自的相对地位"。[4]她们使出各种招数争取在俱乐部内部占有有利的地位，同时还竭尽全力在聚会时显示自己出众的文学鉴赏力，期待去打动别人，扩大影响。莱弗里特夫人，是俱乐部中最缺乏信心的成员，不擅长当众表达意见，说话时总显得慌张不安，心头没把握。叙述人把她发表意见的样子比成个热心的推销员，"各款货色俱全，选的头一样东西要是不中意，马上就会有其他各色款式的顶替上去"。[5]（33）当她的一个观点被更自信更有权威的普林斯夫人武断地否决了之后，她赶忙收回自己的意见不做任何努力去捍卫自己的观点，"慌忙收起自己的观点，胡乱另摸一个出来"。[6]（33）格莱德小姐试图取悦大家，尽量避免矛盾，说话只说一半，显得神秘兮兮，不清不楚。比如，为了不愿冒险直接把小说的意图说出来，以免遭到反对，她竟提出个大胆的设想，说小说作者"自身也不免为她书中寓意的非凡意义所震撼，故而仁慈地把它掩藏了起来——可能甚至是要躲过她自己的注意"。[7]（35）

当沃顿熟练地把每个俱乐部成员的思维习惯和怪癖刻画出来，用讥讽的评语不断质疑她们个人和集体的表现时，她一步一步地显示出这些女士其实没有一个对知识怀有真正的好奇心和起码的信念。她们对"文化"的所谓的挚爱是做出来给人看的，她们的无知常常让人哑然无语。与其说她

1　Wharton, 1911/2001: 1, 10.

2　Ibid.: 7.

3　Ibid.: 1.

4　Zunshine, 2014: 90.

5　Wharton, 1911/2001: 3.

6　Ibid.: 4.

7　Ibid.

们是在专心讨论某个文本、某个思想，或者某个理论，她们更喜欢沉湎于
自吹自擂的把戏。她们自以为自己无所不知，并把这种虚假的知识当成时
髦奢侈的华服穿在身上，四处炫耀。她们满足于唱高调、说空话，但一旦
遇到阻碍，她们就会立刻修正自己的意见或者完全转变立场；就像叙述人
告诉我们的一样，她们随时准备好"把其他人的评论中听起来不错的部分
挪用过来"，当成自己的话。[1]（31）阅读和讨论"流行的新书"，这些女士
坚信她们跟上了时兴的话题、重要的作者和研究，但显然，她们对自己所
读所知甚少，对那些她们一度表现出极大热情的话题根本记不得一星点内
容。[2]叙述人把这个俱乐部主席巴林杰夫人的头脑比成一家快捷旅店，"种
种事实过客般来去，临走时却不曾留下地址，常常是连膳宿费也没交"。[3]
（39）总结言之，对俱乐部成员的人物描写表明每个人和俱乐部整体都执
迷于"自我欺骗、回避现实"的把戏。[4]她们不但凭空架构出一个与她们知
识欠缺、愚钝落后的智力不一致的公众形象，而且希尔布里奇的女士们还
自相安慰，觉得她们拔高自己的做法没错。正如特里弗斯所预言的，自
我欺骗的心理机制使她们能够以百分之一百的自信摆出"一种公众形象"，
精心设计好去影响他人。[5]

　　只有一个人物除外，她与自鸣得意、诈巧虚伪的俱乐部女士们形成
鲜明对照。罗比夫人是俱乐部的新成员，被其他五名创始成员以外人视
之。她们早就公开说她是个"失败者"，跟不上这些人的"头脑体操"。[6]
（31）跟其他人不一样，罗比夫人对自己的知识、动机和欣赏趣味颇有自
知之明，她毫不掩饰自己有贪玩之心，承认在纯娱乐活动上花费很多时
间，爱打桥牌、旅行、跟大伙划船等。作为读者，她不跟风，不像她们那
样专拣时下流行的东西看，她只读感兴趣的书。在奥斯瑞克·戴恩这位著
名作家约定来访之际，她被问及为什么没有读大家都在读的戴恩的小说，
她的回答是她"被一本特洛罗普的小说迷住了"。[7]（33）她的这个借口显得

1　Wharton, 1911/2001: 2.

2　Ibid.: 7.

3　Ibid.

4　Trivers, 2002b: 263.

5　Ibid.: 272.

6　Wharton, 1911/2001: 2.

7　Ibid.: 3.

很笨拙，被俱乐部主席一口顶回去，"现在没人读特洛罗普了"。[1]（33）但巴林杰夫人的话并没有使罗比夫人感到难堪，她的回答反而是因为读特洛罗普"让她很开心"。她花如此多时间读自己喜欢读的书，而不是那些"必须研读不可的书"，引起其他人不满，责备她不应该花时间读大家觉得是过时的不严肃的书，但她拒绝让步，甚至在这些俱乐部女士面前进一步主动降低自己的位置，说故事的浪漫结局是她自己的兴趣所在，她插了一句"他们最后结婚了吗？"[2]（35）

对罗比夫人，这些描写没有任何反讽意味，她的所作所为都是真心所向，看不出掺杂有明显的是非功利之心。她的一言一行没有其他成员身上那种突出的自吹自擂的虚伪。假如组织一个读书俱乐部的目的是鼓励争论，那么当她问普林斯夫人她是怎么看这本小说的———一个看起来自然无比的问题时，令人意想不到的是，她的问题打破了"午餐俱乐部一条不成文的规定"，因为，就像叙述人所说的那样，普林斯夫人最讨厌的就是"被问到她对一本书的看法"。[3]（37）她参加了一个以讨论各种"书籍和思想"为明确目的的组织，却拒绝参与任何交换思想的讨论。这种非理性行为无益于读书活动，但俱乐部女士们没有去批评普林斯夫人的这种态度，她们反而"都向来尊重普林斯夫人的这个怪癖"，转而责备罗比夫人破坏了规章制度。罗比夫人再一次表现出"她实在是无可救药的不适合作为她们的一员"。[4]（37）

来访的明星作家奥斯瑞克·戴恩摆出一副盛气凌人的架势，在俱乐部女士们面前"高高在上、唯我独尊"，她的行为举止透露出那份"大人物的派头"反而"明显增添了俱乐部成员讨她欢心的热情"，但罗比夫人却拒绝为她的气势所吓倒。[5]"只有罗比夫人一个人主动出来指出这个客人的虚伪，朝其他人悄悄说道：'她可真粗鲁！'"[6]（43）显然有一点戴恩夫人跟接待她的这些女士一个样，她也是企图以智力优势来获得地位，她提出的

1　Wharton, 1911/2001: 3.

2　Ibid.: 4.

3　Ibid.: 5, 6.

4　Ibid.: 6.

5　Ibid.: 9, 12.

6　Ibid.: 9.

每一个问题都经过精心算计，目的是让俱乐部成员显得无知无识。显然她的目的不是推进友好的对话，而是要让她们当众出丑难堪。当其他五名俱乐部成员在戴恩夫人"摄人的目光"下功夫尽废，几近瘫痪之时，只有罗比夫人一个人挺身而出，挽救败局。[1] 当其他几位夫人无法回答戴恩问她们最近所读的书时，罗比夫人温和地提示说，因为她们最近都在专注于"辛古"。[2] 罗比夫人把这个听起来有点异国风情的名字引入谈话，立刻将戴恩逼入防守姿势。虽然戴恩不愿意承认她从来没有听说过辛古这个名字，但她脸上明显露出一副困惑的神色。罗比夫人越是说戴恩的小说被辛古"浸透了"，礼貌地请小说家为大家解释一下她对这个问题的看法，戴恩变得越是紧张不堪。[3] 这让其他几位成员松了一口气，因为她们那位倒霉的客人一脸高傲的神气已经消失殆尽。

在故事的这一场，罗比夫人当了领袖，引领着似断非断的话头前行，因为在场的人没有一个愿意承认她不懂辛古是什么玩意儿。罗比夫人提供的线索很少，但富有暗示意味：辛古又长又深，因此很花时间，它有"几处地方跳不过去"，还有"不少分支"，它的源头几乎不可能找到。很有意思的是，女士们被劝告最好不要去找寻源头。在罗比夫人的听众听来，最后这个细节给辛古平添了一丝性的神秘色彩。戴恩的态度发生了迅速的转变，令人难以置信，她从先前的怀疑，到显出极大的热情和兴趣。当罗比夫人离开俱乐部要去赴约打桥牌时，戴恩急忙起身跟她而去，就像在此时此刻突然发现一个心灵大师就在身边："等等，——请等等，我和你一道走！……要是你同意我陪你走一段，我还有几个有关'辛古'的问题要请教你……"[4]（57）

戴恩当众表达她想知道更多的愿望，证明她自己比那些接待她的女主人要少一点点欺诈心态。虽然在有关辛古的谈话中她并没有承认自己知识欠缺，但这位著名作家至少没有瞎吹嘘她知道辛古是什么。其他在场的人都觉得自己曾经研究过这个题目，大胆地说出了连自己都不清楚的意见。

1　Wharton, 1911/2001: 11.

2　Ibid.

3　Ibid.: 12.

4　Ibid.: 14, 15–16.

巴林杰夫人和普林斯夫人明确表示，"没有什么事是真正重要的，除了这个——除了'辛古'"。莱弗里特夫人说辛古对她"益处极大"。格莱德小姐赞扬辛古改变人生的效力。范弗吕克小姐坚信在辛古上花多少时间都值得。[1]（51–53）俱乐部成员说这些话不只是要把戴恩震慑一下，尽管在这个话题一开始提出来的时候她们显得有些措手不及，但她们很快镇定下来，认为辛古不过是她们以前研讨过的许多思想之一种，不过现在多多少少忘记了。比如，叙述人让读者看到莱弗里特夫人的内心所想："自觉似乎记起来上个冬天是讨论过这事，或是读到过它。"[2]（53）

在罗比夫人和戴恩离开后，五位成员聚在一起总结当天的见面会，她们先是就大家表现出良好的知识素养相互庆贺一番："就是因为我们对这个比她懂得多得多……奥斯瑞克·戴恩可能真的恼火了，可这也至少让她礼貌一些。"[3]（59）她们很高兴在她们傲慢无礼的客人面前显露出"广博而现代化的文化品味"。[4]她们先是对罗比夫人很成功地打开这个话头说些感谢的话，但是很快就转过来抹黑她：最让她们感到奇怪的是，"范妮·罗比竟会对辛古这么在行"。[5]（59）她们明确表示自己才是这个知识的业主，她们把辛古说成是她们"自己的话题"。[6]随着讨论转向罗比夫人的描述中可能带有的色情特征上，女士们逐渐发现她们对辛古的认识很不一致：它是一种宗教仪式？一种习俗？一本书？一种语言？还是一种哲学？

她们决定查阅百科全书来结束这场争论。女士们发现辛古其实是巴西的一条河，罗比夫人最近去过这个国家。辛古河的确很长，有"很多分支"；它的发源地在"艰难而危险的"区域，去那里即使是对有经验的探险家而言也是非常危险的，更不用说女性游客。[7]戴恩的一本小说，确实是"浸透"了辛古，（51）因为像罗比夫人之前讲的一样，那本书被她的一个朋友不小心扔进河里去了。[8]（71）虽然这一连串联想荒唐至极，但俱乐

1　Wharton, 1911/2001: 13.
2　Ibid.
3　Ibid.: 16–17.
4　Ibid.: 17.
5　Ibid.
6　Ibid.: 18.
7　Ibid.: 22.
8　Ibid.: 23.

部的女士们不得不重新评价她们之前对知识的宣称。巴林杰夫人抗议道："可这太荒唐了！我——我们——都记得去年研究过辛古的——要么就是前年。"[1]（69）格莱德小姐回应说："是你这样说之后我才以为我研究过的。"她的话指向一种常见的现象：由集体效应产生和强化的虚假记忆。[2] 每一种新的说法都在证明以前疑点重重的说法，把以前的不确定变成个人和集体言之凿凿的肯定。

但此时此刻，事实开始推翻集体的虚构："她所说的一切都适用于一条河——适用于这条河。"[3]（71）女士们开始意识到她们用色情二字去描述一片热带雨林，这种描述对一片水域来说貌似深刻。读者期待故事情节立刻有个结局，诗的正义得到实现。但是这种正义，正如传统意义上的那样（纠正错误，让有罪的受罚，将有德的洗刷清白），在这个案例中只可以通过俱乐部女士们自我认错来实现。关键是她们必须承认自己欺骗了自己，自己放了烟雾弹，假冒自己有自己没有的知识；与此同时，她们必须清楚认识到这种欺骗行为造成了内部分裂，必须为此感到悲伤并承担责任。故事的情节一直朝着认错和懊悔的方向发展：五个人物似乎都准备好接受即将到来的羞辱，怀着痛苦的心情检讨她们在对待知识上的诚实度。读者也期待着分享这个结果。但是，这毕竟需要这五个人物同时站出来承认她们过于喜形于色，犯了自欺欺人的忌讳，并为之懊悔。

在这个关键时刻，故事的这种结局在道义上显然富有极大的吸引力，而且显得是水到渠成，再自然不过。然而，俱乐部女士们断然以推卸责任的方式拒绝了令她们感到难堪的自我发现。她们认为，不是她们使自己显得可笑，而是罗比夫人"存心耍弄我们"。[4]（69）她们把错误推卸掉，用那个外人当替罪羊。即使几分钟之前她们还向她表达了感谢之意，因为她让那个粗鲁的客人有所收敛，扭转了她们当时所处的劣势，但是这时她们突然觉得罗比夫人给戴恩的教训是以她们为代价的。[5]（71）虽然罗比夫人说了一通维护面子的话，但她现在变成了她们维护自己面子的讨伐对象。罗

1　Wharton, 1911/2001: 21.

2　Edelson et al., 2011.

3　Wharton, 1911/2001: 23.

4　Ibid.: 22.

5　Ibid.: 17, 23.

比夫人有错是因为从一开始就"独占住戴恩",（71）她的本意从一开始就是要"引人注目"，提升她自己的形象以贬低别人，"让奥斯瑞克·戴恩错以为她在俱乐部里是个举足轻重的人物"。[1]（71）最糟的是，像她们所想象的那样，她站在戴恩一边嘲笑她让她们说出的那些关于辛古的傻话，"她们这会儿正讥笑我们呐"。[2]（73）

担心她们自己已经变成了别人的笑柄，这些俱乐部女士以此为动机决定采取回避行动："回避嘲笑"，以及随之而来的对个人声誉的损害，像罗伯特·赖特（Robert Wright）所说，是人的普遍的"执念"。[3]在这里，沃顿笔下的人物把她们自己应当负责的行动，解释成他人发动的攻击。像列夫·拉斐尔（Lev Raphael）指出的一样，在这样一个"通篇讲羞耻"的故事中，她们拒绝羞耻感。[4]她们不情愿吞下自我发现的苦药，不问自己为什么会如此轻易地卷入虚假记忆和虚伪的自我表演中。这样，对读者来说一种似乎不可避免的结局就预先埋伏于故事之中。俱乐部女士们一手操纵了一种结果，即把所有的责备和不是都一股脑儿地丢给故事中最少假装、最少自我欺骗因此也最富有同情心的人物：罗比夫人被要求退出午餐俱乐部。这个放逐目的在确认她在知识上不够格，贬低她在俱乐部集体中的地位。在其余成员的眼中这样做的确达到了预期的目的。有些对这篇小说特别投入的读者已经注意到罗比夫人遭到了惩罚，但是没有对这样的结局对正义所造成的荒谬的反转做出评论。[5]故事中最有价值的人物被最没有价值的人物惩罚。俱乐部女士们继续着叙述人戏称为"思想上的自满"（34），以确保她们自己在文化和知识上的优越感不遭受外人侵犯。[6]

沃顿这个故事的第二个也是最后一个结局给整个故事的讽刺效果最后定音。诗的正义只能在结尾之外取得胜利，只能由读者的执意探索而得以实现，因为他们拒绝接受俱乐部女士们对事件的解释。然而故事的情节戛然而止，叙述人没有留下一句评语，假如换个情景叙述人肯定不甘

1　Wharton, 1911/2001: 23.

2　Ibid.

3　Wright, 1995: 266.

4　Raphael, 1991: 215.

5　Funston, 1984: 228; Killoran, 1996: 2.

6　Wharton, 1911/2001: 4.

默默离场的。以这种方式结尾，沃顿似乎在鼓励读者积极参与到故事中，思考到底哪个应该被批评。其结果将是，读者得出的价值判断更有说服力："跟作者合作……通过提供一套成熟的道德判断而与之合作"，正如韦恩·布斯（Wayne Booth）所指出，这的确是一件非常"令人振奋的事"，是"阅读带给人的所有体验中最使人受益的一种"。[1]在建构故事情节的过程中，显然沃顿让读者体验到的不只是一种令人惊讶的突然转向。从一开始到结尾，这些俱乐部女士回避现实、推卸责任、顽固不化，结果她们越来越变成被嘲笑的对象，甚至是被人蔑视。而且，她们在不知不觉中为我们深入理解普遍人性提供了一个范例，这种人性比第一次阅读时显得更加灰暗。在扬善惩恶的现实世界里，正义可以通过体制化的可预见性来实现，虽然有时并不完美。但在人的内心世界里，要保证那种正义的顺利实现就更加困难，无论那种正义有多么正当的理由。比起把那些驱使人去行动的自我欺骗、自我吹嘘的心理策略清除掉，把小偷送进监狱、把杀人犯判处死刑，或把他们送去澳大利亚显得更加简单好办。

进化心理学领域的研究表明，自我欺骗机制，比如在《辛古》中描写的那些招来众人嘲笑和抨击的手腕，存在潜在的益处：自我欺骗不可分割地与欺骗他人紧密相扣。[2]人类是一个社会性物种，生存和繁殖的成功高度依赖着交往合作的程度。因为地位的差异直接影响到个人获得可以提升适应的联盟资格和资源的途径，所以为了赢得更好的声誉优势人们相互之间展开激烈的竞争。[3]获得地位的途径可以是展现勇猛精神和超强的体能，比如在捕猎或在战斗中那样。除此之外，其他能力和成就也会赢得社区的关注，比如特别优秀的舞者、背篓编制者或者历史讲述人，他们典型地通过智力、机智或技艺赢得了赞赏。[4]欺骗之所以能够进入画面，是因为它有利于个人投射出超出自己天赋和能力的夸大了的形象。用这种骗人手法去获得社会地位，成本不高，因为他不会花费太多时间和精力去获得技能或培养天赋。那些能够说服他人相信他们有远远高于实际水平的竞争力或天赋

---

1 Booth, 1961: 307. 译注：该书汉语译文，参见华明等译《小说修辞学》（韦恩·布斯，2018：282），译文有改动。

2 Trivers, 2002b: 272.

3 Darwin, 1871/1981; Wright, 1995.

4 Wright, 1995: 266.

的人，像沃顿的故事《辛古》中午餐俱乐部的女士们一样，享受着与社区荣辱息息相关的好处。

社会学家欧文·戈夫曼（Erving Goffman）以剧场演出为喻来描述人类如何在他人眼中留下印象。他说人们给社区演戏，就像面对观众一样，以求被赞赏。[1] 我们不仅不断控制、调整我们面对他人时的自我形象，经常梳理这种形象以便获得最大效益，而且我们还在不断说服自己这个形象就是自己的真实自我。就像戈夫曼所说的一样，个人"真诚地相信他表演出的对现实的印象就是真正的现实"。[2] 这种混淆事实和虚构的做法有一个重要的功能，就是掩盖自我怀疑，因为一旦有一点点自我怀疑露头，表演成功的可能性就会大打折扣。像特里弗斯所言，如果"欺骗是动物交流最基本的特征，那么，肯定有在自然选择中形成的强大的机制去发现欺骗，这个机制反过来应该去选择一种自我欺骗手段，把一些事实和潜意识动机掩盖起来，比如通过一些微妙的只有自己知道的符号，不把正在行骗的行为暴露出来"。[3] 为了不把我们自己暴露出去，我们必须首先要相信自己的谎话。我们发现不管我们选择哪种形象来表演，我们都处在有利的地位。沃顿的《辛古》以特别显著的效果表现了这种适应原则。占有全知视角的叙述人说出的话辛辣带刺，清楚地表明希尔布里奇午餐俱乐部成员们执意不改违反事实的自我认识：她们坚信她们有权得到她们如此高调、傲慢地宣称的高雅的名声。

在这个故事中，沃顿发问，当一个习以为常的自我形象被揭穿的时候，会发生什么呢？面对她们不可抵赖的自我欺骗的证据，午餐俱乐部成员们知道了她们对"研读过《辛古》"的记忆有误，但她们拒绝改正先前对自己的看法。[4] 她们继续把她们的俱乐部赞美成希尔布里奇镇的文化殿堂，毫无疑问，她们也会继续美化自我，把自己吹嘘成学富五车、饱学灵通之士，拒绝接受相反的证据。把唯一知道辛古这个话题的人从俱乐部驱除出去，她们自信"祛除"了潜在的社会危害。[5] 无论读者发现这些虚伪嫉

1　参见 Wright, 1995: 263–264。

2　Goffman, 1959: 17.

3　Trivers, 2002b: 258.

4　Wharton, 1911/2001: 21.

5　Ibid.: 25.

妒夸张的人物多么好笑，但在故事机制的表面之下，沃顿暴露出我们进化而来的人性中潜伏着一些令人失望的、常常被忽略的行为倾向。自然选择的结果偏爱"更微妙一点的欺骗形式"，以及帮助掩盖它们的那些机制。[1]于是，人们会像希尔布里奇的女士们一样，相信言过其实的自我形象是真实不假的自我的反映。她们拒绝认识和改正这种错误的任何机会，用回避甚至攻击性策略去保护她们坚持不改的有利于提升适应的假象。

沃顿的故事于是给人类坚持自称拥有的品质即理性思想和伦理原则提出了怀疑。当理性的使用或者公平的实践，与自我利益相矛盾时，它可以被抛弃或破坏，而且被抛弃或破坏的速度十分惊人。叙述人在《辛古》中创造出来的那份冷静和机智，给故事结尾隐在的残酷性戴上了一个平静的面具。读者无法想象罗比夫人在得知被剥夺了俱乐部成员资格时的心情，但把她排挤出俱乐部，其目的就是贬低她，因此，这也是个伤害人的惩罚。在更危险的环境中，比如像在我们狩猎人和采集人祖先那种生存经济环境下，被驱除出部落将会对生存带来明显的严重的成本损失。即使是在沃顿 1905 年出版的小说《欢乐之家》描写的那种富裕社会中，就像读者们会记起的那样，当莉莉·巴特被驱赶出她出生以来就隶属的精英社会圈子时，她遭受了打击。因为她的名声不可分割地与婚姻带来的福利捆绑在一起，所以驱除带来的后果就是进一步降低她的社会地位：她的生活方式变得更加糟糕，她的婚姻生活在走下坡路。《欢乐之家》的悲剧表明社会驱除潜在的破坏性后果，不过这种后果在《辛古》的讽刺框架下表现得十分轻松罢了。莉莎·宗夏茵（Lisa Zunshine）曾经提出过一个论点，说读者为俱乐部的女士们感到"伤心"，因为她们在"喜讯"到来之时转身走了。那就是说，"只要她们愿意接纳罗比夫人，这个不知从哪里冒出来的无名之辈，她们就会变得更有知识、更诚实"，但是她们拒绝了这个机会。[2]这种具有共情的读法或许不会被多数读者认同，因为在叙述人接二连三的负面评价之下，这种感觉会很快消失。在驱除范妮·罗比的过程中，巴林杰夫人及其同伙所表现出来的那种恶意和自我保护意志，似乎是刻意安排好是去掀起愤怒而不是引起同情的。

1　Trivers, 2002a: 38.

2　Zunshine, 2014: 103.

《辛古》中不断颠覆诚实和公平的情节，削弱了人们对客观性的信念，包括对所谓的道德推理的信念。毫无疑问，俱乐部女士们有能力理解和判断她们自己的所作所为，但是她们显然不愿意放弃"为了欺骗而行自我欺骗"。[1]沃顿的故事带着嘲讽的口气指出，口头上坚持的价值观与大家看到的行为之间实际上存在着差距。为了自我利益，人们鼓吹像真理和忠诚这类理想。进化论分析解释了这种现象。一个社会物种的有些成员被挑选出来刻意违反这个群体公开宣传的价值观，对这些精心策划的违反行为，当违反者没有明确意识时，这种违反行为就证明达到了目的，因为它们有利于个人适应能力的提升。我们通过进化而形成的心理机制把我们引向这种乖张荒谬的行为，沃顿把它暴露在光天化日之下，让我们特别关注自我欺骗与当替罪羊之间的内在联系。当不可拒绝的铁证威胁着个人精心编造出来的自我形象时，任何负面信息都会被有计划地篡改。但一旦篡改行为被曝光，她们就会把责任推卸到他人身上，承担责任的那个人最好是某个在社会上无权无势，也没有任何反抗手段的人。在她们快要意识到自己在欺骗自己的时刻，她们先是恶意编造一个故事，然后把责任推到罗比夫人身上，目的是暂时以她们自己为代价去提升一下罗比夫人的地位，通过这种办法，沃顿笔下的俱乐部女士们挖空心思去寻找替罪羊。并且，合情合理地说，在讨论辛古的那一段，那种让她们上当的话，激发了她们去发表些愚蠢的高论，揭示了经管她们全部生活的一种更大的自我欺骗模式。这些人物不是去做痛苦的反省，而是极力劝告自己认为他人（一个无关的外人）应当承担让她们蒙羞的责任。罗比夫人成为她们正当泄愤的对象。这是一种"欺骗者常用的姿态"，她们用来掩护自己免被发现，用来躲避承认她们打造的面具是个假面具这一事实。[2]

那种令人惊奇的反逻辑，让她们能够从一心为一己打算的"扭曲的现实"转向恶毒的攻击。[3]这种现象跟社会政治领域经常使用高尚的或者有意为人开脱罪责的推理去掩盖比如烧死巫婆和种族灭绝的行为有令人不安的相似之处。人类正是使用这种进化而来的能力在我们之应得和计划之间愚

1　Trivers, 2002b: 255.

2　Wright, 1995: 206.

3　Trivers, 2002b: 272.

弄我们自己，人类的许多灾难就得到了合理的解释。沃顿在《辛古》中描述的思想和行为模式仿佛昨日黄花，似曾相识，读者一眼就辨认出来了。她故事中那种对那些掩鼻偷香的行为毫不畏惧的蔑视，邀请读者穿越希尔布里奇那个可笑的虚构世界，在更大的范围内思考在那里发生作用的适应机制的意义。《辛古》令人愉悦，为我们展现了一次对人性的严肃的考量：有失偏颇的思想，始于滑稽，终于可耻。这是对人类普遍人性的毫不夸张的写照。作者创造了这样一个文学情节，其中诗的正义不能得到实现，因为她的人物按照"生命的实用功能"去行动。[1]她们只关心自己是否占据人生的要津。当事关适应机制及其利益的时候，逻辑的连续性、客观的分析、人与人之间的义务担当，所有这些人类对正义的理解都被忽视了："其实，哪个人或者什么东西受到伤害都没有关系"。[2]

（余石屹译）

*译者注：本文译自 Judith P. Saunders, "Poetic Justice and Edith Wharton's 'Xingu': An Evolutionary Psychological Approach," *Evolutionary Studies in Imaginative Culture*, Vol. 1, No. 1, Spring 2017, pp. 173–180。注释部分略有调整。

参考文献

韦恩·布斯. 2018. 小说修辞学. 华明，胡晓苏，周宪译. 北京：北京联合出版公司.

伊迪斯·沃顿. 2000. 女性主义的先知：沃顿夫人短篇小说选. 宁欣译. 北京：外文出版社.

Booth, W. C. 1961. *The Rhetoric of Fiction*. Chicago: University of Chicago Press.

Darwin, C. 1871/1981. *The Descent of Man, and Selection in Relation to Sex*. Princeton: Princeton University Press.

Dawkins, R. 1995. *River out of Eden: A Darwinian View of Life*. New York: Basic Books.

1　Dawkins, 1995: 105.
2　Ibid.: 131.

Edelson, M., Sharot, T., Dolan, R. J., & Dudal, Y. 2011. Following the Crowd: Brain Substates of Long-Term Memory Conformity. *Science, 333,* 108–111.

Funston, J. E. 1984. "Xingu": Edith Wharton's Velvet Gauntlet. *Studies in American Fiction, 12*(2), 227–234.

Goffman, E. 1959. *The Presentation of Self in Everyday Life.* New York: Anchor/ Doubleday.

Killoran, H. 1996. "Xingu": Edith Wharton Instructs Literary Critics. *Studies in American Humor, 3*(3), 1–13.

Raphael, L. 1991. *Edith Wharton's Prisoners of Shame: A New Perspective on Her Neglected Fiction.* New York: St. Martin's Press.

Trivers, R. 2002a. Reciprocal Altruism. In R. Trivers. *Natural Selection and Social Theory: Selected Papers of Robert Trivers.* Oxford: Oxford University Press, 3–55.

Trivers, R. 2002b. Self-Deception in Service of Deceit. In R. Trivers. *Natural Selection and Social Theory: Selected Papers of Robert Trivers.* Oxford: Oxford University Press, 255–293.

Wharton, E. 1911/2001. Xingu. In M. Howard. (ed.) *Collected Stories 1911–1937* (vol. 2). New York: Library of America, 1–25.

Wright, R. 1995. *The Moral Animal: Evolutionary Psychology and Everyday Life.* New York: Vintage/Random.

Zunshine, L. 2014. Theory of Mind as a Pedagogical Tool. *Interdisciplinary Literary Studies, 16*(1), 89–109.

人性的隐忧：斯蒂芬·金《闪灵》的进化论解读[1]

马提亚斯·克拉森

美国作家斯蒂芬·金（Stephen King）出版于 1977 年的小说《闪灵》是世界上有史以来最为著名的惊悚小说之一，作者金也因为这部作品和其他作品而成为世界上最著名的惊悚小说作家。金迄今为止已经出版小说近 70 部，售出大约 35,000 万册，被翻译成 50 多种外文。[2] 金获得过数量众多的各种奖项，其中最有分量的是 2003 年获得的全国图书基金会美国文学杰出贡献奖。自从他于 1974 年发表处女作《魔女嘉莉》以来，金的小说声名鹊起，在世界各地卖得十分火爆，拥有大量读者。[3] 在评论界虽然也连连获得好评，但也不乏批评之声，对他作品的评价形成褒贬不一之势。他成名的原因，我认为是多方面的。首先他的写作风格平易近人、十分口语化；他的故事情节跌宕起伏，事件一个接一个发生，从不拖沓沉闷；无论大小主题，一路写来都显得得心应手，他尤其不避大众熟悉的主题，比如善恶相争等；他笔下的人物都是些平凡无奇的市井小人，但是他们内心复杂，也有遇事毫不退缩的果毅，敢于直面生活中各种人事或意想不到的怪事。而且，金创造了复杂多变的奇幻世界，其中超越现实世界的道德力量通常具化为传统的恐怖人物形象，比如各种恶鬼邪神等，很受观众欢迎。正因为受到欢迎，观众反而对那些缥缈不定、两极切然划分却左右着有形世界的超自然鬼怪产生了共鸣。最后，金的小说透露出来的世界观比较复杂，一方面他坚信世界不是一块人人为善之地，邪恶无处不在，人生充满苦难；另一方面，他在这种认识中又掺入一丝浪漫和感伤情怀，把无限的赞美之声投向人类向善的本能。这种敢于直面现实的现实主义精神和充满正能量的价值观，拨动了多数读者的心弦，因为它在拒绝虚无的同时，又

1　译注：引文译文采自王汉梁译《闪灵》（斯蒂芬·金，2011）。部分译文略有改动，译文的具体出处见文中夹注。

2　Hough, 2012; Lilja, 2015.

3　Magistrale, 2013.

似乎抓住了这个世界的真相——它残酷得让人难以面对，但又如此真实不假，无时不矗立跟前。

所有这些因素在《闪灵》这部小说中都凸显出来。这是金的第三本小说，他的第一本畅销小说，也是他最畅销的小说之一。[1]《闪灵》讲述的是杰克·托兰斯的故事。他是个聪明、富有同情心的中年男子，梦想着哪一天写出畅销小说。他脾气古怪，情绪变化不定，以酒度日。在来到科罗拉多之前，因为发脾气，打伤学生，丢了在高中教书的工作。来科罗拉多后，因为多喝了几杯酒，情绪失控，意外弄伤刚满五岁的儿子丹尼的手臂。在此之后，跟妻子温迪的关系也出了问题。在小说开始时，经熟人介绍，他前往坐落在落基山深处的好望宾馆，去面试一份当冬季看护人的工作。好望宾馆是个休闲度假的高档宾馆。面试后，杰克接受了这个工作，他把这次在这个高档宾馆工作的机会看成是挽救他摇摇欲坠的婚姻和文学梦想的最后机会。杰克的儿子丹尼有一种叫"闪灵"的特异功能，时时被所见到的恐怖景象折磨。他预感在好望宾馆有不祥的事即将发生。当全家在好望宾馆冬季关门歇业之前赶到宾馆时，宾馆的厨师哈勒兰把丹尼拉到一边。哈勒兰也有闪灵，他一眼便知道丹尼跟他一样是通灵人。他提醒丹尼这个宾馆里有鬼，特别是217房间，但又嘱咐说那些鬼怪不会伤到他。哈勒兰说得对，宾馆的确有鬼，但他说不会伤到丹尼是说错了。好望宾馆凝聚了一股邪恶的超自然能量，这些是好望宾馆的前老板和旅客——那帮罪犯、黑心商人和黑帮分子所干的坏事积聚起来的能量。这些邪恶的力量借丹尼的心灵能量复形，而且变得一天比一天强大，直到一女鬼现身217房间，直接攻击丹尼本人。丹尼想从宾馆逃走，他和母亲温迪一样都想尽快离开这个宾馆。但此时大雪封山，杰克又提前破坏了他们的收音机和雪地车，使他们无法离开，也无法跟外面的朋友取得联系。杰克拒不承认危险临头，根本不想离开宾馆。原因之一是一旦离开，他就要面对失业和别人的羞辱。丹尼因为有通灵神力，宾馆的超自然能量极力想把他吸收进来，加入宾馆里邪恶的鬼怪行列。但这些鬼怪最终找到的是杰克，这个家庭里最薄弱的一环。一开始他们用美酒勾引杰克，还向他保证只要他把儿

1　Magistrale, 2010.

子杀死他就不会再羸弱无助，就会强大起来。这些鬼怪用甜言蜜语慢慢打动了杰克，激怒他，让他产生了想把与他意见相左的家人杀掉的愿望。丹尼和温迪两人在最后时刻被丹尼用通灵神力呼叫来的哈勒兰救了出来。与此同时，杰克因为忘了把宾馆地下室那个老旧锅炉的气压调下来，结果锅炉爆炸，把宾馆连同杰克一起炸上了天。丹尼、温迪和哈勒兰安全逃出。

小说有很多自传色彩，最明显的表现在作者生动地描写了一个作家在写作初期如何难于割舍对杯中物的贪恋。[1]另外，小说也记录了 20 世纪 70 年代美国社会特别突出的男性焦虑，即担心失去男子阳刚之气以及失去之后将面临什么后果的焦虑。"杰克代表了男性形象的过渡形式"，一边是儿子心目中自己父亲的形象，一个虐待孩子、在家横行霸道的父亲，另一边则是一个更接近现代生活的慈父形象，一个在家分担抚养孩子的责任、甘当孩子的"主要看护人"的父亲。[2]杰克被裹挟在这两种形象之间，难以自拔。但是，小说的主要冲突，即杰克跟内外两股毁坏势力的抗争，以及温迪和丹尼拼命抵抗宾馆的危险，比起作者金想表达的个人关怀以及属于70 年代美国人的焦虑来说，显得似乎更加深刻。因为它直接触及人性的基石。从进化论视角来看，这一冲突会让我们把眼光聚焦于人性与文学之间的穿插互动上。人性不只是文学再现中最基本的话题，它也是试图从人类进化角度去解释为什么人类要花费如此多时间去生产和消费虚构叙事这种批评实践中最关键的一个要素。[3]我们偏爱虚构叙事，因为小说是我们认识世界、理解自己和他人的一个基本途径。[4]惊悚小说充分利用了生命进程中无数令人惊恐的时刻以及包括我们自身在内的读者的反应，具体生动地完成了赋予我们新经验的任务。[5]

《闪灵》的中心冲突其根源在人性，它反映出人类进化过程中不断出现的适应难题，即如何平衡我们因进化而得来的相互矛盾的种种动机，比如立己与立人的矛盾，以及立己过程中如何战胜自然危害的矛盾。而且，小说中那些超自然因素，用得自由洒脱，不留刀斧印痕，正好投合我们因

1　Winter, 1984.

2　Davenport, 2000: 317.

3　Gottschall, 2012.

4　Carroll, 2006, 2012.

5　Clasen, 2012b, 2016.

长期演化而得来的一种认知气质，即对神秘世界持有无穷的好奇，偏向二元划分的思维方式。这种认知气质与小说的超自然因素之间产生了强烈的互动，其结果是那些超自然因素的出现似乎只是在确认读者的直觉：世界上的确存在着某种精神力量，某种超验的邪恶，而且它们无处不在，出没无间。但与此同时，有种超自然能力，或者说精神之力，又存在于人人心中，比如像闪灵那样的力量，它能够探测到邪恶之所在，并帮助人们抵御邪恶的侵袭。这些就是为什么这部小说能够在全世界为读者持续喜爱的原因。

金巧妙地通过主观叙事引发了读者对他笔下人物的同情。他让我们用这些人物的眼睛去观察世界和内心。让我们跟杰克一同去感受，体会这个富有同情心但有自身性格缺陷的男人如何慢慢地把同情变成恐怖，最终失去理智，陷入杀人妄想的泥淖不能自拔。当我们明白杰克把自己的妻儿当成毁灭对象时，我们似乎也感受到他们内心的惊恐。此时读者对杰克原有的同情发生了转变，转变的关键点在杰克去检查宾馆的雪地车这个时刻。这辆雪地车原本是温迪和丹尼准备用来逃离宾馆的最后的交通工具。当杰克在走留之间徘徊，犹豫是离开宾馆就可以保护他家庭呢，还是留下来追求自己的梦想时，金用自由间接引语把我们放到杰克的意识流动之中，去体会他的所见所思。杰克找不到雪地车的电瓶，"不过，他满不在乎。实际上，这只有使他感到高兴。他松了一口气"。[1]（295）之后他又找到了电瓶，但决定不告诉温迪和丹尼。当他刚要离开放雪地车的设备棚时，看见丹尼好像在雪地里堆雪人。金让我们再一次进入他的思绪："（上帝啊，你在想什么呀？）回答立刻出现了。（我，我正在想我）。"[2]（296）这时杰克清醒过来，但只有短暂的一瞬间，他意识到自己在向宾馆的恶鬼投降："在那一刻，他跪在地上，一切都明白了。好望宾馆想伤害的不仅仅是丹尼，还包括他！薄弱环节不是丹尼，而是他。他是个弱者，可弯，可折，直至断裂。"[3]（297）紧接着是一段梦境，他梦见自己酗酒，在赤贫如洗的生活中苦苦挣扎，这正是他担心一旦离开好望宾馆、离开他成功的最后机会，

---

1 King, 2011: 304.

2 Ibid.: 306.

3 Ibid.

他自己可能得到的下场。于是，他终于下定决心，把雪地车引擎上的磁电机卸下来，尽全力远远地扔进山谷的树林里。此时他感到"心里十分平静"。[1] 在这里读者被迫将此前对杰克的同情转移到他的受害人身上。作者金使用主观叙事手法，在读者心中唤醒了一系列对待杰克的复杂、矛盾的感情，有理解，有释然，也有怨恨和厌恶。

导致杰克沉沦、将他毁灭的力量，本质上是心理因素，也即是小说中的超自然的因素。从心理上而言，杰克性格软弱，饮酒无节制，脾气火爆，急于获得社会承认，对父亲的记忆尤深。儿时遭受变态父亲的虐待，那段痛苦的记忆折磨着他，在他心中挥之不去。当意识到自己的行为竟反映出父亲的影子时，更让他感到惶恐不安。小说中的超自然之力——那些蛰伏于宾馆的恶鬼，是由丹尼的特异功能唤醒的。这些超自然因素，并不像某些批评家所言，与小说情节毫无关系，只是撒在这个针砭时弊的现实主义小说蛋糕上的"糖霜"。[2] 对多数读者而言，小说最生动、最令人难忘的时刻就是小说的主要人物遭遇超自然鬼怪的时刻。这些鬼怪是过去和现在的精神力量在当前的物质现形。对杰克而言，过去的恶以及蛰伏于他内心的恶逐渐把现在从他内心驱赶出去，占据了他的整个意识，在他的内心点燃破坏的怒火。对丹尼而言，闪灵这种特异的洞见能力让他在恐惧面前易受伤害，但同时也能够帮助他最终战胜邪恶。恶的力量没有在丹尼的内心引起回应。虽然它们的确找到他，比如诱惑他不守诺言，莽撞进入217房间；虽然丹尼陷入了上面几代人传下来的恶的怪圈中，但他自己并没有把胁迫他的恶内化成自己的一部分。正像读者被迫把同情之心从杰克身上转移开一样，丹尼也被迫割断与父亲的情感联系。他曾经知道的那个爱戴他的父亲，现在已经被代表过去的鬼怪所征服。替代父亲位置的是他母亲，但她需要超强的勇气来保护儿子免受她曾经深爱的丈夫的伤害。丹尼还与哈勒兰建立了信任关系。哈勒兰也有闪灵，他努力帮助丹尼对付因闪灵而来的危险，最终成为丹尼在情感上的父亲的替身。哈勒兰将丹尼带入闪灵的打开的奇幻的想象世界。这个重大任务，他父亲杰克没有完成，因为他没有这种能力，也因为他不愿向除了自己以外的人承认这个想象世界

---

1 King, 2011: 310.
2 Herron, 1982: 74; Notkin, 1982.

的存在。

杰克·托兰斯酗酒的恶习以及暴力倾向，跟他亲和的慈父形象处于紧张关系之中。在小说中，杰克是一个身处困境但不为困境所屈服且受人喜爱又努力奋斗、野心勃勃的男人。他一边追求自己的文学梦想，一边还要照顾自己的家庭。这两种相互矛盾的动机随着小说情节的发展越来越不相容。与此同时，宾馆的恶力量祭出种种花招，极尽诱惑之能事，饮酒时给他献上美酒，失落时向他保证会得到他渴望已久的权力和社会地位。这些恶力量将他内心中暴力的一面凸显出来，怂恿他跟家庭宣战。宾馆的过去是一段充满暴力和肮脏交易的历史，以前的主人跟黑社会有错综复杂的纽带关系，宾馆还发生过几起自杀和谋杀案件。这些历史让杰克着迷。宾馆的超自然力量还向他保证要给他"负责任的岗位"，给他在其他地方得不到的名誉、地位和尊严，其中一个鬼告诫他说："想想吧，你在好望宾馆的管理层肯定可以爬到更高的位置，也许……最后……爬到权力的顶峰也未可知。"[1]（373–374）杰克心中怀揣着写一部好望宾馆历史的梦想，甚至以为见到了打捞他文学职业的绝佳机会。在他检查雪地车的时候，他思忖着，"好望宾馆不希望他们走。他也不希望他们走。……现在，他也许已经成了它的一部分。也许好望宾馆——这个大而无当的塞缪尔·约翰逊——已经挑中他做鲍斯韦尔了。你说，那个新的看守员在写作吗？很好，那就签约叫他来吧。工作期限由我们来定。不管怎样，先让我们摆脱那个女人和那个乳臭未干的臭小子吧。我们不希望他分散精力"。[2]（300）

从小说一开始，作者就暗示身处逆境的杰克对社会地位和权力非常在意。开篇的第一个句子是这样写的："杰克·托兰斯想：真是个好管闲事的小蠢货。"[3]（3）当时是杰克来宾馆参加跟好望宾馆的经理进行的一场面试。宾馆经理，那个好管闲事的小蠢货，叫乌尔曼，他对待杰克的态度完全是居高临下、盛气凌人，在面试过程中还有意提到杰克过去犯的过错，以及丢掉工作和酗酒的事。对这场权力严重失衡的面试对话，杰克认识清楚，并且不十分喜欢："乌尔曼坐在写字台后面，杰克坐在写字台前

1　King, 2011: 390.

2　Ibid.: 309–310.

3　Ibid.: 3.

边。一个是招聘者，一个是应聘者。一个是求职者，一个则是勉为其难的经理。……尔后，他原先对这个男人的反感像一阵浪涛似的又涌了过来。"[1]（7-8）在这种情形下，杰克被迫采取服从的态度，但他自己厌恶这种态度。他渴望获得社会认可，他把自己想象为"受欢迎的作家，纽约评论界大奖的获得者，……大文豪，受人尊敬的思想家，七十岁一举夺得普利策奖"。[2]（401）他的这些愿望本是人所共有的一种基本的动机。人们，特别是男人们，在进化过程中形成了渴望社会地位的强烈的心理倾向。[3]正如心理学家大卫·巴斯所说，人们通常可以通过两种途径获得社会认可，取得社会地位，一是通过掌握支配权，二是通过建立声望。支配权大多是通过武力或武力威胁而获得的，所以有可能被视为非法获取的权力，而声望则是人们"自愿的顺从"，也就是说这是合法的地位。[4]杰克由于试图通过建立声望来获得社会认可的努力失败了——"作为教师、作家、丈夫和父亲，他都失败了"，所以，在宾馆众鬼的怂恿之下，这些恶鬼本身代表着宾馆前主人、黑帮以及奸商挥舞的暴力支配权和非法声望，他转而谋求一种带攻击性质的支配权。[5]（352）

随着宾馆在他身上施加的坏影响越来越明显，杰克的脾气变得越来越火爆，更耽溺于幻想；丹尼受困于自己的预感心神不定，时常忽然发作；温迪也变得越来越急于想离开宾馆，虽然离开的代价将是杰克失去工作和全家陷入经济困境。"她似乎不喜欢好望宾馆正在对杰克和丹尼产生的影响。"[6]（205）她最关心的是全家的安全。但杰克拒绝离开，他甚至拒不承认他儿子身陷凶境。在丹尼被 217 房间的那个女鬼攻击之后，杰克就开始去调查女鬼的真相。他走进 217 房间，本能地觉察到此地蹊跷可疑，立刻逃出来，回去跟丹尼和温迪汇报。这之后是这部小说最短的一章，叫"定论"，只占四分之一页不到的篇幅。"'那儿什么也没有'，他说。声音听

1　King, 2011: 5, 7.

2　Ibid.: 420.

3　Buss, 2012: 361.

4　Ibid.: 365.

5　King, 2011: 365.

6　Ibid.: 209.

起来十分真诚，连他自己都吃了一惊。'真的没什么'。"[1]（272）这一章以
"定论"命名，因为它表示杰克最终下定决心以满足野心为主业，要不顾
一切地追求社会地位，儿子的幸福则可以次之。于是，杰克决定不辞掉这
个工作。他决定待在好望宾馆的理由在小说中是以自由间接引语给出的，
在温迪表示要用雪地车离开宾馆、先去离宾馆最近的萨德温特镇之后：

> "至于他们下山后如何度日，温迪只字不提。什么都没说。她喋
> 喋不休地说丹尼这、丹尼那，杰克，我多么害怕之类的话。哦，是
> 的，她非常害怕隐蔽处的种种鬼怪和跳动的影子，简直怕极了。可现
> 实中可怕的事也不少啊！他们到达温德萨特时，身上只有六十块钱和
> 穿的一些衣服，甚至连一辆汽车也没有。即使萨德温特有当铺的话
> （其实并没有），他们除了温迪手上的一只价值九十块钱的钻戒和一架
> 索尼牌调频收音机之外，便没有什么东西可典当了。当铺老板也许会
> 给他们二十块钱。这还得碰上个好心老板才行呢。他们肯定找不到工
> 作，哪怕干些零活或打短工都不行，也许最多只能找到三块钱一小时
> 铲清车道残雪之类的活儿。他眼前出现了这样一幅图画：杰克·托兰
> 斯，三十岁上下，曾在《君子》杂志上发表过作品，曾经的抱负是在
> 未来十年内跻身美国一流作家的行列——他觉得这并非痴人说梦。而
> 如今，他肩扛萨德温特西部汽车公司的铁铲，挨家挨户按门铃……"[2]
> （285）

这幅凄惨的"图画"赫然出现在他眼前，比宾馆里那些超自然怪物
更让他心惊。[3]对杰克而言，真正的鬼怪就是他自己这副怂样子，干着一份
降低身份的下贱的工作，人活得死气沉沉，了无生气，可怜巴巴。他对这
个鬼怪的害怕是如此之强烈，超过了他对家里人的关心。杰克脑子里闪过
这些念头，随后就涌起一阵想把温迪杀死的冲动，幻觉中设计了详细的杀
人计划。然后，杰克注意到丹尼正在做噩梦。"他这一大堆苦涩的情感碎
裂了。他跳下床，走到男孩子跟前，觉得自己很恶心，又羞愧难当。他念

1　King, 2011: 281.
2　Ibid.: 294.
3　Ibid.

念不忘的应该是丹尼，而不是温迪和自己。只有丹尼。不管他怎样扭曲事实，他心里明白：必须快把丹尼送出去。"[1]（287）小说到此，杰克还是被两种相互矛盾的动机撕扯着不能完全定下心来，但跟随杰克的意识一起流动的读者越来越不高兴起来，因为杰克逐渐把自己对儿子的保护和家庭的关怀抛在一边，代之以自私自利的支配行为和杀人冲动。

杰克令人不安的心理历程，作者用视角转移的方法很强烈地显示出来。他有两次回忆起自己小时候父亲酗酒之后凶狠"无情地"暴打他母亲的场面。[2]杰克的父亲第一次打他的母亲时，作者金利用细节描写刻画了他的残忍。金用了七次"轰轰"声，写杰克的父亲挥舞手杖，打到他的母亲的头上，打破了她的头颅，把她的眼镜打飞，掉到桌上餐盘里的肉汁里，让她住了三天医院。[3]杰克带着恐惧和头晕回忆起这次事件。然而，在小说后来他又一次回忆起这次事件时，他已经失去理智，更深地陷入了杀人妄想之中："他还记得星期日吃晚餐时，父亲在桌边棒击母亲的一幕……当时他们几个孩子吓坏了！可现在他明白这么做是多么必要了。他的父亲只是装醉，他的神志清醒得很，一直关注着对他的那些细小不敬之举。……现在，二十年过去后，他终于欣赏父亲的智慧了。"[4]（402-403）杰克的视角发生了变化，说明他内心情感的天平已经发生倾斜，现在他变得邪恶起来，黑暗之力正在占据上风。他现在毫无忌惮地拥抱令人恐怖的支配力，并把它作为一种通往更高的社会地位和成功的合法途径。

在金看来，黑暗之力或者说恶，可以被描述为超自然之力，但是它们说到底还是根植于人性深处，而且作为自私自利的动机，它们必然与亲子关怀和人们相互之间和睦友好的情感相冲突。金从来没有确切地告诉过我们好望宾馆的超自然力贪图什么或者它们是怎样炼成的，但是他的确把宾馆的鬼怪们写成欺诈成性、争权夺利、唯社会地位是图的一众坏蛋，抽象为咄咄逼人的支配力，它们为杰克提供酒水，诱惑他心中潜伏的这类恶力从他心中跳出来。小说中有一处提示说，这个宾馆其实是一邪恶之地，简

1　King, 2011: 296.

2　Ibid.: 248.

3　Ibid.: 247.

4　Ibid.: 422.

单地说就是因为坏人在那儿干过坏事："贩毒、卖淫、抢劫、凶杀。"[1]（176）217 房间的那个女人，叫马西太太，她去好望宾馆是要跟一个男子私会，结果被那男子抛弃，她于是在浴缸中自杀身亡。在这件自杀案之前，一个黑帮头子和他的两个保镖被住在宾馆的杀手枪杀了，"是在近距离内被重型霰弹枪射杀的"。[2]（177）杀手在逃跑前还把他俩的睾丸摘了。在小说的一个关键场景中，杰克在宾馆的酒吧被一群魑魅魍魉团团围住，其中包括宾馆前主人霍勒斯·德文特，他是个百万富豪花花公子，与有组织的犯罪集团联系很深，干过包括走私、赌博、开妓院、贩卖枪支等坏事。德文特特别喜欢玩弄他的朋友、曾经的情人罗杰，让他当狗给其他鬼怪取乐，以此来贬低他。"在食品桌旁，德文特现在正握着一块小小的三角三明治，在罗杰的头顶上方逗他翻筋斗，引得旁观者们哄堂大笑。狗面具朝上仰着，狗服装的两肋起伏着。突然，罗杰跳了起来，缩着头，想在空中打个滚。他跳的太低了，他太累了。他笨拙地仰面掉在地板上，头狠狠地撞在了地砖上。狗面具里传出了一声沉闷的呻吟。德文特带头鼓起掌来了。'再来一下，小狗，再来一下呀！'"[3]（369）当众羞辱朋友对超自然的恶力来说好像是一件再寻常不过的消遣，但是这个情节的确说明恶从根底来说是人的恶，是人的行为造成的，是一种建立在绝对的权力等级之上的支配权。杰克可以通过跟宾馆的邪恶势力配合来得到权力和尊严，但是这些邪恶的力量却跟家庭情感、慈善之心和友爱绝然对立。

在小说结尾处，当杰克正要准备用球棒打死儿子时，杰克被恶彻底征服了。一共有三种缠住杰克不放的黑暗之力，即他自己的破坏性性格、他父亲给他带来的心理创伤，以及宾馆的邪恶势力。此时此刻这三种恶都集中在这个挥舞着球棒的魔鬼身上了。从丹尼的角度来看，"好望宾馆的主宰力量化成了父亲的模样"，超自然的和心理的恶抱有同样的动机，就是使用暴力和挑衅手段获得支配权。[4]（443）宾馆的邪恶力量向杰克保证他将在好望宾馆的一众魑魅魍魉中升任经理，肩负重要责任，并获得尊重，它

1　King, 2011: 179.

2　Ibid.: 180.

3　Ibid.: 385–386.

4　Ibid.: 468.

们以此来诱惑杰克（但未诱惑温迪或丹尼），说这是"他最后、也是最好的机会：先成为好望宾馆的正式职工，然后有可能……步步高升到经理的职位"。[1]（403）但现在，阻碍杰克实现梦想、最终获得社会承认和权力的障碍是他的妻子和儿子。

一个几岁的小孩被充满敌意的邪气侵扰本身就是一件异常可怕的事，而且作者金通过安排父子之间的对抗更增加了故事的恐怖感。他将丹尼的情感和反应直接展现出来，让读者可以直观地感受到危机四伏的场景，产生特别的恐怖效果。金把我们放进丹尼的意识之中，以便建立起对这个人物的共情关系，允许我们像一面镜子一样去反映出他的恐怖感。金让我们在小说一开始就明白，丹尼处于危险之中。他的预知能力及时提醒他提防好望宾馆。他看得见异象，以及大致的恐怖场景；当他独处之时，在黑暗和不熟悉的环境中，对自己被危险的东西窥视有所感应。在这部小说最让人难忘和最恐怖的一幕，丹尼不顾哈勒兰说那房间有鬼的提醒，坚持去探访 217 房间。[2] 他是由着好奇心的驱使前去的，金暗示说，是在宾馆的刺激下去的。当他走进 217 房间，我们在他的头脑里，与他一起感受周遭，分享他的视角，以及他的惊恐不安。与故事中一个易受伤害的人物分享视角、产生共情，增加了故事的吸引力，引起读者共鸣。金通过丹尼的意识来过滤 217 房间令人作呕的描写，把令人恐怖的场面涂上丹尼的恐惧感。因为他，作者唤醒了一种原始的对立，即丹尼这个活生生的人物高度活跃的意识，与浴缸中未死的女人——有人形却无生命气息的女尸产生的恐怖相对立。

作者细致生动地描摹未死的女人，以引起读者强烈的恐惧和厌恶感。丹尼进到卫生间，拉开浴帘看见藏在后面的东西："浴缸中居然躺着一个死了很久的女人。她漂浮在水里，浑身发紫，……她那玻璃状的大眼睛死盯着丹尼，就像两粒弹珠。她撅着发紫的嘴唇，正呲牙咧嘴地狞笑。……她的两只手像蟹爪似的僵在浴缸两侧的瓷凸边上。"[3]（231–232）这幅场景真是令人胆战心惊、毛骨悚然。一具长满病原菌的尸体凡人看见都会引发

1　King, 2011: 422.

2　Herron, 1982: 66.

3　King, 2011: 239.

强烈的反感，就算是在大脑里曾暂时留下过这一幕的记忆也令人非常不愉快。[1]如果面前的这具尸体还会动，那么就会更令人恐惧。"她仍然狞笑着，一双玻璃弹子似的大眼睛盯在他身上。她正在坐起来。一双死气沉沉的手掌在白瓷缸边上发出'咕嚓咕嚓'的声响。……她没有呼吸，充其量只是一具尸体，死了很多年而已。"[2]（232）一具腐烂的尸体，竟然还有身体的正常功能，甚至还有邪恶的意图以及移动能力，这是一个对我们这种属于捕食性、并且易于感染的物种而言非常可怕的情景。[3]这违背了人关于死去的有机体的基本直觉：死去的有机体不再会有意识活动，也不能走动，且容易造成伤害。于是，因为金对丹尼的反应的描写，读者的恐惧和反感加深了。"丹尼尖叫了起来。但声音并没有发出来，反而朝里钻进去，像一块石头掉进井里似的落到了他黑洞洞的体内。他踉踉跄跄地退后一步，听见他的脚后跟在六角形的白瓷砖上'啪嗒、啪嗒'地响。就在这时，他小便失禁，不由自主地尿了出来。……丹尼转身就跑。"[4]（232）

《闪灵》作为一部惊悚小说产生了非常好的效果，因为它把读者放到故事人物的意识之中，用真实的笔触将这些人物活灵活现地描写出来。他们在故事中陷入了非常危险的境地，小说通过这样的安排瞄准了我们管理危险的适应机制，以便激发害怕和焦虑的情绪。[5]在激发强烈的情绪之上，小说还为阅读这类小说的读者提供了他们期待的心理知识和社会洞见。比如在描写杰克努力克服自身弱点、克服毁灭性冲动但最终失败的过程中，小说给我们展现了一幅作为人性一面的恶的图景，试图说明在生活中作为人性的一面，恶可能是自然发生的，但不是不可以避免的。小说中只有杰克一人，最终没有抵挡住恶的诱惑，向它致命的迷人的呼唤歌声投降了。哈勒兰，作为丹尼的父亲替身，抵挡住了这个诱惑，温迪和丹尼也没有被拉入陷阱。从首次发表以来，《闪灵》迄今为止依然是有史以来最畅销的惊悚小说之一，因为它如此有效地唤醒了基于生物本性的冲突和恐惧感，并对这些冲突和恐惧感做了深入的探索。而且，还因为它所提供的视

1　Curtis et al., 2004.

2　King, 2011: 239.

3　Clasen, 2012a.

4　King, 2011: 239.

5　Öhman & Mineka, 2001.

角是一种直面现实的视角，作者坚信最终恶会被战胜。在小说的结尾，哈勒兰给丹尼如下建议："丹尼，这是个充满艰难的世界。它铁面无情，既不恨我们，也不爱我们。……这个世界并不爱你，可你妈妈爱你，我也爱你。……但你必须明白，你还得继续活下去。把你的爱记在心里，不管怎样都顽强地活下去。"[1]（469）《闪灵》是一部令人恐惧、动人且难忘的小说。像其他成功的悲剧一样，它"紧紧抓住痛苦的感情，但让我们自己去感受那些驱使我们行动的力量，并对这些力量产生一种更深刻、更合适的理解"。[2]具体而言，阅读《闪灵》让我们自己感到我们对这个世界上以及人性中的黑暗力量有了一种更好的理解。

（余石屹译）

* 译者注：本文译自 Mathias Clasen, "Hauntings of Human Nature: An Evolutionary Critique of King's *The Shining*," *Style*, Vol. 51, No. 1, 2017, pp. 76–87。注释部分略有调整。

参考文献

斯蒂芬·金. 2011. 闪灵. 王汉梁译. 上海：上海译文出版社.

Buss, D. M. 2012. *Evolutionary Psychology: The New Science of the Mind* (4th ed.). Boston: Pearson, Allyn and Bacon.

Carroll, J. 2006. The Human Revolution and the Adaptive Function of Literature. *Philosophy and Literature, 30*(1), 33–49.

Carroll, J. 2012. The Adaptive Function of the Arts: Alternative Evolutionary Hypotheses. In C. Gansel, & D. Vanderbeke. (eds.) *Telling Stories: Literature and Evolution*. Berlin: De Gruyter, 50–63.

Clasen, M. 2012a. Attention, Predation, Counterintuition: Why Dracula Won't Die. *Style*, 46(3–4), 378–398.

---

1 King, 2011: 497.
2 Carroll, 2012: 59.

Clasen, M. 2012b. Monsters Evolve: A Biocultural Approach to Horror Stories. *Review of General Psychology, 16*(2), 222–229.

Clasen, M. 2016. Terrifying Monsters, Malevolent Ghosts, and Evolved Danger-Management Architecture: A Consilient Approach to Horror Fiction. In J. Carroll, D. P. McAdams, & E. O. Wilson. (eds.) *Darwin's Bridge: Uniting the Humanities and Sciences.* Oxford: Oxford University Press, 183–193.

Curtis, V., Aunger, R. & Tamer, R. 2004. Evidence That Disgust Evolved to Protect from Risk of Disease. *Proceedings of the Royal Society of London B: Biological Sciences, 271*, S131–133.

Davenport, S. 2000. From Big Sticks to Talking Sticks: Family, Work, and Masculinity in Stephen King's *The Shining. Men and Masculinities, 2*(3), 308–329.

Gottschall, J. 2012. *The Storytelling Animal: How Stories Make Us Human.* Boston: Houghton Mifflin Harcourt.

Herron, D. 1982. Horror Springs in the Fiction of Stephen King. In T. Underwood, & C. Miller. *Fear Itself: The Horror Fiction of Stephen King (1976–1982).* London: Pan Books, 57–82.

Hough, A. 2012, September 20. Stephen King Announces Sequel to *The Shining After 36 Years of Suspense. The Telegraph.*

King, S. 1999. *Carrie.* New York: Pocket Books.

King, S. 2011. *The Shining.* London: Hodder & Stoughton.

Hans-Åke, L. 2015. International King. From Lilja's Library Website.

Magistrale, T. 2010. *Stephen King: America's Storyteller.* Santa Barbara: Praeger.

Magistrale, T. 2013. Why Stephen King Still Matters. In C. L. Crow. (ed.) *A Companion to American Gothic.* New Jersey: Wiley-Blackwell, 353–365.

Notkin, D. L. 1982. Stephen King: Horror and Humanity for Our Time. In T. Underwood, & C. Miller. (eds.) *Fear Itself: The Horror Fiction of Stephen King*

(1976–1982). London: Pan Books, 131–142.

Öhman, A., & Mineka, S. 2001. Fears, Phobias, and Preparedness: Towards an Evolved Module of Fear and Fear Learning. *Psychological Review, 108*(3), 483–522.

Winter, D. E. 1984. *Stephen King: The Art of Darkness*. New York: New American Library.

本杰明·富兰克林《自传》：
一个成功的社会动物的故事 [1]

朱迪丝·桑德斯

本杰明·富兰克林（Benjamin Franklin）所写的《自传》，不仅作者有意把它写成一个成功的人生故事，一代又一代的读者也把它奉为成功的人生故事，它给我们展示了特别重要的适应目标和策略。它是一个人的故事，有具体的时间、地点，写作者如何尽力应对普遍的人生难题。虽然富兰克林是个完全属于他自己时代的人，他令人信服地把自己写成属于所有时代的人。他卓越的职业生涯依赖于他对 18 世纪殖民地社会环境的透彻理解，能够积极回应他的期待，抓住机会。他一开始就说财富和地位是鼓舞人们奋斗的两大目标，接着他为读者一步一步地讲解自己获得"财富"和"声望"的几种方法。[2] 虽然集中在他自己的个人兴趣上，但他毫不隐瞒，申明他个人的人生目标只能够在人类社会的框架内得以实现。他对人生始终抱有乐观向上、亲社会的态度，所以在为己和为人之间的取舍上往往显得界限不清楚。当他写自己的时候，——在这点上读者几乎无法不同意他的看法，富兰克林是个高效的社会动物。他用非凡的直觉和执行力来安排利他主义的互惠原则；用高度的精明来协商错综复杂的权力等级；把合作当作走向成功的一个关键步骤，从读者的利益出发，一遍又一遍地揭示个人利益与集体利益不可分割。

像任何一部自传作品一样，富兰克林的《自传》从作者的人生经验中提取出"不同素材，并对之做了一次戏剧化处理和有选择的组合"：就像他的众多传记作者中的一个所观察到的一样，这是"一本精心之作，细节真实，但巧妙的整体结构却易于引人误入歧途"。所有写回忆作品的人必然要"为他们的记忆预先拟定一个模式"，然后去"歪曲他们所描述的生

---

1 译注：引文译文采自唐长儒译《自传》（富兰克林，2010）；译文具体出处见文中夹注。同时，译者还参考了蒲隆译《富兰克林自传》（富兰克林，2015），以及黄玉珍译《富兰克林自传》（富兰克林，2012）。

2 Franklin, 1986: 1. 本文（原文）所有引文均以此版本为参考。

活"。[1] 的确，自传作品富有一种特殊的魅力，令人着迷，正是因为它提供的东西往往超出它的描写文字：分析和评价总是伴随按时间顺序记载的历史事件闪现其间。利奥·勒梅（Leo Lemay），作为富兰克林的读者，非常有眼力，他称这本书为"一本重要的文学成就，比一本结构漂亮的小说更加复杂，在很多方面都更加艺术"。[2] 像其他文学艺术家一样，富兰克林"试图弄懂这个世界，试图建构可付诸实用的理论"。[3] 所以，如果我们从生物社会角度去研究他度过的人生，我们可能会得到完全不同的结论，至少在某些方面跟从研究他写出来的人生得到的结论有所不同。的确，大多数20世纪有关富兰克林《自传》的讨论都注意到在传主的实际生活与他的传记之间存在事实上的差距。例如，弗朗西斯·詹宁斯（Francis Jennings）就提供了对富兰克林个人生活史细致入微的"有强烈修正性质"的分析。[4] 我下面的讨论将把这部《自传》看作是有明确的设计和解释意图的产品：它是一个工具，作者用来表达他对人性和社会的认识。在作者自己的话和可以验证的事实之间的确存在诸多差距（无论是因省略或过度修饰造成的），我们没有必要让这些差距去妨碍我们对他书中涉及进化问题的思考，这些问题都是在富兰克林有意为其"子孙后代"打造的他的生活样板中直接或间接地提出来的。

富兰克林从不抹黑、隐藏或否认自己的野心，他不在自我证明上花费精力。比如说，他不会假装他所获得的财富和地位是信手拈来的，自己不曾竭尽心力，或者只是在追求知识、道德和精神品质的过程中得到的副产品；他为之潜心致志，用尽心思，它们毫无疑问是有价值的人生目标，值得追求。[5] 他不认为有钱有势有任何不是，他对自己的成功表现出毫无掩饰的喜悦。社会学和人类学研究一遍又一遍地证明物质丰裕和受人尊敬具有适应价值。[6] 人要成功地抚养后代，资源显然是个最基本的要素，因为下一

1　Seavey, 1988: 7, 8.

2　Lemay, 1986: 349.

3　Carroll, 2004: 81.

4　Jennings, 1996: 204.

5　Seavey 指出，富兰克林对财富积累的坚定支持的态度体现了其时代所盛行的价值观，即"在 18 世纪，对贪婪及肮脏贸易的批判传统变得前所未有的了无声息。货车运输、易货交易不仅不可避免，而且颇受赞扬"（Seavey, 1988: 36）。

6　Buss, 2003: 22—25.

代要经历长期的成长过程，需要接受教育以获得一系列技能，常常是很复杂的技能，有了这些，他们才有可能在面对自然世界和社会时生存下来。其结果是，就像大卫·巴斯所言，"雌性偏爱有能力提供资源的雄性，这种偏爱经历了一个长期的进化过程，可能是动物王国中雌性择偶最古老最普遍的基础"。[1] 因为获得物质财富和服务的途径在相当程度上取决于社会地位的高低，所以，追逐权力往往跟积累财富的努力前后相随。寻找配偶的女人关心潜在的配偶当前的社会地位，很可能还关心他未来的发展，同时也关心现有的资源，属意于"那些在部落权力和影响等级上表现出显著上升趋势"的男子。[2] 这种男人很可能在他们所处的社会群体中握有经济权力，因而证明他们有能力为后代和长期配偶提供特别丰裕的所需物品。

在描述他追求"财富"和"声望"的志向时，富兰克林并没有把寻找合适的配偶具体说成是一种动机，可能我们也不必期待他如此去做。（2）因为在整个人类进化历史中获取资源和地位的心理倾向已经被选择出来，所以，即使在没有明确意识到可能付出适应代价的时候，它们在很大程度上也左右着人类行为。富兰克林所表述的志向接近完美地表达了一种终极目标：财富和权力总的来说就等于是有更多机会把基因传递到下一代。不管他是否把他的人生目标所包含的这种终极的进化功能明确地表达出来，但这就是个事实。而且，当他把追求财富和权力看成是人所共有的欲望时，他意识到在人类的奋斗生活中它们是最基本的追求。他通过给儿子写信的方式写自传，间接地承认基因延续的问题是其核心关怀。他一开卷就说明祖宗不可忘的重要性，强调知道一些祖先的事是人所共有的愿望，除此之外，人们也希望把自己一代人的生活讲述给后代听。于是他相信自己的"子孙后代"也许喜欢知道他是怎样在生活中取得成功的。（2）他用了好几页来讲述家世，想以家族中前面几代人的生活来说明自己是什么人以及他的后代应当成为什么人。他特别津津乐道于他大伯父的故事，他"天资聪敏"，后来成为当地"公益事业的主要推动人"。（5）显然，当发现自己身上最看重的一些品质已经在富兰克林家族中显露出来了，他

1　Buss, 2003: 22. 译注：参见谭黎译《欲望的演化》第 22 页（戴维·巴斯，2011: 22），译文有改动。

2　Ibid.: 30.

觉得十分好奇，并且感到满意。他差不多用了基因遗传这种话来表述这种"非同寻常"的相似，他半开玩笑地说那可能是人格特征的"转世"。（5）

富兰克林还在书中的其他地方，讲述家族的故事，间接地突出宗亲关系的重要性。比如，他提到自己未成年的儿子（4岁）因天花去世，（144）他利用这个机会告诉别的父母们要给孩子种痘：他不怀疑所有的父母都会像他那样因为失去爱子而"极度"悲痛，他们会自然而然地努力保护他们的孩子免受伤害。他还提到帮助他哥哥詹姆斯教育孩子，在詹姆斯去世后帮助他在商业上站住脚。即使富兰克林把他的行为描述成对他哥哥的"补偿"（原因是他自己年轻时没有按合同完成他的学徒期），但他给他侄子的帮助显然有施裙带关系之嫌。帮助家族中的年轻人在生活上发达，也就是帮了自己：最大限度地提升了他自己的内含适应，大力增加了他和侄子分享的基因会被传递下去的可能性。在此他似乎又一次表明，在内心他承认人类的努力背后有生物因素发挥作用。

富兰克林用大量篇幅去展示他的精彩人生，描述他运用"处世之道"获得的成功。[1] 他多次重复，目的是强调在创造财富过程中"勤劳节俭"的重要性。他用许多生活细节来说明勤奋工作、不计或少计成本、努力争取经济上的安全保障的重要性。同时，他强调长远规划也不可或缺。勤奋工作、节俭的生活方式之所以帮助他获得了成功，是因为在他生活的每一个节点他都清楚地规划出自己的目标。比如，通过学习提高写作能力、创办自己的实业等。随着时间的推移，他的目标向着不同的方向扩展：比如，在科学研究上有重要发明，在市政组织发挥领导作用，甚至修得了"道德圆满"。这说明目的性是这部自传的主旨。而且，为了取得最大效率，"勤劳节俭"必须以胜任力来支撑。富兰克林用事实说明他掌握了高水准的技能（比如当印刷工人、撰稿人和监理时他展现出的技能），这是他自己开办印刷所迅速获得成功的关键因素。后来，他在多方面表现出的超群技能，给他带来好的工作机会，让他的服务供不应求。他早年专心学习提高

1　Lemay曾分析过富兰克林用来介绍自己远大目标时说的那句名言。富兰克林描述过自己是多么"小心翼翼地斟酌"句法，以便充分强调出"处世之道"这个词。富兰克林"书中的首要主题"与其说是其成功本身，不如说是他为获得成功所使用的手段。参见Lemay, 1986: 354, 355。

写作技能，这同样对他的成功起了关键作用，最重要的是保证他办的报纸和年鉴持续受到读者欢迎。

总结而言，富兰克林把杰出的工作技能、勤奋的工作习惯和节俭的生活方式贯以远大志向和合理的规划。他一开始就立志去发展和保持这些品质，展现了成功人士所共有的"长时间不懈地追求资源"的特质。在人类社会，巴斯注意到，"年轻人的价值要看他们未来发展的可能性"，未来成功与否的关键要看"教育"、"勤奋"，以及他的抱负。[1] 巴斯罗列出各种业已验证的成功"策略"，其中有许多与富兰克林的有惊人的相似之处。比如，他所说的成功策略，"在工作上多花一点额外的时间和精力，有效管控时间，按重要性排列目标"。巴斯强调的另外一个关键策略是"努力工作给人留下好印象"。难怪，形象塑造这个主题也反复出现在《自传》中。[2]

的确，富兰克林对他第一次独闯费城的旅行作了很详细的叙述，想借此说明他非常重视社会声望和地位。[3] 他饶有兴趣地以后来发达了的自己的眼光去回顾过去的经历，把一个衣衫不整、从家里逃走的男孩子的形象刻画出来，感叹"我最初的情况和我后来在那里显露头角时是多么不同"。（33）从一开始他就努力把自己放在所生活的环境中一个较高的位置，努力给人留下好印象。"我不但注意到勤劳和节俭的实际情形，也要避免那种趾高气扬的形象。"（93）为了产生最大效果，个人的良好品质必须让"我们的邻居都知道"。（85）富兰克林在讲到这些提升自己名声的策略时非常坦率，他指出引起邻里关注的人最有可能获得资源和影响。潜在的客户、合伙人以及投资人愿意跟他做生意，是因为他赢得了高效、及时和节省成本的名声。在管控他的公众形象上他取得了成功，这证明他拥有很高的社交智商：能及时识别文化规范、评估背离文化规范可能带来的处罚。[4] 他"不断根据周围的期待调整自己，对新出现的情况

---

1 Buss, 2003: 30.

2 Ibid.

3 见 Seavey, 1988: 29–30; Levin, 1964: 258–259; Lemay, 1986: 355; Sayre, 1988: 19; Sayre, 1963: 516–517。

4 见 Pinker, 2002: 64–65。

及时做出回应"。[1]

《自传》的大部分，富兰克林都在试图缩短自己的公众形象与真实的自我形象之间的距离，就是说，他希望人们赞扬他是因为他真正拥有的品质，但有些有趣的内容例外。比如，他用好几页讨论谦逊可能带来的好处，这个德行他说自己努力过但还没有完全养成。他解释说，他的确在相当大的程度上在谦逊的"外表方面"有了许多改进。比如，制止"当面抢白的反驳"，避开遽下断语，不用"确定的"、"无疑的"这些词，他让自己渐渐习惯于用比以前更加委婉、更加礼貌的方式表达自己的意见。他直率地承认虽然这些在说话方式上的改进并没有反映出真正的性格转变，但在总结的时候，他坚持认为这些改进还是有价值的，因为从此他的意见"使他们易于赞成而反对减少"，在参与议会辩论时"公民们都很看重我的主张"。（131）他有意识地尽力克服"骄傲"、"自大傲慢"的毛病，处处表现出和气礼让的样子，收获了他在为人处世态度上的转变带来的"利益"，尽管表里不完全一致，但他不苛责自己虚伪。表面的谦恭虽然可能不及真正的谦逊那样最值得赞扬，但那也是好的选择。为什么呢？因为它会培育出一种富有正能量的效益型社会政治生活。

富兰克林从头至尾都在强调合作行为和态度的好处，他清楚地指出要坚定不移地遵守互惠的利他主义原则。互惠在人类社会的功用是它允许利益在长时间内互相交换。[2]在这个"非常复杂的人类行为互动的系统"中，提供服务或资源是期待今后会获得相等的回报（价值相等，不必是相同的东西）。[3]当这个系统运转正常时，双边都会收获比花出去的成本更多的利益。这类例子在《自传》中有很多。商业上的合伙关系都能"和睦地"进行至终，他解释说，如果"合同上很明白地订明双方该做的或预期的东西，所以并无可以争论的地方"。（156）他接着建议读者"你必须永远对付账目、寄汇银钱十分清楚、一丝不苟"，因为在行动中表现出遵奉这一行为准则"对于谋求新职业和增进业务是最有力的推荐"。（148）贯通全

1　参见 Ward, 1963: 553。有关社交智商（包括社交智商的认知功能、适应功用、潜在根源）的讨论参见 Boyer & Barrett, 2005。

2　Dawkins, 1989: 183–184.

3　Trivers, 2002: 25.

书，在不同的情境下，富兰克林都强调互惠是社会合作的压脚石。因为未被发现的骗子可以获得巨大利益，正如罗伯特·特里弗斯所指出的，欺骗行为是互惠交换中不可避免的陷阱。其结果是，人类发展出复杂的适应机制去监督互惠交易的进行，识别不可靠的生意和合伙人。[1] 富兰克林励精图治多年方赢得可靠的、有合作精神的社会成员的名声。在这个语境中，我们就会理解他所反复强调的淳厚这个德行。他反复说在诚实做人与发财之间没有矛盾。遵守诺言、不拖欠借款、公平定价、对竞争对手有礼有节，这些做法在长时期内会培育出赚钱的企业，他如此建议，是因为这些行为见证了遵行互惠义务的决心。他在创业中遵守这些原则，形成自己的行为风范，他发现做一个讨人喜欢的、谦恭的人比做个喜欢争吵、趾高气扬的人并没有特别费劲，但是大家对他的好感作为回报却是巨大的。

他也谈到自己偶尔偏离这一行为标准的时候，他承认有针对性的行为特别重要。他把下面这些事当成过失，比如，没有按合同完成学徒期，欠哥哥的朋友佛农的钱过了很长时间才还，未经过仔细掂量就轻率地解除了跟德博拉·里德小姐的婚约。只要时间允许，他愿意主动去纠正这些不对称的交易，虽然常常是事过很久之后才动手。他表明自己明白关于礼尚往来人人心里都有一本账。[2] 一旦交易不平等，他心里知道别人都会说闲话，露出不高兴的样子，他花大量精力去证明（既是给读者也是给他的业务合伙人）他记得住他的义务，在今后的时间里，绝不会欺骗他们。他向读者介绍他的朋友德纳姆先生，把他作为做人的典范。他是个"好人"，"他起先在布里斯托尔做生意，后来生意失败，欠了不少人的债，和平了结之后，他就到了美洲"。（69）在美洲他赚了很多钱，现在到了英国，远离"他以前的债权人"，德纳姆先生完全有机会把他在美洲经商赚到的"一大笔钱"拿在手中，不还旧债，但是他宁愿把钱拿出来还给以前的互惠伙伴。（69）富兰克林表示，这个举动是那种会提升个人声望的行为，个人也会因此收获长期的社会效益和经济效益。

在富兰克林的建议下面隐含着这样一个假定，即在他和他的读者居住的社会环境中，用权力冒犯他人，比如野蛮施暴、不计后果的逞强，或者

1　Trivers, 2002: 38–46.

2　Ibid.: 38; Dawkins, 1989: 227.

残忍的霸凌行为，都不会畅行无碍。[1] 他把自己描绘成一个天生的领袖，早年就显露出"突出的公益精神"，（11）后来学会了如何巧妙地运用权力，往往藏身幕后。富兰克林记录了他生活中经历的许多事，证明预先想好的谦虚姿态帮助他顺利实现了许多计划。为了避免引起嫉妒或者怨恨，他学会了将自己"放在不被注目的地位，并且说明这是许多朋友的计划"，（114）他低调，不要弄权力，不搞个人崇拜，这些精明的考虑很有实用价值，他建议道，"你在虚荣方面的小小牺牲，在以后将大大地得到回报"。（115）因为，人们更加倾向于自发地赞扬那些不要求赞扬的人。他展示了温和的领导艺术，不搞压服，不事事躬亲，不"独断"专横、自命不凡。值得注意的是，他多看重实用效果，少在道德上磨叽：当领导应当避免专横用事，因为专横的后果是无效用。

富兰克林在这个问题上的观点与克里斯多夫·贝姆（Christopher Boehm）分析的逆向等级完全切合。贝姆认为"团结起来的下属在他们中间不断贬低自命不凡的头领"。贝姆描述的那种"平等"社会，一有带专制倾向的领袖的苗头出现就立即予以"扑灭"。[2] 富兰克林谴责玩弄权力和自我崇拜，他明确地意识到他所居住的城市是贝姆所说的那种平等社会。当他说他即将升迁到重要的领导岗位，富兰克林谨慎地告诉读者，得到这些升迁"自己却完全没有去钻营"，（172）"我从不请求任何一个选民投我的票，或直接间接地表示一点当选的愿望"，（173）他的社区把权力交给他，正是因为他没有表现出要去追求权力的野心，他说，这样他就证明了拥有战略上的谦逊和克制的价值。

富兰克林对合作有所承诺，其中一个重要特征是他对所受的委屈和经历的不平从不积怨或者有过激行为。即使被别人伤害或者利用，他也展现了一种"非凡的"、"几乎完全没有怨恨"的态度。[3] 基思总督用虚假的承诺把他送去伦敦，做蛋打鸡飞的事，富兰克林事后对这个人做了认真的反

---

1 Trivers 用"发展可塑性"指个人根据自身直接接触的社会环境做出与之相适应的行为选择，"相关因素根据生态条件及社会状况的变化而变化"（Trivers, 2002: 46）。Pinker 在其书中详述了"随时间的迁移而不断改变"的"有机体与环境之间的辩证互动关系"（Pinker, 2002: 127）。

2 Boehm, 1999: 3, 169.

3 Levin, 1964: 267.

思，毫不客气地说："对一个穷苦无知的孩子进行阴谋的捉弄，我们怎么能想得到呢？"但是他没有想过要去报复。（59）比如，在街上路遇基思，他没有怒目相对，把他臭骂一顿，以泄心中的愤怒；他也没有到处讲述他的遭遇，去羞辱他或让这个"玩这样的把戏"给他造成不便的人名声扫地。（59）富兰克林反而为读者冷静地总结了基思的人品和成绩，说他除了"养成的习惯"喜欢空口白话欺骗无经验的人以外，他还是一个"才智敏锐的人"、"不错的总督"，他为本州制定了"几项最好的法律"。（59）在这里，在多数人都认为是极端挑衅的人事上，富兰克林展现了平稳的性格。他没有让正义的怒火在心中燃烧起来，那样的话，他就可能对这个地位高于他的个人做出极端却无意义的举动。相反，他采取了实际的态度，正确面对基思给他带来的问题，然后继续前进。他用超然的心态回应恶意，避免了报复需要付出的高昂的社会和心理代价。这样他获得了自由，尽情把积蓄内心的心理能量疏导到今后的奋斗目标上去。

富兰克林建议读者不要卷入个人的恩怨中不能自拔，说最好抓住一切机会把对手变成盟友。这"表示明智地转移人家的感情，比愤怒、报复、不断地增进恶感，有更大的利益"。（147）当议会里有个新议员反对选富兰克林为议会秘书时，他没有让自己沉溺于自怨自艾或怨恨中。他预见到这个人今后会在议会中很有影响力，对这个"有钱的又有学问的绅士"，他的第一反应不是对对方充满敌意，以免扩大两人之间的对立，相反他想出了别的办法去结识这个人。（147）很显然，他相信任何想出人头地、当领导的人都需要强大的社会支援基地。因此，凡有争吵的事，或者已经争吵起来的事，他都避开，尤其是避开与那些比他地位高权力大的人发生争吵。他也避免与别人产生持续不断的敌意之中。比如，他拒绝在他的报纸上登载一切"诽谤和攻击个人的言辞"，（138）他认为"不应以私人的争吵充塞全篇"，即使自己在经济上有所损失也在所不惜。他不去试图对自己周围的人颐指气使，包括用威胁手段使之服从（这些都是一些社会环境中常见的男人所用的策略），他采用的策略是自我克制，着眼于自己未来更大的利益。他用这种温和的办法取代使用过激的自我保护手段，他想传递的信息是：表现愤怒，虽说有理，可能短暂地让人觉得出了口气，感觉舒服，但是这种行为容易挫败建立有广泛基础的社会支援的努力。

富兰克林写了他两件难忘的气愤过头的事。第一件，他把朋友科林斯扔到特拉华河里去了，因为该他划船他不划。在这次事件中富兰克林非典型地做出恶意举动，表达他内心对一个已经变得沉重不堪的朋友关系的失望情绪。科林斯没有工作，还"沾染了一种好饮白兰地酒的习惯"，（46）他还不断地向富兰克林借钱。富兰克林生气，使了坏心眼，目的是可以就此终结他和科林斯的朋友关系。他与这个日益堕落的朋友割断联系，因为他的存在已经成为他的社会拖累和经济负担。他第二次的愤怒情绪是，他所追求一个"值得爱的"少女，被她父母阻止了。他们不愿意按富兰克林说的钱数给他陪嫁："这样，我就被禁止登门，而这个女儿也给关在屋里了。"（96）因为到这件事情发生之前都是那家人鼓励他去追求他们的女儿，他把他们态度上的彻底转变解释为好摆布人的行为。在他看来，他们是想利用他的感情，他们认为"一旦他陷入情网太深，必然不能割断"，因此他们自己就会"偷着去结婚"，这样他们便可以任意地解除应该给年轻人钱的义务了。（96）不愿意被人利用并扮演他们给他安排好的角色，他很快就再不去他们家了，结束了这段爱情，即便后来那家人表达好意，叫他们继续来往，他还是断然宣布"和那个家庭断绝来往了"。（96）大卫·利文（David Leven）把这一段经历解释成富兰克林自己没有能够控制好自己的脾气，为将来的利益着想："好像他最终服从了自己内心的怨恨之情，而没有很好考虑可能的经济利益，只要他同意那边父母的要求重新开始协商。"[1] 利文显然没有看到富兰克林在互惠交易中特别重视淳厚这一德行的原则。与这个女子结婚就意味着成为这个家庭的一员，与他们建立长期关系。他不愿跟曾经想欺骗他的人建立这种关系。他行为的动机不是不可控制的愤怒，而是自我保护的警惕。

合作对经济进步、社会发展是如此之重要，富兰克林承认，有些时候向数目或环境的力量低头也是必要的。比如，当在瓦茨印刷所的排字房工作时，排字房的工人要他为雇员"喝酒"基金再付一次钱，对这种敲竹杠的行为他明知不对但也得服从，以保护自己免遭暗算：他们对他干了"许多小小的恶作剧"。（64）不管他在这件事上是否正确，或者老板

1　Levin, 1964: 265.

起初也支持他不付钱，这些都不重要，重要的是他的对手人数多，他们可以随时把他一天的工作弄得一塌糊涂，让他难受。他最终选择屈从对手，确信"和这些生活在一起的人处于一种恶劣的关系是愚笨的"。（65）后来一生中大部分时间，在其他更大的事情上，比如，他克制了自己非主流的宗教观点，选择服从大多数人的意见。富兰克林在 15 岁时，便开始"怀疑《启示录》本身了"。（79）已经开始意识到"我的有关宗教的轻率论辩，开始使善良的人们怀着憎恶的心情把我指为异教徒或无神论者"（29），于是他开始对自己在公众场合表达的言论小心起来。除了"避免一切足以减少别人对他自己的宗教所抱的好意见的言论"（117），"不管是什么教派"，只要是来向他募捐的，他从来不拒绝拿出他的一份捐款。这类有意识的行为是为塑造出个人为社会可接受的形象，愿意为教会在自己生活环境里的发展尽力。书中有很多地方暗示他内心对传统的教条总是抱有强烈的讽刺态度，比如，他在伦敦所写的那篇"简短的哲学论文"，遭到他老板的"严正抗议"，被指责为"很可厌的"，富兰克林自己也认为是年轻时期犯的一个"错误"。（60）对他冒犯教会的行为带来的麻烦他十分坦率，并准确地感觉到在这个问题上的坦诚会让他在他的社区中失去宠幸，阻碍他在经济和社会上的发展。正是他在"宗教上的宽容"，正如奥蒙德·西维（Ormond Seavey）所指出的，"促成他在商业上取得成功"。[1]

读者从很多方面注意到，处处与人为善，成为富兰克林在谋求个人发展的努力中所遵循的首要原则。他以"妥协大师"的面貌出现在别人面前。[2] 因为他相信，成功只能在社会中获得，使不一致的源泉恶化只能增加颗粒无收的可能。即便他承认采取反对策略可能带来短期的利益，他强调文明举止和慷慨大方才有更加实在的利益可取。为了压制竞争，他说，费城唯一一家报社的老板，他还是邮政局局长，不让邮政局的邮差派送富兰克林出的报纸。数年之后，当富兰克林自己当上邮政局局长，他决定不去"仿效"他前任的"卑劣"行为。最终他的竞争对手的下流手段导致了什么后果呢？虽然在一定程度上阻止了新的竞争者在业务上的发展，但是从

1　Seavey, 1988: 57.

2　Sayre, 1963: 518.

长远来看，它只是成功地点燃了新的年轻公民的"怨恨"之情。最终并没有阻止第二家报社的茁壮成长。富兰克林给读者举出这类例子，就是想强调他坚信采取敌意的态度、滥用权力带来的只是短期利益，而这些短期的利益很快会被它们产生的负面效果超过。不平等地对待竞争对手，只会毁掉未来可能盈利的合作联盟。

富兰克林积极肯定在商业和个人交往中保持互惠平衡的作用，在他列举出的轶事趣闻中，从长远来看，欺诈没有一次胜过了淳厚诚信。他在这个问题上的立场十分重要，因为进化生物学家已经观察到，在人类社会用欺诈手段来获利是个普遍现象：把智力与语言结合起来为各种各样的刻意误导和欺骗铺平了道路。的确，巴斯列举出欺骗，认为它是被人经常用来获取地位或资源的手段之一。[1]强大的计分心态，是互惠交换中一个不可分割的组成部分，可以阻止欺骗行为的成功实施。富兰克林如此信赖诚实的作用，说明他自己有一套帮助他及时发现欺骗者的机制存在：他用例子说明欺骗行为非常容易被发现、被憎恶、被惩罚。他给读者的建议是多用径直简单的方法，比如勤奋和节俭；他谴责虚假的承诺和骗人的交易，认为这些无助于长期目标的实现。只有在谈及自我的范围内，他好像才用了一些欺骗手法。为了服从社会合作的原则（在他看来，这对谋求发达、耕耘声望非常重要），他愿意把自己表现得比本来的自己更加谦恭，或者更加正统。关于他的人格，或他的个人信仰，他给人的信号有误导旁人的作用，目的是避免引起周围人的非议。他用虚假的言行掩盖事实真相，目的是自我保护，而不是处心积虑地牟取利益，同时也是为了保持社会对他的关注。这一点正是他在所选择的事业上成功的关键所在。

比起其他方面的自述，富兰克林在塑造自己公众形象上的刻意算计，以及他在描述自己这类行为时毫无掩饰的坦率，引起了更多的负面反应。有许多批评指责他"专事把自己说成自己的反面"。[2]莱博维茨（Leibowitz）说，这类夸张是不可避免的，因为"对自学成才者而言，他的成功形

1　Buss, 2003: 30.
2　Griffith, 1976: 126.

象……总是招人泼污水"。[1] 经常有批评说富兰克林控制欲强，行事极其虚伪。[2] 塞尔（Sayre）、沃德（Ward）、莱博维茨、格里菲斯（Griffith）都讨论过这类批评。他们认为富兰克林一生从头到尾都在扮演角色，这背后有深刻的历史、社会和心理原因，[3] 这种倾向"不可避免地在他诚恳做人的形象上洒下漂浮不定的阴影"。[4] 塞尔认为，富兰克林"对新鲜思想、新的可能性，以及他自己新的角色来之不拒的态度"，使他能够顺应主流的社会经济环境，并取得成功。[5] 沃德认为，"富兰克林的自我意识"和"特别好的自我感觉"把他的形象工程变得基本可以接受："他以幽默的口吻告诉我们他扮演的角色、他所穿的礼服，目的是掩盖公众可能不会公开接受的东西。"[6] 富兰克林虽然把他的行为主要建立在"有时接近于纯粹愚钝的一种常识性功利主义"之上，但他证明了这是行之有效的方法："它管用。在这个世界上，重要的是别人怎样看你。"[7] 格里菲斯正确地指出，"扮演一种角色……本身在道德上是中性的"，就像 20 世纪心理学已经证明的一样，所有人都戴着一副不同的社会面具。富兰克林给我们的生活实例（比如，强调他的勤奋，或者掩饰他的骄傲）很难说是有害的，格里菲斯辩解说，的确，"天真这一品质在富兰克林著名的欺诈行为中都占有压倒优势"。[8]

在自欺这个问题上，富兰克林显得很精明，但也不缄口不言。对人这个物种的自我辩护能力他有深刻的见解。[9] 在那一段常常被人赞扬的段落中，他写如何打破他"绝不吃荤腥"的诺言，他似乎在用自己的经历说明理性思维也有固执的一面。（50）他写他一贯坚持吃素的原则如何在食欲大开的时候也抵挡不住诱惑的情景。他虽然承认吃一尾鱼和"无故杀人一样"给人犯罪感，但是"当鱼沸热地出锅时，真是香气扑鼻"，让他马上

1　Leibowitz, 1989: 32.

2　Ward, 1963: 541–553; Griffith, 1976: 124–136.

3　Sayre, 1963; Ward, 1963; Leibowitz, 1989; Griffith, 1976.

4　Griffith, 1976: 126.

5　Sayre, 1988: 518.

6　Ward, 1963: 549, 553.

7　Ibid.: 553.

8　Griffith, 1976: 128, 136.

9　对自欺及其根源、功用的进化论阐释，参见 Trivers, 2002: 255–293。

改变了想法。（50）毕竟，他对自己说，当看到剖开一条大鳕鱼时有许多小鱼从它的腹中取出来，既然它们都在吃它们的同类，那么吃一条鳕鱼，只是在模仿它们。他承认他是在用脑力企图证明那些与他平时宣称的信念背道而驰的行为是正确的。他对自己仅仅为了满足食欲就轻易地从一边跳到另一边略有微词："做一个理性动物是这样的方便，他想做什么事就可以找出或造出一个理由。"（50）他还在周围的人中注意到存在这种混乱不清的推理。有几次，他观察到教友会成员和摩拉维亚教徒与他们自己所发表的教义相抵触，或者是在为英王筹谋军备或者是在私下支持战争自卫：他们背弃教义的行为，总是用种种遁词来推脱，比如把火药说成"别种粮食"（165），或者当事后诸葛亮："但是当你觉得危险的时候，难道你不愿意我留在那里帮着打那艘军舰吗？"（164）

富兰克林从不耽于不切近实际的空想，这表现在他经常直言自己的动机，坦率之情让人疑虑顿消。比如一个明显的例子是他对待婚姻的态度，他明确承认在这个由男性选择的过程中计算成本效益很重要。正如巴斯的研究所表明的那样，人们根据相近的价值标准选择长期伴侣，考察的内容包括长相、健康状况、个性，以及社会地位和资源。选择配偶是否成功，要求从现实角度评估自己以及对方的价值是否相匹配。[1] 富兰克林非常详细地讲述了他选择妻子的过程，所用的几乎都是这些语言。他认为结婚可以避免和"下等妇女谈情说爱"，也不会染上"性病"，还可以有机会把巨大的商业借贷还清。（97）他颇为沮丧地发现，自己想象的那种妻子，在实际生活中是找不到的："一个以印刷为职业的人，别人一般都以为是穷人，我再不希望能娶一个带钱来的妻子，即使有这样的一个，在我却又难得合意。"（97）在这短短几行文字中，他明确说出他所理解的婚姻是一种交易，参与的每一方都把自己的那一捆财富带来，期望得到等价的交换。有些女子，她们父母能够满足富兰克林对陪嫁的要求，但富兰克林自己却遭受了说不出来的损失。在上面那句话"即使有这样的一个，在我却又难得合意"中插入的"却"字，表明他意识到足够优渥的经济条件或许可能补偿其他方面的不足（比如，在长相、个性、健康或社会背景方面）。他被

1　Buss, 2003: 8–9, 11–12, 284–285.

迫把自己的择偶标准降低，决定选择条件不够好、还欠下很多债的里德小姐。里德小姐的境况不佳，丈夫跑了，还留下许多债，"这些债必得要求他的后继者偿还"。（97）

富兰克林用经商的态度来对待婚姻，毫无疑问与20世纪许多读者所抱有的浪漫的婚姻观相抵触，但是不可否定的是他没有一句华而不实、自欺欺人的大话。富兰克林说到他择妻的动机或方法时坦诚不假。在《自传》通篇，他给出例子说明他决意避免买椟还珠的事发生，落入违反事实的推理之中。的确，他的愿望显得跟他不愿欺骗他人的愿望一样强烈。所以，他承认自己有弱点，向读者讲述他的过失。比如，虽然他希望让读者相信他已经学会卑以自牧了，但是他还是非常小心，尽量不让自己有这个错觉，以为自己已经是个谦谦君子了。当讲述他早年的生活时，他总是停下笔来重点反思自己年轻时候的孟浪行为和想法：对待哥哥，"也许我那时是太没规矩、太叫人生气了"。（28）那些高度评价他少年之作的"有学识有才智的人物"，很可能"他们并不真正像我那时所敬服的那样高明"。（26）那些称赞"会使我太自负"。（26）这些自谦的话意在让读者相信他有决心敢于诚实客观地评价自己。总而言之，这些反思最终都让他的故事更富有感染力。

富兰克林承认他有时会控制不住自恋冲动。他十分精明，对此预先做了自我批评。从一开始他就解除了读者的疑虑，承认自己把平生回忆写下来是想"深深地满足他的虚荣心"。（3）后来，他精心安排，花数年时间去完成一项旨在提高自我道德的"勇敢而艰苦的计划"。（119）他坦率地承认他的期望值太高，人太过自信，导致最终他离预先设计的"圆满"目标还差一大截。他的坦率让读者不得不喜欢上他。他制订计划时脚踏实地，不浮夸，这样做很可能赢得一些效仿者。他长期坚持剖析自己的动机和行动，从来不用华艳色彩夸大美化他的动机和行动，这使他在读者面前显得更有人性：他根本不像个满嘴"闲谈瞎扯"的人。[1] 他知道一个理想人物过于完美无缺，既不会有人赞扬也不会有人向他学习。为了增加故事的

1　Maugham, 1940: 82.

可信度，一有诚恳反省的机会，他就会加以充分利用。[1] 就作家和读者之间的关系而言，带有批评意味的自我剖析往往会赢取更多的信任和支持。就像他努力在社区中寻求盟友一样，富兰克林在书中对"子孙后代"讲述自己的故事时也是刻意嘤鸣求友的。

富兰克林坚信战略联盟的重要性，认为这是实现梦想的一种重要机制。他在建立战略联盟上的奉献精神也在他的人生历程中展现出来。比如，对参加俱乐部的事，不管正式还是非正式的，他都充满热情。年轻时，他曾经两次把朋友们召集起来，组成读书小组，专事通过阅读和写作提高个人素质。他们规定了开会时间，定期开会，还布置了具体任务。后来他和几个朋友组织了"讲读俱乐部"，"一个交换知识互相促进的俱乐部"，（83）这些表现了他建立"社会网络"的才能。巴斯把这种才能看成是一种"在等级社会提升自己地位"的策略之一。[2] 他们轮流提出几个关于道德、政治或自然哲学的问题，大家加以讨论。俱乐部成员期望以此获得知识，培养智力，可能还能够提高他们的道德意识或把他们已有的道德原则精细化。（83）在提升智力和道德的同时，俱乐部成员还享有明确的实际利益：除了增加他们对"公益事业"的影响力，并以此集体获益之外，"会中每人都极力为我们介绍生意"。（85）富兰克林说俱乐部达到了两个目的，这表明他相信这两个目的之间是可以相互促进的。

人们可以组织起来，不带一点嫌隙或虚伪之心，以增进知识，发展生意。的确，正如富兰克林说到他自学的长期计划所表明的一样，他把学习看成是一种重要的商业资产：一个人一旦拥有较宽广的知识基础，包括数

---

1 Seavey 曾详细讨论过富兰克林在其叙述中运用的对立身份：年少的富兰克林与年长的富兰克林相对立；作者富兰克林与人物富兰克林相对立（Seavey, 1988: 38–47）。Sayre 也专门讨论过富兰克林叙述的双重视角，见 Sayre, 1963: 516–523。Sayre 指出，"在某种意义上，富兰克林本人既是自己的写作对象也是自己的写作内容，在写作过程中建立起过去与现在的联系。年长的富兰克林在将自己的青春公之于众的同时，也向他自己展现了自我的连续性——他既是这位正在写作的、退休的绅士，也是那个正在受到像这位宽容的作家一样的人关注的男孩和青年"（Sayre, 1988: 17–19）。Levin 很好地解释了"该书的作者与作者所描写的主要人物"之间的区别（Levin, 1964: 259）。通过详查初始手稿的蛛丝马迹，Zall 向人们展示了富兰克林对各种文本的修改（尤其是删减和补入）是如何揭示富兰克林本人意图的：他在其叙述中"塑造情节、人物、主题"以便达成某种目的，参见 Zall, 1976: 54。

2 Buss, 2003: 30.

学、科学、历史和现代语言知识，他就拥有能够获取经济成功、提高社会地位的工具。他是否从亲社会活动中得到了其他利益，比如，与获取资源和建立声望无关的利益，他没有说明。他强调朋友关系和联盟在实现重要的长期目标中有实用价值，但他从来没有提到过友谊本身有什么益处。正是因为与重要的人生目标息息相关，他不相信一个人可以随意跟人结成合作联盟。就如他在书的后半部分表明的一样，"讲读俱乐部"是一个"秘密"社团，这样做的目的是"避免不合适的人申请入会"。(145)虽然他说的很少，但是他已经清楚地表明择友须慎重，一定要看重长远利益。

富兰克林相信追求世俗世界的发达以及社会声望和其他的似乎是更理想化的目标一点也不矛盾。提高教育程度，增进社会责任心、道德意识、合作精神，就是增加自己获取资源、提高社会地位的机会。那些受众人喜爱和尊敬的人，那些因贡献于社会而被看重的人，他们的影响范围因此而扩大，他们的社会地位得以提高。比起那些名不足挂齿、心不愿助人，甚至有反社会倾向的个人而言，这类有权有地位的人物更有机会积累财富。富兰克林用许多例子来支持他的结论：做正确的事，即与人为善、关心社区利益，终将证明也是为自我利益所做的正确的事。沃德说到富兰克林的"多面"性格，认为他的个性中充满"矛盾"。这里适应主义理论可以帮助读者看到表面上看似不连贯的行为下面它们的动机却是前后一致的。所以，沃德说，富兰克林是"一个对理性力量抱有深刻怀疑的特别理性的人物"。[1]这就是说，他看重自己的智力，但对不时出没的自我欺骗行为，也时刻抱有警惕之心。一旦他有能力之后，他就立刻退出了印刷所。这不是因为他在虚伪地宣传"勤奋是福音"，而是因为勤奋是变发达的途径而不是目的。他一心"服务于他人"，与他专心追求"自己的利益和个人进步"并不矛盾，[2]因为利他行为也为扩大声望、提升地位服务。沃德指出的这些明显见于富兰克林的动机或行为中的矛盾，当我们通过达尔文的逻辑来加以检验，就显得不那么矛盾了。

富兰克林为自己的生活制定了一系列目标，它们紧密相连、相辅相成，他坚信，一个领域的努力一定会在别的领域开花结果。《自传》对人

1　Ward, 1963: 541.

2　Ibid.

类及其未来，持一种阳光乐观心态"，就像勒梅所说：它传达的是"一种希望哲学"。[1]一个人在公众项目上花费一些时间和精力，比如改善消防队条件、改进清扫大街技术，或者建立面向公众的流通图书馆系统，这些都是利他行为，但是利他行为的施行者本人，作为社区的一员，他也会受益于他发起的这些改造行动。社会动物能够同时为个人利益和集体利益服务，富兰克林对此深信不疑。即使是他对科学研究的痴迷，比如他对天文学的热情，那些发明也是对公众具有长远利益的。

富兰克林著名的"道德圆满计划"同样也是将理想主义和现实主义目标相结合的例子。（119）他没有盲目地接受书上读到的"道德细目"，而是自己创造了一套"很需要或很合意"的道德名目，每一条下面给以简短的说明。他所用的"道德名目"强调必须适合用于社会，有助于加强合作。（120）它们不是"富兰克林瞄准的目标"，勒梅准确地指出，而"仅仅是实现目标的纪律和途径"，[2]比如，"沉默"，"除非于人于己有利之言不谈"；"俭朴"，"除非于人于己有益者不去花费，否则即为浪费"；"诚恳"，"勿为有害之欺诈；勿思邪恶，唯念正义"。这就是说，它必须有益于可靠的互惠态度和行为。（120）互惠义务这个主题下面还有："正直"，"不要施行有害行为"，也不要忽略属于你的责任和利益；"勤劳"，强调时间要"常常用之于有用的事"；"中庸"，就是即使面对有害的人事也以合作为重。在进一步展开描述这个道德名目时，富兰克林强调他的信念，重要的是避免把道德正义作为损人利己的借口："制止因受到应得的损害而发怒。"[3]读者注意到他列出的好几个道德名目都把对自己的责任和义务和对他人的责任和义务放在一起：富兰克林的道德圆满计划显而易见包括了负责任的自我利益。像他生活中的其他事务一样，这个计划是建立在这样的认识基础上的，即个人利益是人类动机的泉源。他说"完美道德是我们的利益"，（119）反复重申道德原则对那些追求世俗成功的人而言是有用且必要的。从另一方面来看，他坚持这样的推理，坚决认为一定程度上的物质保障和安逸为道德修养提供了必要的基础："一个人在挨冻受饿之中，

1　Lemay, 1986: 357.

2　Ibid.: 355.

3　见 Trivers, 2002: 47, 276。

更难于做事诚实始终。"（137）他坚信经济进步和道德进步携手推进了目标的实现，这种信念无疑是他生活中持有乐观向上生活态度的主因。

在经济和道德上的追求，自然而然地扩展到他的形而上学思考上。他让读者相信，"对于上帝最蒙嘉纳的服务是为人造福"。（117）目睹各种宗教教派在北美殖民地各地蓬勃出现，他只是对那些"主要作用却是分裂我们，使我们互相敌视"的教派颇有微词，认为他们的布道"没有教育意义"，其"目的似乎与其说是使我们成为好公民，不如说是使我们成为长老会教徒"。（118）从效果上论，他相信社会合作才是全能的上帝的愿望。所以，《自传》传递出的佳音是：互惠原则保证职业成功，带来好名声，提高社会地位，因此也是人类道德的基石和宗教信仰的核心，在精神目标和物质目标之间不存在任何冲突。富兰克林坚信，人类的目标，表面上虽然显得各不相同、无穷无尽，但它们总是相互融洽地结成一体，读者有理由为此感到欣然。他认为，我们没有必要为一个梦想而牺牲另一个梦想，他就此提出一个观点是，人类所有的抱负是一个整体。这个信念，以及他认为诚实的互惠行为一定会战胜欺骗行为，解释了这部充满乐观向上精神的传记所富有的吸引力。

富兰克林写作的特殊的历史背景，至少部分地解释了他有如此乐观向上的精神的原因。在经济蓬勃发展时期，每一个有能力的人，只要勤奋工作的确都能够进步发达。人口的快速增长，有大量的廉价的可耕地供应，社会对商品和服务的需求持续增长，因此没有必要采用欺诈手段对付竞争对手。正如富兰克林在另一处所说，"快速增长的人口带走了人们对竞争的恐惧"。[1]因为每个人都有发展的机会，在办事方式上选择合作有百利而无一弊。显然，《自传》歌颂的北美殖民经验为 18 世纪欧洲移民提供的几个主要的有利条件，一直是讨论美国民族身份中长久不衰的话题，即使产生它们的环境已经不复存在了。富兰克林讲到一个人应当如何敏锐地分析自己的生活环境，认为特别要关注这个环境的"开放之处"和"流动性"，针对现有的机会和限制塑造自己的行为，[2]这样他就可以把自己的成功最大化。富兰克林如果明确地把这一点说出来，并且建议读者根据自己的情形

1　Franklin, 2007: 467, 464.

2　Ward, 1963: 551.

仿效的话，他的书或许会证明对后世更加有用：研究你的环境，调整你的策略使之适应主要的环境条件。但好像他写作的时候觉得他居住的环境将百世不易，他使用的"有利手段"对任何人都有用。对这一点，奥蒙德·西维的评价显得一针见血：

> "其他的自传作者，比如，吉本、华兹华斯、亨利·亚当斯，在写作中都非常清楚地意识到他们所处的时代的特征。但是就富兰克林而言，时代被他几乎全然排除在思考之外。他不想在《自传》中把18世纪当成一个特殊的时期，自有其时代的局限和癖好。从头到尾他清楚自己是在对子孙后代说话；他的读者不会是自己的同时代人，他们将是来自于不可预见的未来时代。他之所以不愿意明确说出每一个历史时期之间存在巨大的不同，是因为担心自己被一个时代捆住手脚。"[1]

富兰克林"不仅把自己的成就写成是一个特殊人格的产物，而且还是人类对其所处环境的自然回应"。因此从头至尾，他都表达了"他对人类的自然回应抱有信心"。[2]《自传》作者相信普遍人性的存在，这与当前流行的适应主义思想相契合，所以该书就非常适合用进化论文学批评理论去解读。在书的一开始，富兰克林就认为如果有可能性存在，每一个人都希望获得财富和名声。他建议读者在追求这两个目标的时候应该采取合作策略。长期计划、目标明确、真才实学、坚持不懈，辅之以自我知识和社会智力，将为最终的成功铺平道路。坚持不懈地采取亲社会策略最为关键：待人和气，与人为善，顺乎人理，接其自然。公众形象也很重要，需要巧妙地经营好自己的公众名声。莽撞寻仇、小气吝啬、恶意报复，这些行为跟贪图权力的行为一样不具建设性。专心致力于互惠义务非常重要。系心于集体利益，以谦虚认真的态度为集体服务，可以将个人稳固地融入一个社会网络。与此同时，聪明地交友、择社，是赢得强大的社会和商业支持、扩大个人影响的有效机制。

从一个角度来看，《自传》是一幅"启蒙之士的自画像"，表现了一系

1　Seavey, 1988: 38–39.

2　Ibid.: 10.

列非常重要的 18 世纪关于人性的观点，[1] 它也是一部反映特定时代和社会的著作。作者根据同时代人共享的价值和担当对他的人生经历做了解释。它"表明富兰克林有能力成功应对自己所处的环境，扮演社会期待的角色，做好准备去迎接生活中出现的人们"。[2] 富兰克林的自传还展现了一个面对适应难题迎难而上的个人，他面对的那些适应难题从旧石器时代以来就一直伴随着人类生活。和每一个人一样，富兰克林在他做出选择、计算成本效益时受到多种因素的影响（包括有意识或无意识因素的影响）：他自己从遗传得来的显性特征（比如身体上、智力上、情感上的特征），他所处的自然环境（比如资源、威胁），他所处的社会环境（社会习俗、规范和权力结构），他在社会中所处的地位（比如经济、社会地位）等。这些变量之间的互动极其复杂，说明生活在同一时代和社会的人们不可能有同一的行为或思想方式。从可见的可能性出发，就个人的角色和信仰而言，居住于同一社区的成员们不尽相同，有些人表现保守，有些人表现激进。毫无疑问，《自传》提供了丰富的证据，说明不是富兰克林所有的同时代人都像他那样回应时代。"他所描写的那个时代"，西维说，"跟伏尔泰（1694–1778）、休谟（1711–1776），甚至是杰弗逊（1743–1826）笔下的启蒙时代都不相同"。[3]

如果让我们来思考富兰克林是如何在他的时代背景下来理解自己的，而且这样的思考有用并有趣的话（显然既有用也有趣），从人的普遍性去研究他的认识也同样有用并有趣。这本书的主要人物"看见并且实现了自然的、被多数人理解的欲望"。[4] 和每一个人一样，富兰克林发现他自己生活在一个特定的文化之中，他必须成功地应对这个文化环境，去实现重要的进化目标。他的自传讲述了他奋斗的故事，他希望他的读者以他讲述的方式去理解他的奋斗。这是一部文学精品，它传达了作者对人生的理解，并且努力使这些理解与读者自己对自我和社会的观察取得一致。

（余石屹译）

1　Seavey, 1988: 38.

2　Ward, 1963: 548.

3　Seavey, 1988: 10.

4　Griffith, 1976: 135.

* 译者注：本文译自 Judith P. Saunders, "The Autobiography of Benjamin Franklin: The Story of a Successful Social Animal," in *American Classics: Evolutionary Perspectives*, by Judith P. Saunders (Brighton: Academic Studies Press, 2018), pp. 1–22。注释部分略有调整。

参考文献

戴维·巴斯. 2011. 欲望的演化. 谭黎，王叶译. 北京：中国人民大学出版社.

富兰克林. 2010. 自传. 唐长儒译. 北京：国际文化出版公司.

富兰克林. 2012. 富兰克林自传. 黄玉珍译. 北京：新世界出版社.

富兰克林. 2015. 富兰克林自传. 蒲隆译. 南京：译林出版社.

Boehm, C. 1999. *Hierarchy in the Forest: The Evolution of Egalitarian Behavior.* Cambridge and London: Harvard University Press.

Boyer, P., & Barrett, H. C. 2005. Domain Specificity and Intuitive Ontology. In D. M. Buss. (ed.) *The Handbook of Evolutionary Psychology*. Hoboken: John Wiley and Sons.

Buss, D. M. 2003. *The Evolution of Desire: Strategies of Human Mating* (rev. ed.). New York: Basic Books.

Carroll, J. 2004. Wilson's Consilience and Literary Study. In J. Carroll. *Literary Darwinism: Evolution, Human Nature, and Literature.* New York and London: Routledge, 81.

Dawkins, R. 1989. *The Selfish Gene.* Oxford and New York: Oxford University Press.

Franklin, B. 1986. The Autobiography. In J. A. L. Lemay, & P. M. Zall. (eds.) *Benjamin Franklin's Autobiography: An Authoritative Text, Backgrounds, Criticism.* New York and London: W. W. Norton & Company, 1.

Franklin, B. 2007. Information to Those Who Would Remove to America. In W. Franklin, P. F. Gura, A. Krupat, & N. Baym. (eds) *The Norton Anthology of American Literature (vol. A): Beginnings to 1820* (7th ed.). New York and London: W. W. Norton & Company, 467, 464.

Griffith, J. 1976. Franklin's Sanity and the Man Behind the Masks. In J. A. L. Lemay. (ed.) *The Oldest Revolutionary*. Philadelphia: University of Pennsylvania Press, 126.

Jennings, F. 1996. *Benjamin Franklin: Politician*. New York and London: W. W. Norton & Company.

Leibowitz, H. 1989. "That Insinuating Man": *The Autobiography of Benjamin Franklin*. In H. Leibowitz. (ed.) *Fabricating Lives: Explanations in American Autobiography*. New York: Knopf, 32.

Lemay, J. A. L. 1986. Franklin's *Autobiography* and the American Dream. In J. A. L. Lemay, & P. M. Zall. (eds.) *Benjamin Franklin's Autobiography: An Authoritative Text, Backgrounds, Criticism*. New York and London: W. W. Norton & Company, 349.

Levin, D. 1964. The Autobiography of Benjamin Franklin: The Puritan Experimenter in Life and Art. *Yale Review, 53*(2), 258–259.

Maugham, W. S. 1940. *Books and You*. New York: Doubleday, Doran & Company.

Pinker, S. 2002. *The Blank Slate: The Modern Denial of Human Nature*. New York: Penguin.

Sayre, R. F. 1963. The Worldly Franklin and the Provincial Critics. *Texas Studies in Literature and Language, 4*, 516–517.

Sayre, R. F. 1988. *The Examined Self: Benjamin Franklin, Henry Adams, Henry James*. Madison: University of Wisconsin Press.

Seavey, O. 1988. *Becoming Benjamin Franklin: The Autobiography and the Life*. Philadelphia: Pennsylvania State University Press.

Trivers, R. 2002. *Natural Selection and Social Theory: Selected Papers of Robert Trivers*. Oxford: Oxford University Press

Ward, J. W. 1963. Who Was Benjamin Franklin?. *American Scholar, 32*, 553.

Zall, P. M. 1976. A Portrait of the Artist as an Old Artificer. In J. A. L. Lemay. (ed.) *The Oldest Revolutionary*. Philadelphia: University of Pennsylvania Press, 54.

进化论对人类自我叙事的影响：
以托马斯·赫胥黎、柯南·道尔为例

艾米莉·扬森

> "有关人类的论题要比任何其他问题更具有深刻的意义。因为它既涉及人类在自然界所处的地位，也涉及人类和宇宙万物之间的关系。"[1]（35）

引言

进化的发现极大地影响了人类的想象，它改变了人类古老的自我定义习惯。何谓人类？旧石器时代怪异岩画中的兽人和拟人化动物形象似乎正是对这个问题的探索。从最早期时候开始，虚构故事中便已出现了豹头人身的埃及神、中国的猴王等形象，希腊和北欧神话中也有关于动物和种间繁殖的讨论。时至今日，大众文化中仍常见狼人、吸血鬼等虚构形象。是什么使人类如此与众不同？人类是如何适应自然的？人类来自哪里，又为何而努力？世界上的各种宗教和部族神话通常会这样回答——我们已被某些超自然力量选中并被要求按照某种特定方式生活，我们的历史是由某些重大事件塑造而成的，宇宙根据道德法则来惩戒或奖励人类。然而，这些都是人类所给出的主观答案。达尔文则科学地回答了这个问题，并首次客观地解释了人类。进化论告诉我们，人类是数以百万计的物种之一，大多数物种都已灭绝，而所有物种都是根据无关道德的自然法则，在经历了极长的时间后通过微小的随机变异发展而来的。进化论的世界观强烈冲击了人类以往对自我的神话定义，冲击了人类的宗教观。非神话人类自我叙事对人类心理发起挑战，而达尔文时代的学者正是首批直面这些挑战的人。一时间，科学家、哲学家、政治家、神学家纷纷将进化历史塑造成具有人类目标和人类价值体系的戏剧性叙事。[2]文学作家也在描写暴蛮天性的寓言故事及早期类人猿的英雄传说中重新引入神话元素。[3]

1　Huxley, 1863/2009: 57. 译注：引文译文主要采自蔡重阳，王鑫，傅强译《人类在自然界的位置》（托马斯·赫胥黎，2010）；译文的具体出处见文中夹注。

2　参见 Hawkins, 1998; Richards, 2009。

3　参见 Henkin, 1940/1963; Ruddick, 2009。

　　人类为何如此难以接受关于人类这个物种的非神话阐释？这个问题并不容易回答。相比于神话，进化论对人类的认知程度要求更高，其内容也并不讨喜。然而，进化论却能有力地阐释生物并为人类提供了从前无法想象的关于过去的事实。那么，为何连支持进化论的科学家也要把进化论包装成叙事故事和道德讲课呢？关于想象文化适应性功能的假设和研究可以回答这个问题。[1] 与其他物种相比，人类的行为灵活度极高。人类可以通过文化实践来控制和改变环境，从而在极为多样化的环境中生存。即使是其他智力高度发达的物种在很大程度上也仍是根据本能和训练行动的，比如猿类、鸦科动物和鲸类。相比之下，人类的行为中则渗透了想象文化，比如故事、传统、内化的社会规范、信仰、意识形态、视觉和音乐艺术等。我们以神话和宗教为载体所讲述的关于人类自己的故事也是一种想象文化，它能影响人类行为。这些故事能帮助人类勾勒和重现物质和社会世界，并在其中灌输有关积极或消极价值观、目标与恐惧、理想或不理想生活方式的想象。进化论则不包含这种想象式的勾勒。它不试图引导人用某种特定的方式生活，也不影射任何指导人类行为的目标。进化论不具神话色彩，它是一种能拨开人类自我认知的云雾，像灯塔一样指引人类用科学的方式理解自己的人类自我叙事。

　　为指导人类行为，想象文化必须迎合人类进化心理倾向。人们往往根据人类生命过程中的基本内容来创作神话故事，比如恐惧死亡、热爱生命、爱情与性需要、亲密的家庭关系、学习在特定文化中生存的技能、社群归属感以及沉浸于想象世界等。[2] 这些人类普遍关心的问题能在任何特定环境下组织和调控各种可能的人类行为。叙事结构本身并不关注叙事内容中具体事件的开头、发展、结尾，而是关注故事里的"人"，它能把人类思想从简单的儿童游戏和梦境塑造成复杂的人类自我叙事和小说。[3] 叙事中往往存在正反两种对立的人物形象，叙事内容也往往贬低自私自利的独断行为、褒扬不求闻达的合作行为。这种叙事结构体现了人类的平均主义倾

1　关于想象文化适应性功能的研究参见 Dissanayake, 2000; Boyd, 2009; Dutton, 2009; Carroll, 2012a: 50–63; Gottschall, 2012。

2　关于人类生命循环的基本主题参见 Carroll, 2012b: 129–160。

3　参见 Gottschall, 2012; McAdams & McLean, 2013: 233–238。

向。[1]神话和宗教所塑造的人类历史也正是以这种叙事结构呈现的——宇宙是根据人类的社会心理来平衡的，自然是由具有人类动机和亲缘关系的主体所引导的，历史是由异乎寻常的人和事一点一点发展起来的。

达尔文对人类的解释中非但不存在这些叙事特征，反而视这些叙事特征为人类的误解，一种由人类进化心理倾向所造成的误解。我们的世界中并非到处都是恶魔、骗子、天使、英雄。相反，为了保证生存，人类进化出了道德情感。我们的社会性既可能激发互惠、慈善的行为也可能导致伪善、残暴的行为。人们本就不愿接受进化历史观，因此要让人接受这种对人类的非叙事性解释可谓难上加难。人类尚未进化成为客观的自然观察者，无法轻易理解这种关于地质时代的数据变化，也无法坦然面对灭绝速率和马尔萨斯循环。我们是"偏执的乐观主义者"，进化教会我们犯代价最小的认知错误，令我们倾向于转变事实角度以使自己成为正面人物，令我们更喜欢环境中的控制与和谐，令我们把头脑与身体的二元及目的论思维延展到宗教体系中，令我们对生态系统的抽象、复杂、长期变化视而不见。[2]我们总是需要富有想象力的叙事，但同时我们也永远需要关于自己和世界的可靠信息。因此，进化论既鼓舞人心又令人烦恼，既令人敬畏又惹人沮丧。它既是一种前所未有的、关于人类自我的知识来源，又是造成想象困惑的、难以根除的原因。

从学术角度看，最早对达尔文主义的修辞学和文学的回应均具有独特的魅力，它们象征着人类思维与新自然主义宇宙观的首次碰撞。这次碰撞确定了人们回应达尔文主义的基调，这种基调一直沿用至今。本文将分析两种回应达尔文主义人类观的态度。一种是托马斯·赫胥黎（Thomas Henry Huxley）的科学专著《人类在自然界中的位置》，另一种是阿瑟·柯南·道尔（Arthur Conan Doyle）的冒险小说《失落的世界》。这两部著作，一部是非虚构作品，一部是虚构小说，它们都讨论了人类与猿类的亲属关系，这一问题直击后达尔文主义想象力迷失的核心。如果人类的祖先是猿类，那么人类就无法确定人类的后代会是什么、现如今的一些人类仍是什

1　参见 Boehm, 1997: 100–121; Carroll, Gottschall, Johnson & Kruger, 2012。

2　此处关于进化对人类的影响可依次参见 Haselton & Nettle, 2006: 47–66; Stillweli & Baumeister, 1997: 1157–1172; Geary, 2007: 305–313; Willard & Norenzayan, 2013: 379–391; Griskevicius, Cantú & Vugt, 2012: 115–128。

么，或者每个人可以、应该努力成为什么。这种不确定性可能危及人类文明的安全，也让人反思道德的局限性。这种不确定性也对人类对待彼此及自然界中其他事物的方式提出了质疑。赫胥黎和道尔都用了相似的、令人心安的人类形象回答了这个问题。他们都基于无畏的智慧成就及道德直觉来建立人类的自我价值。他们都把人类进化塑造成类似于神话般的起源故事，即人类经历艰难险阻最终当之无愧地获得成功的故事。在赫胥黎的专著中，他在客观的事实论述之后增加了一部分修辞性对比，为他的读者描绘了一个理想的人类形象；而道尔则创作了象征着理想人类的虚构人物，并带其读者一同进入打击恐怖猿人的大冒险中。

据我所知，尚未有学者从进化论视角解读过这两个文本。确有文学学者讨论过早期达尔文主义对文学的影响，但他们并未将其视为一种划时代的人类心理挑战而进行研究。比较老派的传统文学研究曾经尝试把一些科学概念结合到文学分析中去，但其目的也只不过是想展示和重申其自身的影响力而已。[1] 比较新的研究传统，比如吉利安·比尔（Gillian Beer）及乔治·莱文（George Levine）将达尔文主义适用于后结构主义理论，视达尔文主义为一种叙事，讨论它如何支持和颠覆不良的社会结构。[2] 这些研究传统都没有基于现代进化社会科学或进化论关于艺术功能的假设对文本进行过阐释。然而，具体文化不是文本分析的唯一内容，文本分析还需要对具体文化之外的因素进行解释。如果不考虑支撑神话结构的进化认知偏见，不理解神话结构在人类生存策略中扮演的角色，人们就不可能理解在达尔文之后，想象文化所发生的变化及其全部意义。

一、托马斯·赫胥黎的《人类在自然界中的位置》（1863）

《物种起源》发表后，该书对人类的解释和暗示很快便成为人们争论的焦点。今天，即使几乎不熟悉达尔文的人也一定都见过以达尔文为原型，描绘人类的猿猴血统的漫画（见图1）。单是人类的猿猴血统便足以令维多利亚人相信，自然选择是绝不可想象的。1860年，威尔伯福斯主教（Bishop Wilberforce）在牛津大学辩论会上公然诘难"达尔文的斗犬"托

1　参见 Henkin, 1940; Stevenson, 1963。
2　将达尔文主义适用于后结构主义理论的研究有 Beer, 1983/2009; Levine, 1988/1991。

马斯·赫胥黎，问赫胥黎的猴子关系是从他祖母那传的还是从他祖父那传的。赫胥黎回答，他宁愿他的族谱里出现猴子，也不愿其中出现一个浪费智慧、阻挠科学的主教。他的回答引来听众阵阵嘘声、欢呼，甚至有听众晕倒。尽管这场威尔伯福斯主教和赫胥黎的论争没有可靠的逐字记录，但确有记录显示在 19 世纪 60 年代，赫胥黎就人类进化问题掀起过公开论争。他与杰出的生物学家理查德·欧文（Richard Owen）曾进行过特别激烈的交流。

图 1　达尔文展示人类的猿类血统

1　图内文字为：*Female descendant of Marine Ascidian:* — "Really, Mr. Darwin, say what you like about man; but I wish you would leave my emotions alone!"（海鞘的雌性后代："说真的，达尔文先生，随您怎么解释人类，但我希望您别再解释我的情绪了！"）

威尔伯福斯、欧文及其追随者向人类的灵长类血统发起了圣战。他们坚信达尔文的人类进化理论是渎神的，是道德败坏的，因为进化论与圣经叙事相矛盾。尽管圣经叙事始于近东地区闪米特族，具有特定的文化历史背景，但它仍满足了维多利亚人的普遍人类需求，即圣经描述了一个人类的象征性形象，人们可以用这个象征性形象规范和控制人类各种各样的行为可能。一旦人类和其他物种之间没有了清晰的界限，甚至还有了血缘联系，那么圣经所描绘的这种人类自我形象也就不再成立，人类的道德原则也将变得毫无意义。因此，不仅是主教愿为这场圣战而战斗，连虔诚的科学家也都愿意利用自己的权威阻碍科学进步。

1863 年，赫胥黎出版了《人类在自然界中的位置》一书，旨在澄清事实、纠正误解。该书的核心章节专门重申，人类是灵长类动物。该章节大部分采用了赫胥黎所想象的、来自"土星"的动物学家的观点，辅以神学及细腻的感性来评估和划分人类样本，正如人类划分任何其他动物物种时那样。赫胥黎向其读者展示了人类、猿类和猴子在四肢、肌肉和骨骼方面的测量数据及对比结果，这些结果都是他本人严谨的工作成果。在他所列举的事实和数据中，最为引起争论的两点反倒是最能证明人类之所以为人类的科学证据，即人脚与人脑的独特性。在列举和阐释完这些科学证据后，赫胥黎称，如果他的书仅仅是为了写给他的科学界同行看的，那么该章节本可以就此打住，因为该章节中所列举的科学事实已经足以说服科学家们了。但是，为了普通大众考虑，赫胥黎决定再进一步讨论和解释该章节结论可能招致的"反感"。[1] 下面就是赫胥黎对进化了的人类物种的尊严所进行的有力辩护。

赫胥黎通过想象狮子、狐狸、诗人及不断升高的阿尔卑斯山等形象来缩小人类曾经的低等起源与人类今天伟大成就之间的巨大差异。达尔文曾致信赫胥黎："我对你书中 109 页到 112 页的内容表示无限崇敬。我敢说我此生从未见过比这更伟大的东西了。"[2] 八年后，达尔文在他自己的《人类的由来》中对"人是从某种在组织上比较低级的形态传下来的"这一"不

1　Huxley, 1863/2009: 109.

2　参见 Darwin, 1863。

合脾胃的"结论所进行的反思也展现了同样的伟大。[1] 尽管赫胥黎和达尔文二人都着眼于人类进化事实，但他们也都清楚地意识到人们抗拒且难以理解进化论。赫胥黎承认人们的这种抗拒心理和理解困难与人们的想象力有关，但他也同时对此表示讽刺和贬损：

> "我将会听到来自各个方面的叫喊声——'我们是男人和女人，而不仅仅只是高明些的某种猿类，比起你那些具兽性的黑猩猩和大猩猩，我们的腿长一些、脚更加结实些，大脑也更发达些。不管它们看起来和我们有多么相近，但是，知识的力量，即善恶的意识，和人类情感中的怜悯之心，都使我们要高居于那些具有兽性的同伴之上。'
>
> 对此我只能这样回答，假如这些点出了实质，也许就是一种合情合理的表达，我自己对此也会深有同感。但是，这绝不意味着我根据人的大脚趾作为确定人的尊严与否的基础；也不意味着由于猿脑也有小海马，就以此来暗示我们人类因此而失去应有的尊严。事实恰恰相反，我已经尽最大的努力来消除这种虚荣心。我还一直在努力证明，人类和动物之间，其分界线绝不比动物本身之间的分界线更为显著。而且，我还可以对我的信念加以补充，即企图从心理上来划分人类和兽类的界限是徒劳的；而甚至像感情和智力等最高级的能力，在某些低级的动物类型中，也已经开始萌发。与此同时，没有人比我更加深信，文明人和兽类之间存在巨大的鸿沟；或者，我更深信，不论人类是否由兽类起源，他绝不是兽类。没有人会更少考虑或者轻视在这个世界上，唯一具有意识和智慧的居民的现有尊严，或者会放弃他们未来的希望。"[2]

赫胥黎在随后的段落中指出，"一个明白事理的儿童"可以帮助人们理解人类的进化过程，而"健全的人性"，即"公众的普通常识"可以预防道德退化的危险。[3]（61，62）只有那些固执地无视"现实世界中的高尚"，

---

1 Darwin, 1871/1981: 404. 译注：译文采自潘光旦，胡寿文译《人类的由来》第 938 页（达尔文，1983/1997：938）。

2 Huxley, 1863/2009: 109–110. 译注：译文采自蔡重阳，王鑫，傅强译《人类在自然界的位置》第 61 页（托马斯·赫胥黎，2010：61）。

3 Ibid.: 110–111.

无视"人类所处的崇高地位"的"讽刺家和'过分公正者'"才会始终被这个问题叨扰。[1]（62）简言之，赫胥黎认为人们只需关注现实之美，相信人类自身对善具有本能的认知。至于那些想象出来的人类自我形象所产生的细微、特殊问题，就留给那些迂腐的学究操心吧。但是，赫胥黎在打发走那些学究的同时也敦促人们接纳新知识。人应该内化对自己种群的科学理解，以便更好地理解自己。就好比我们理解了地质学就能更容易地感受到和惊叹于阿尔卑斯山的宏伟，地质学"给单纯的审美直觉增添智力上的崇高趣味"。[2]（62）

赫胥黎的人类自我叙事极为复杂。他用那些被认为是人类与生俱来的道德、审美和知识价值取代了人类的神圣任命。正因为人类今天的成就，人们反而对自己过去卑微的起源感到骄傲，对未来变化的恐惧也因持续发展的可能而消散了，而科学的努力正是赫胥黎的这种人类自我叙事的核心。他指出，日积月累的文化正是人类区别于其他物种的最高标志。赫胥黎将读者带入想象空间，将自己对人类的辩护推向高潮，赋读者以不可名状的神圣感：

> "我们对于人类高贵性的尊重并不因为知道人在物质和构造上与兽类相同而有所减少。因为，只有人才拥有这种非凡的天赋去掌握可理解和合理的语言，凭借这种语言，他得以在长期的生存期间逐步积累和创造经验，而这些经验在其他动物那里却随着每一个个体生命的结束而完全丧失殆尽。所以，目前人类就好像是站在高山顶上一样，远远超出他的更为低等的同伴们，并且通过反思褪去他那粗野的本性，从真理的无限源泉中处处放射出光芒。"[3]（62）

站得高，守得严。人类所占领的物种高地既能保全人的主观自我价值，又能拉远人与猴子的关系。知识的缓慢积累将人类推向顶峰，文化由此而萌芽、永生。达尔文不会是唯一一位对人类在自然界的位置产生共鸣的人，但这个位置看上去比赫胥黎所认为的还要更安全。30 年后，赫胥

1　Huxley, 1863/2009: 111.

2　Ibid.

3　Ibid.: 112.

黎在《进化与伦理》中对文明的进步、人类的总体性以及文化对人类总体性的影响表示了极大关注。在《人类在自然界中的位置》一书中，为解决读者的想象力疑惑，赫胥黎一边强调他与其读者对人类独特性的共同认识，一边在其言辞中穿插对人类的神话解释，即人类是自然的统治者。然而，赫胥黎没能做到天衣无缝，他所穿插的神话阐释与其后文的观点之间存在矛盾。尽管如此，赫胥黎的表述仍是极为有效的，它旨在解决人类进化的想象问题，而它也确实产生了巨大影响。达尔文个人对此表示认可，他也在《人类的由来》中公开对此表达了肯定。

《人类在自然界中的位置》展现了两种对比强烈的人类形象，不过这并非神圣的创造物和高贵的进化物之间的对比，而是赫胥黎的终极人类崇高形象与其早期的科学解剖人类形象之间的对比。人类在土星居民眼里似乎远没有那么高贵：

> "假如你愿意，就把自己想象为是土星居民，对现今地球上生活的动物非常熟悉并有科学见解，正在讨论并坚定一种标本，它是保存于一桶酒精内的一种新奇的'直立而没有羽毛的两足动物'，由一位敢于冒险的旅行家，通过克服空间和引力的种种困难，从遥远的地球带来。我们就会马上一致同意把这种动物放在脊椎动物的哺乳类；并依据它的下颚、白齿和脑的特征，毫无疑问将其分类位置确定为哺乳动物的一个新属，又考虑到它的胎儿在妊娠期间是靠母体内的胎盘来供给养分的，就将其称之为'有胎盘类的哺乳动物'。"[1]（41）

高贵的文明人与没有羽毛的两足动物在逻辑上可能并不矛盾，但它们是两种截然不同的想象角度的结果。它们调性相悖，所产生的心理功能和效果相反。文明人的形象展现的是启蒙时代的理想图景——科学家解释上帝的天工；而土星居民形象展现的却是一种与宇宙极不相称的生物。赫胥黎从无羽毛的两足动物讲起，最终以达尔文所说的"光辉的日落"洒在人类文明的山顶上为结尾，这绝非无意而为之。[2] 赫胥黎所描绘的土星人形象本身并不能激发读者的共鸣。只有当土星人被赋予了积极的价值观以及

1　Huxley, 1863/2009: 69.

2　见 Darwin, 1863。

追求这些价值观的理由时，土星人才能影响和指导读者的动机。达尔文在《人类的由来》有关道德的章节及结论中也曾使用过类似的写作手法——首先给出一个客观的外部视角，列举事实并得出强有力的科学结论，而后回归人类视角，以一种令人心安的方式反思道德与这些结论的想象含义。[1]《人类在自然界中的位置》和《人类的由来》在结尾处都将人类推至物种的制高点，但二者都没有回避人类的兽性。只不过，二者为缓解读者对人类兽性的担忧，均一再强调人类文明与猿类生活方式的差距、"野人"和"野兽"之间的差异，并期待人类的未来越来越好。实际上，剖析人类的兽性同样令达尔文和赫胥黎感到不适，但他们都面对并克制了自己的这种本能反应。

要想真正理解人类自我叙事中的积极和消极价值，人们必须参考某些更大的意义体系。在自然主义世界中，特征和行为只在某些具有具体功能和目标的特定视角下才存在价值。在《人类在自然界中的位置》的象征性自我叙事中，赫胥黎指出，人类的特征和行为是人类的内在价值。他站在道德演绎论的对立面，提倡人类天生的、具有天然之美的道德。然而，赫胥黎的表述却把人类天生的道德与宗教意义上的善恶混为一谈了。在他看来，人类不仅生来避免"堕落"，而且生来避免"罪恶"。[2]（62）与其他动物相比，人类就好似阿尔卑斯山一样由于"内部力量的作用而形成了在外观上高不可攀的壮丽景象"，而前来旅行的人"却看不到在深山里还隐藏着悬崖和玫瑰色的山峰，也看不见天上的云彩是从何处开始的"。[3]（62）人类的天性"从根本上"具有"四足兽的利己邪念和兽性的欲望"，而这正是"慈善家"与"圣人"所要克服的。[4]（62）人类最大的成就，就是"褪去他那"四足兽的"粗野的本性"，"从真理的无限源泉中处处放射出光芒"。[5]（62）基督教信仰给了大多数维多利亚人更大的意义系统。善之所以为善，是因为它接近神灵，它能带来最终的报偿；恶之所以为恶，是因为它背离神灵，它会招致最终的惩罚。达尔文在《人类的由来》中曾暗示，

1　参见 Darwin, 1871/1981: 158–184。

2　Huxley, 1863/2009: 111.

3　Ibid.

4　Ibid.:110–111.

5　Ibid.: 112.

宗教之所以存在并被人接受，是因为它在一定程度上激发和迎合了人类的"社会本能"，比如，宗教认为那些为个人利益而操纵一切的独断专行是恶，那些为合作而自我牺牲的行为是善；宗教强调社会的和谐；宗教令人与自然力量之间形成类似于人与人之间的关系。[1] 此外，宗教还通过描绘宇宙潜藏的终极意图及生命之终的超自然正义来给人一种独特的满足感。赫胥黎的自然主义自我叙事也采用了类似的宗教阐释逻辑，通过建立人与神的关系来表达"私欲"是超然的恶、"博爱"是超然的善这一观点。

灵长类动物与高尚的人类文化之间形成了鲜明对比，赫胥黎的书也因而产生了强烈的想象效果。然而，这种效果具有局限性。尽管科学家的说法偶尔与人们的想象有契合之处，但科学家毕竟不是在写小说或者诗歌。科学家们提出论点、援引事实证据、进行逻辑推理，试图给读者呈现一些非常具体的结论。尽管科学专著里会出现一些文学修辞，比如讽刺和拟人，但科学家并没有创造能与读者产生互动的虚构人物，也没有创造能模仿人类复杂社会活动的虚构形象。简言之，科学家并不旨在创造一种能使艺术指导人类行为的想象式的文字，而相比于较为客观的科学叙事，文学作家则纷纷把达尔文主义对人类的阐释写成了相当成熟的神话故事。柯南·道尔就是其中之一，他把赫胥黎对类人猿及半人半神的想象发展成了一个完整的冒险故事。

二、柯南·道尔的《失落的世界》(1912)[2]

《失落的世界》里有赫胥黎阿尔卑斯荣光的影子，其矛盾结构也同样迎合了人类的基本社会倾向。然而，与赫胥黎相比，道尔笔下的人物形象具有更勇敢、更具体的欧洲男性视角，这些人物形象也颇具生动而恐怖的邪恶色彩。《失落的世界》描述了一支英国探险队来到恐龙出没、与世隔绝的南美高地，当这群探险队员被困在高地上时，全书最惊心动魄的情节出现了——探险队员与原住土栖人[3]一同对抗恐怖的猿人。探险队员和土

---

1 参见 Darwin, 1871/1981: 91, 100–101。

2 原文引自 *The Lost World* 的段落，汉语译文主要采自张莹译《失落的世界》(柯南·道尔，2015)；译文具体出处见文中夹注。

3 "土栖人"原文为 Accala Indians，译文采自张莹译《失落的世界》(柯南·道尔，2015)。

栖人所代表的人类形象与猿人这种半人半猿的形象之间产生了可怕的对比。道尔的故事中虽无剖析人类物种的土星人，却有一队探险队员最终改变了自己客观的自然主义观并承认人类是有勇气和创造力的科学探险家。南美高地因而成了英雄般的人类史前时代的缩影。从这个意义上讲，道尔的有趣的探险故事是一个自然主义神话，它把天使与魔鬼并置于一个无关道德的自然世界中。

《失落的世界》受到的学术关注相对较少。利奥·亨金（Leo Henkin）的《英国小说中的达尔文主义》将《失落的世界》视为一种"传奇故事"进行讨论；尼古拉斯·鲁迪克（Nicholas Ruddick）在研究以史前人类为题材的小说时曾简单评价这部作品为"有史以来最激动人心的冒险故事之一……它并不完全浅薄"。[1] 罗莎蒙德·达齐耶尔（Rosamund Dalziell）评价该作品为"帝国探险小说"，并详细证明了该书故事情节受到了埃弗拉德·图尔恩（Everard im Thurn）南美探险队的启发。[2] 艾米·王（Amy R. Wong）总结了一套以迈克·迪尔达（Michael Dirda）、伊恩·邓肯（Ian Duncan）、罗斯·福尔曼（Ross G. Forman）为代表的传统，认为"道尔夸张的，甚至喜剧的探险隐喻表达了探险小说与英帝国命运一同衰落的观点"；[3] 艾米·王还指出，《失落的世界》所展现出的冒险精神先于 T. S. 艾略特（T. S. Eliot）的"冒险主义精神"，它打破了"文学与新闻传统"，使冒险小说焕然一新。[4] 在我看来，亨金所做的评论最接近事实。尽管道尔的作品不完全符合维多利亚时代对冒险小说的期待，但他的作品确是大师之作而非对意识形态的颠覆。《失落的世界》的故事情节简单，其调性结构和主题结构也同样简单。它花费了最少的认知力气取得了最令人满意的情绪效果。这位创造了夏洛克·福尔摩斯的大师自认为这部作品"比我其他任何一部作品都更像儿童读物"。[5] 而鉴于该作品确实称得上是一部精湛的探险小说，也鉴于鲁迪克对该书的评价，我认为这仍是一部非常值得分析的作品。

1　Henkin, 1940/1963: 267; Ruddick, 2009: 36.

2　Dalziell, 2002: 131.

3　Wong, 2015: 60.

4　Ibid.: 65–66, 77.

5　转引自 Wong, 2015: 67。

《失落的世界》中的主人公具有维多利亚时代理想的男性形象：有激情、有年轻人的冒险精神、能做深入的科学研究、有同情心、胆大心细。故事的叙事者是位年轻的记者，他"热心""心软""身体状态极好"。[1] 他为了赢得一位女士的芳心而加入探险队。探险队的领队是令人敬畏的查林杰教授，他以其"巨大的"脑袋和"清澈、审慎而又专横的目光"而闻名。[2]（19）查林杰教授在科学界著名的对手夏莫里教授及"举世闻名"的"运动员及旅行家"洛德·约翰·洛克斯顿与查林杰教授和年轻的记者形成了很好的互补。[3] 尽管在整篇故事中，主人公们的性格冲突引起了一些有趣的矛盾，但他们总能被一种勇敢的绅士探险精神凝聚在一起。查林杰教授激动地声明"事实就是事实"，他与夏莫里教授都有"最高形式的勇敢，那是科学思维的勇敢，那是一种和在阿根廷人中支持南美牧人，在马来半岛的猎头中间支持华莱士的做法的类似的思想"。[4]（51，78）曾与奴隶贩子斗争的硬汉洛克斯顿说，"有的时候""我们每一个人都有责任维护人权和正义，否则你永远都不会觉得自己是一个有着纯净灵魂的人"。[5]（59）刚到这片原始高地时，他们的勇气就受到了挑战。那里四周都是陡峭的悬崖，他们脚下遍布美国探险家的遗骨：

> "然而，当我们抬起头，望着几百英尺以外峭壁顶端那茂密而美丽的植物时，我们当中没有一个人产生在探明究竟之前就放弃努力、返回伦敦的想法。"[6]（96）

正如亨利·瑞德·哈格德（Henry Rider Haggard）广受好评的《所罗门王宝藏》及《她》所描写的那样，拥有智慧且体格超群的男性往往敢于发现异域土地上的秘密。拉迪亚德·吉卜林（Rudyard Kipling）也曾阐述过与此类似的观点，不过他并不是用达尔文主义来解释的。比如，《丛林故事》中的老虎萨克汗就因追捕家养动物和幼小动物而备受鄙视。但是，

1　Doyle, 1912/2012: 11, 233, 208.

2　Ibid.: 25.

3　Ibid.: 73.

4　Ibid.: 87, 109.

5　Ibid.: 81.

6　Ibid.: 133–134.

当这些探险队员与土栖人结盟抗击猿人时，他们的故事便已不属于典型的维多利亚传奇了。

尽管探险队员被困在了危险的高地上，但与猿人的斗争很快就成为他们的首要关注。在斗争中，他们不仅要保护自己和土栖人，而且还要确保"这片高地上的未来必将属于人类"。[1]（183）查林杰教授这样区分物种间的斗争与人类内部的斗争：

> "朋友们，一个国家占领了另一个国家有什么意义？什么意义都没有。不管谁胜利了都一样。但是在这种残酷的战争中，在人类文明刚刚萌芽的阶段，穴居的原始人战胜了虎群，或是象群被驯服了，这些才是真正的驯服——这种胜利才有意义。由于一个偶然的机遇，我们见证了、并且帮助决定了这样一场竞赛。"[2]（183）

这种观点赋予查林杰探险队更宏大的宇宙意义。在猿人的陪衬下，这个冒险故事的精神在遥远的时间点展开并向读者展示了人类高于其他物种的美好愿景。因此，道尔稳妥地设计了一个关于精英人类领导的故事，既展现他对人类进化历史的敬畏，同时又完美地迎合了维多利亚时代绅士探险家的优点。

猿人是一种极为简单而有效的人类自我形象的对照。作为野兽、作为人类的对立形象，猿人很快便超过恐龙，成为小说的主要反面形象。当故事的叙述者爬上树进行首次高地考察时，一张脸从树枝间向他探出：

> "那是一张人类的脸——或者说，至少它比我见过的任何猴子的脸更加具备人类的特征。那张脸比较长，面色苍白，上面长满小疙瘩，鼻子扁平，下巴突出，而且长着浓密的连鬓胡须。浓眉下的一双眼睛里是野蛮冷酷的目光，它张开嘴呲着牙低吼了一声，那声音听起来好像在诅咒我似的，趁此机会，我看到了它嘴里长着弯曲锋利的犬牙。那一刻，我在它眼睛里看到了憎恨和恐吓，然后，又迅速地闪过了一丝难以抗拒的恐惧。它纵身一跃，跳进了一团纠缠在一起的绿色

---

1 Doyle, 1912/2012: 257.

2 Ibid.

枝条中间，随之传来了一声树枝断裂的声音。它的身体长满毛发，像是一只红色的猪一样。它的身影在我眼前一闪而过，然后消失在了一团绿色的枝叶中。"[1]（136）

这是一个完全令人反感的动物——病态的惨白、长着疙瘩、笨拙、毛发粗糙，既有攻击性又十分胆怯。猿人所引起的生理和社会反感放大了它们半人类状态本就引起的不快。但这种反感反而使人类更容易地把它们归为野蛮、没有人性那一类。整个故事中，猿人所表现出的卑鄙的暴力与人类的绅士风度形成滑稽的对比。比如，它们趁人类睡觉时绑架人类，或者埋伏在暗处趁人不备将其从后面扑倒人。它们兴奋地撕咬无助的受害者，幸灾乐祸，甚至还"举行了一个"逼土栖人俘虏跳崖的"仪式"："猿人们则饶有兴致地站在一边看着，看看跳下去的人是被摔成了碎片还是被刺穿在锋利的竹子上。"[2]（161）猿人之间没有特别的同胞情谊或者家庭关系。如果非要说出猿人的优点，那就是它们会总能"哼出各种小曲儿"，令人感觉它们还挺有意思，而且它们身上也具有"比它们体积更大的野兽所没有的"有组织的狡猾。[3]探险英雄们似乎不是在抗击老虎、大象之类的动物，而是抗击恶魔，那种行为邪恶、相貌丑陋的恶魔。

绅士与猿人之间的对立在某些情况下是模糊的，但是这永远不足以颠覆其二者在主题结构上所呈现的对立。比如有时，探险英雄们的身上也会显现出猿人一般的凶残。洛克斯顿说，猿人的人类献祭"确实恐怖，但是也相当有趣"："即使我们心里打着鼓，担心下一个跳下去的就是我们自己，但我们还是入迷地看着那些土栖人跳下去。"[4]（161）在战场上，故事的叙述者发现，"可能最普通的人灵魂深处也隐藏着一种狂暴的本性吧"。[5]（161，167）尽管这位叙述者"有多少次就连看见野兔受伤嘶叫时也会泪湿了眼睛"，猿人却将他置于疯狂的"屠杀的欲望"之中：他"欢呼着、叫喊着，宣泄着屠杀带来的快感"。[6]（167）查林杰教授的双眼也充斥着相

1　Doyle, 1912/2012: 190.

2　Ibid.: 225.

3　Ibid.: 225, 243.

4　Ibid.: 226.

5　Ibid.: 233.

6　Ibid.: 233–234.

似的"杀戮的欲望"。[1]（183）这位教授、探险队领队以及自称为"现代文明的最高级产物"也变得与猿人首领别无二致。[2]（165）他们"都是又矮又胖的身材，厚重的肩膀，胳膊垂在身前，粗壮浓密的胡须搭在胸前"。[3]（166）这极具讽刺性的一幕——如人类与猿人对战争的共同激情一样，就发生在我们身边却从未被仔细讨论和反思过。

已有许多学者研究过查林杰教授及其猿人兄弟。鲁迪克认为，道尔"对文明人类回到丛林时所面临的讽刺性可能表示警惕，他用有趣的笔触暗示，即使在文明的爱德华时代也仍存在原始的人类特征"。[4] 如此，道尔成功地使其作品不至于变得肤浅。道格拉斯·科尔（Douglas Kerr）也注意到类似的、人类与猿类之间的这种讽刺性的重叠和共性，他大胆地称之为"康拉德式的"反殖民主义。[5] 福尔曼比科尔更加大胆。他指出，从"形式上看"，道尔"是在拉丁美洲的背景下对约瑟夫·康拉德（Joseph Conrad）的《黑暗的心》进行了重写"。[6] 我认为，以上观点并不可靠。文明与猿类之间不存在持续性的重叠，道尔的作品也没有引导读者站在猿人这边。那个形容查林杰外表的笑话虽然能说明人类身上存在原始的猿类特征，且人类与猿类确实具有某些讽刺性的共性，但能支撑鲁迪克和科尔观点的例子也就只有这一个而已。[7] 从根本上讲，那个笑话并不能挑战整个人类文明的敏感神经，它至多只是讽刺了查林杰个人的自然主义观点。如果赫胥黎也把那些土星人科学家描写成好笑的猿猴，那就连土星人的威胁性也不那么大了，正如达尔文在那幅讽刺性漫画里的形象一样。

《失落的世界》最终讨论的其实是善恶的问题。在道尔眼中，探险者们"杀戮的快感"因猿人道德和外表的丑恶而被正义化了。道尔把猿类对人类能力和品质的渴望描述成令人厌恶又怪诞的喜剧。洛克斯顿领会了这种语气的精髓：

1　Doyle, 1912/2012: 257.

2　Ibid.: 232.

3　Ibid.

4　Ruddick, 2009: 36.

5　Kerr, 2016: 7.

6　Forman, 2010: 31.

7　Ruddick, 2009: 37; Kerr, 2016: 7.

"我说他们是猿，但他们手里拿着棍棒和石头，而且还在叽叽喳喳地交谈，后来，他们还用藤条绑住了我们的手。因此，他们比我们以前游历时见过的任何野兽都要聪明。猿人——他们的真实身份——猿与人之间的过渡生物，但愿他们还处于过渡阶段。"[1]（158）

洛克斯顿放心地把猿人视为过渡阶段。战斗结束时，猿人中的成年男性被全部杀死，其余猿人被贬为"奴隶种族"。[2] 叙述者描述了这种灭绝的恐怖，说"为这样一场惨剧辩护真的需要强大的信念"。[3]（184）不过很快，叙述者话锋一转说道："我们当然也是这场胜利的受益者"，"猿人的灭绝标志着我们命运的转折。"[4]（184，185）

科尔指出，如果从字面上理解道尔的主人公，他们无疑是"种族屠杀的执行者"，然而小说却并没有讨论这一事实背后的道德意义。[5] 叙述者最后对"过渡阶段"的评论暗示了其令人反感的自我放纵。他将那群幸存的猿人奴隶比作"巴比伦的犹太人或是埃及的以色列人的一个粗鲁、粗糙而原始的翻版"。[6] 叙述者的类比本意旨在讽刺猿人，结果反而引起了读者对他的讽刺。那些刚刚被屠杀的恶魔猿人根本不会令读者联想起"远古的以西结"。[7]（186）被屠杀的土栖人令人想起类似于圣经式的悲剧，而被屠杀的猿人则因其兽性的"哭声"而完全不能引起人类的同情；古老的耶路撒冷笼罩在"猿人聚居地往日的光辉"之上，笼罩在那"上千座用树枝和树叶搭建的小屋"之上，而那些小屋不过是大型的献祭现场罢了。[8]（186，160）这并不是康拉德式同情的矛盾，而是人类所抓住的最后一次笑话猿人的机会。

无论从字面上还是象征意义上看，生活在高地上的土栖人都属于正面人物。他们身上的优秀品质也令道尔的绅士探险精神更具普遍意义。与

---

1 Doyle, 1912/2012: 221.

2 Ibid.: 261.

3 Ibid.: 257.

4 Ibid.: 258, 260.

5 Kerr, 2016: 8.

6 Doyle, 1912/2012: 261.

7 Ibid.

8 Ibid.: 261, 223.

猿人不同，土栖人与探险队员可以毫无违和地肩负起圣经式的宏大。他们这些"可怜的"却"勇敢的小矮个"刚毅地受难、死去。[1] 为了救自己的同胞，他们用自己的果敢、能力、勇气与猿人抗争。他们不仅道德品质好，而且他们外形也长得漂亮，"个子不高，长得干净利落的红种人，他们的皮肤在强烈的太阳光照射下发散出青铜一样的光泽"，"他们的脸上没有毛发，发育良好，并且表情和善"。[2]（165，172）用查林杰教授通俗易懂的具有歧视性语言来说，就是"无论是从颅容积、脸型、还是其他方面评判"，他们"都不能算是低等的人类"。[3]（172）（而高地下面的部落，比如"柯克马的土著居民"，都是些"品味低俗的民族，他们的智力连普通的伦敦市民都比不上"。）[4]（28）土栖人因为其品质而被谨慎地安放于探险队员的地位之下。当他们纷纷向探险队员鞠躬表示感谢时，查林杰教授非常欣慰，说"他们在自己尊长面前的行为举止却值得我们这些所谓文明的欧洲人学习。这些人天然具备的本能才是更正确的，真是奇怪！"。[5]（178）尽管这些理想的、天然的土栖人攀不上文明的高枝，但他们与猿人相比可是绰绰有余。在第一次亲见猿人的脸后，叙述者对土栖人的态度就不再那么紧张了，"我看到四处都有一些光斑，那些光斑形状规整，颜色微红"，"只有可能是由人类之手点燃的火"。[6]（145）

同赫胥黎一样，道尔将人类的尊严建立在人类独特的前额叶皮层而非大脚趾上。当查林杰教授站在猿人首领旁边时，"唯一能够区别两者的是眉毛以上的前额部位，一个长着猿人典型的斜坡一样低低的额头，而另一个则长着欧洲人典型的宽大的眉骨和头盖骨"。[7]（166）那宽大的头盖骨里有着维多利亚人绅士精神的能力，也有着使维多利亚人与土栖人能够应用其共有的人类生存策略的技巧。在见到第一个猿人后，叙述者对人类能力感到很有信心。在屠杀猿人后，他对人类的能力更有信心了。当他

1　Doyle, 1912/2012: 224.

2　Ibid.: 231, 240.

3　Ibid.: 241.

4　Ibid.: 39.

5　Ibid.: 249.

6　Ibid.: 203.

7　Ibid.: 232.

独自一人被"一只食肉恐龙"，"这个地球上出现过的最凶猛的动物"追捕时，他落入了土栖人的陷阱。[1]（149）死里逃生的他由此反思人类的创造力：

> "我还记得查林杰曾经说过，这片高地上不可能有人类生存，因为人类手中掌握的武器在横行高地的怪兽面前是显得那么微弱无力。但是现在，他们显然已经找到了生存下去的办法。不管这些土栖的居民是什么人，他们以有着狭窄入口的洞穴为居所，保证那些大型的爬行动物无法入侵。而在洞外，他们又以自己发达的大脑在动物经常经过的小路上建造了这样的陷阱，上面以树枝覆盖，尽管这些动物高大凶猛也难逃一劫。人类永远都是统治者。"[2]（151）

当土栖人与掠食性恐龙正面交锋，遭受重大损失时，叙述者一改说辞称：人类之所以能住在高地上，是因为恐龙"容人类在那"。[3]但正如猿人与绅士天差地别一样，这次恐龙事件并未过多地影响道尔的中心思想。尽管土栖人遭受了重大损失，但那巨大的恐龙捕食者最终也惨死于毒箭之下。此后，土栖人又继续饲养着大型食草动物，比如牛；也继续从湖里抓捕巨大的海洋生物，就像以前一样。

与达尔文的人类自我叙事所暗示的无意义、兽性、无常不同，道尔描绘了一个充满信心的人类自我叙事。在《失落的世界》中，虽然人类为达到统治自然的目的不得不拼死斗争，但人类终究还是打败了世界上最凶猛的野兽，成为自然的统治者。当叙述者第一次看见土栖人开火时，他说："我这次的探险得出了一个多么辉煌的成果啊！"[4]（145）他来到史前世界，亲见活着的恐龙和不为人知的类人猿，他很想把所见所闻告诉更多的人类，"这真是一个我们可以带回伦敦的特大新闻"！[5]（145）可以想见，这也是道尔渴望带回伦敦的消息。自原始时代开始，人类便是这片荒野土地的主人。这个消息简直比道尔在序言中所说的"欢乐时光"更令人兴奋。英

1　Doyle, 1912/2012: 208.

2　Ibid.: 211.

3　Ibid.: 262.

4　Ibid.: 203.

5　Ibid.

雄与怪物之间的冲突令读者松了口气——"最终，人类还是占了上风，而半人半兽的猿人则只能永远生活在被指定的区域"。[1]（183）

由于《失落的世界》中的人类自我形象在很大程度上吸收了维多利亚时代探险故事的理想，因此该书的视野具有局限性。正如道尔在序言中所说，这个故事是专门为在男孩与男人身份之间徘徊的人写的。整个故事弥漫着绅士精神，土栖人是人类的同胞，猿人是人类的敌人，而女性在故事中只起到了催化作用。叙述者所追求的格拉迪斯是"高尚行为的激励者"，没有她，"这个故事就不会有后面的一切了"。[2]（5，7）然而，格拉迪斯最终还是在叙述者去南美高地时嫁给了一位律师书记员，暴露了她"美丽的脸庞"背后的"自私与浮躁"。[3]（214）道尔笔下的英雄恐怕最能引起自认为属于欧洲文明一派的人的共鸣，就像查林杰教授的那样，他们自认为是到达了人类进化过程的巅峰。在此巅峰之外偶尔形成了其他几个国家和民族——我们从没认真了解过土栖人，不曾仔细了解那些恶棍似的南美人，也未曾了解那个在高地下扎起营地、提供支援的忠诚的非洲仆人。然而，道尔的理想人类形象并非完全是特定文化的产物。首先，该书通过对抗人类普遍反感的反面形象来扩大读者的接受范围。现代读者也许不认可书中消灭猿人的方式，但是任何文化中的读者都会厌恶猿人掠夺性的凶狠、尖锐的犬齿、泛红的双眼、病态的斑点、粗糙的毛发、轻率而不思悔改的邪恶。查林杰探险队及土栖人所代表的理想形象并非只见于维多利亚时代。从《孙子兵法》到《伊利亚特》，从莎士比亚到现代战争题材电影，这些都无不体现勇敢、同胞情谊、组织策略、坚韧的毅力等男性的好战理想。[4]这种理想虽然在人类众多适应性中仅占一席之地，但它却能与非男性化读者产生共鸣。对于喜欢复杂文学的读者来说，体裁可能是一个关键的局限。读者必须被恐惧、厌恶、幽默、紧张的悬念、欢乐、胜利感等纯粹的情绪带着走，才能真正爱上《失落的世界》。读者必须放下偏见，全心体会这个非黑即白的，善就是善、恶就是恶的世界。如果读者不能做到这

1　Doyle, 1912/2012: 256.

2　Ibid.: 8, 10, 304.

3　Ibid.

4　参见 Carroll, 2013: 33–52; Gottschall, 2008。

些，那么书中那些激发读者情感的暗示就会像小号突然响了一声听起来那般瘆人。如果读者不全情投入，那么读者也就无法真正理解道尔所描绘的人类自我形象了。简单来说，道尔就是通过对比人类与智力不开化、道德也邪恶的野兽来巩固人类的优势和权威的。

三、结语

面对达尔文主义的挑战，赫胥黎和道尔应对得如何？他们成功平衡了人类自我叙事的想象力需求与可靠信息间的矛盾吗？在这二人之中，赫胥黎显然更关注人类自我叙事的可靠信息。相较之下，消遣类的探险故事就不那么在意表达关于人类自我的科学细节了。当然，长久以来一直存在比道尔的探险故事更侧重于想象的人类自我叙事，包括在人类最早期的神话故事中和如今的主流媒体中。这些叙事的对立结构鲜明，描写了人类生命历史中的具体主题，而且倾向于穿插一些宏观的、象征性的概念以营造某种令人愉悦的含混，这些含混就是一些未被细致定义的抽象概念。人类喜欢生动而简明的表达，而赫胥黎正是迎合了这种倾向，用简明的表述抨击了被他称为学究的科学界对手。那些学究往往抓住人体解剖过程中的细节问题不放，而赫胥黎却赞赏能看见日常生活中的伟大的"明白事理的儿童"。[1]（61）尽管如此，在艾玛·达尔文（Emma Darwin）看来，赫胥黎的表述还是令人遗憾地偏离了其"生动的简明"这一初衷。她希望赫胥黎能好好地把自己的语言才华用在写"一本书"上，而非一本科学专著，因为她希望世上能有更多"人们能看得懂的东西"存在。[2]

大众"能读懂"的小说往往不仔细讨论人类物种的具体划分问题，也不研究人类遗传所得的道德本能与自由意志本能可能引发的问题。但是，这类小说却因其直白而有感染力的情绪调性和相对简明的表达方式而能与读者有效地沟通各种各样的人类自我形象。童话和探险故事中总出现怪物、英雄、天使等不受人类进化事实约束的形象。全世界绝大多数神话的主要内容都是这样的，从《吉尔伽美什》《贝奥武夫》《荷马史诗》中的人物到圣经、诸神无一不是如此。无可否认，道尔笔下的英雄与怪兽一如

---

1 Huxley, 1963/2009: 109–111.

2 Darwin, 1864.

杰克·伦敦（Jack London）《在亚当之前》及赫伯特·乔治·威尔斯（Herbert George Wells）"怪客"那样，确实能给读者带来一种古老形式的满足感。而对另一些读者来说，这些故事也能令他们反思出现在科学专著中用通俗易懂的语言表达出来的人类理想。将人类供奉至文明之巅的宝座会招致怎样的道德和情感后果？"明白事理的儿童"所说的人类之宏伟能经得起成年人的细察吗？

从本质上说，认为生命有意义意味着能够想象人类存在以及追求人类存在可能的理由。神话故事就包含这种意义。但当我们对文化和科学有了更多认识后，我们会了解到另一种关于人类的叙事，甚至能了解非人类视野下自然世界的形态。这些内容都令神话不如以往那么站得住脚了。早期进化思想家和文学作家无法重建不曾被人类质疑的神话的意义。从自然主义视角看，人类这个物种其实并没有某个特定的生活目的或者某种特定的生活方式。除非在未来有一天，人脑变得与过去的人脑完全不同，否则神话故事会一直以同样的形式存在于我们的生活中。也许在挣扎着接受人类进化历史的过程中，人们会继续用一些令自己心安的方式重塑或重新表述人类进化的事实。严肃地对待和接受人类进化历史能帮助我们更好地了解自己，而教育能帮助我们接受这种关于人类自我叙事的新的想象。就连最大胆的想象也会观照现实的要素，从而指导我们产生个人或集体存在感，满足我们实际的人类需要。

（张怿陶译，余石屹校）

* 译者注：本文译自 Emelie Jonsson, "T. H. Huxley, Arthur Conan Doyle, and the Impact of Evolution on the Human Self-Narrative," *Evolutionary Studies in Imaginative Culture*, Vol. 2, No. 1, Spring 2018, pp. 59–74。注释部分略有调整。

参考文献

达尔文. 1983/1997. 人类的由来. 潘光旦，胡寿文译. 北京：商务印书馆.

柯南·道尔. 2015. 失落的世界. 张莹译. 南京：译林出版社.

托马斯·赫胥黎. 2010. 人类在自然界的位置. 蔡重阳，王鑫，傅强译. 北京：北京大学出版社.

Beer, G. 1983/2009. *Darwin's Plots: Evolutionary Narrative in Darwin, George Eliot and Nineteenth-Century Fiction.* Cambridge: Cambridge University Press.

Boehm, C. 1997. Impact of the Human Egalitarian Syndrome on Darwinian Selection Mechanics. *The American Naturalist, 150*(S1), 100–121.

Boyd, B. 2009. *On the Origin of Stories: Evolution, Cognition, and Fiction.* Cambridge: Belknap Press of Harvard University Press.

Carroll, J. 2012a. The Adaptive Function of the Arts: Alternative Evolutionary Hypotheses. In C. Gansel, & D. Vanderbeke. (eds.) *Telling Stories: Literature and Evolution.* Berlin: De Gruyter, 50–63.

Carroll, J. 2012b. The Truth About Fiction: Biological Reality and Imaginary Lives. *Style, 46*(2), 129–160.

Carroll, J. 2013. Violence in Literature: An Evolutionary Perspective. In T. Shackelford, & R. D. Hansen. (eds.) *The Evolution of Violence.* New York: Springer, 33–52.

Carroll, J., Gottschall, J., Johnson, J., & Kruger, D. 2012. Graphing Jane Austen: The Evolutionary Basis of Literary Meaning. *Cognitive Studies in Literature and Performance.* New York: Palgrave Macmillan.

Dalziell, R. 2002. The Curious Case of Sir Everard im Thurn and Sir Arthur Conan Doyle: Exploration and the Imperial Adventure Novel, *The Lost World. English Literature in Transition, 1880–1920, 45*(2), 131–157.

Darwin, C. 1863. Letter to T. H. Huxley on 26 February 1863. In Darwin Correspondence Database Letter No. 4013, University of Cambridge.

Darwin, C. 1864. Letter to T. H. Huxley on 5 November 1864. In Darwin Correspondence Database Letter No. 4661, University of Cambridge.

Darwin, C. 1871/1981. *The Descent of Man and Selection in Relation to Sex.* Princeton: Princeton University Press.

Dissanayake, E. 2000. *Art and Intimacy: How the Arts Began.* Seattle: University of Washington Press.

Doyle, A. C. 1912/2012. *The Lost World.* London: Forgotten Books.

Dutton, D. 2009. *The Art Instinct: Beauty, Pleasure, & Human Evolution.* New York: Bloomsbury Press.

Forman, R. G. 2010. Room for Romance: Playing with Adventure in Arthur Conan Doyle's *The Lost World. Genre, 43*(1), 27–59.

Geary, D. C. 2007. The Motivation to Control and the Evolution of General Intelligence. In S. W. Gangestad & J. A. Simpson. (eds.) *The Evolution of Mind: Fundamental Questions and Controversies.* New York: Guilford Press, 305–313.

Gottschall, J. 2008. *The Rape of Troy: Evolution, Violence, and the World of Homer.* Cambridge: Cambridge University Press.

Gottschall, J. 2012. *The Storytelling Animal: How Stories Make Us Human.* Boston: Houghton Mifflin Harcourt.

Griskevicius, V. Cantú, S. M. & Vugt, van M. 2012. The Evolutionary Bases for Sustainable Behavior: Implications for Marketing, Policy, and Social Entrepreneurship. *Journal of Public Policy & Marketing, 31*(1), 115–128.

Haselton, M. G., & Nettle, D. 2006. The Paranoid Optimist: An Integrative Evolutionary Model of Cognitive Biases. *Personality and Social Psychology Review, 10*(1), 47–66.

Hawkins, M. 1998. *Social Darwinism in European and American Thought, 1860–1945: Nature as Model and Nature as Threat.* Cambridge: Cambridge University Press.

Henkin, L. J. 1940/1963. *Darwinism in the English Novel, 1860–1910: The Impact of Evolution on Victorian Fiction.* New York: Russell & Russell.

Huxley, T. H. 1863/2009. *Evidence as to Man's Place in Nature*. Cambridge: Cambridge University Press.

Huxley, T. H. 1893/2009. *Evolution and Ethics: Delivered in the Sheldonian Theatre, May 18, 1893*. Cambridge: Cambridge University Press.

Kerr, D. 2016. Conan Doyle's Challenger Tales and the End of the World. *English Literature in Transition, 1880–1920, 59*(1), 3–24.

Levine, G. 1988/1991. *Darwin and the Novelists: Patterns of Science in Victorian Fiction*. Chicago: University of Chicago Press.

McAdams, D. P. & McLean, K. C. 2013. Narrative Identity. *Current Directions in Psychological Science, 22*(3), 233–238.

Richards, R. J. 2009. *The Tragic Sense of Life: Ernst Haeckel and the Struggle over Evolutionary Thought*. Chicago: University of Chicago Press.

Ruddick, N. 2009. *The Fire in the Stone: Prehistoric Fiction from Charles Darwin to Jean M. Auel*. Middletown: Wesleyan University Press.

Stevenson, L. 1963. *Darwin Among the Poets*. New York: Russell & Russell.

Stillweli, A. M., & Baumeister, R. F. 1997. The Construction of Victim and Perpetrator Memories: Accuracy and Distortion in Role-Based Accounts. *Personality and Social Psychology Bulletin, 23*(11), 1157–1172.

Willard, A. K. & Norenzayan, A. 2013. Cognitive Biases Explain Religious Belief, Paranormal Belief, and Belief in Life's Purpose. *Cognition, 129*(2), 379–391.

Wong, A. R. 2015. Arthur Conan Doyle's "Great New Adventure Story": Journalism in *The Lost World. Studies in the Novel, 47*(1), 60–79.